红色戈壁

杨献平 著

天津出版传媒集团
百花文艺出版社

图书在版编目（CIP）数据

红色戈壁 / 杨献平著 . -- 天津 : 百花文艺出版社 , 2025. 7. -- ISBN 978-7-5306-9137-3

Ⅰ . I267

中国国家版本馆 CIP 数据核字第 2025WL0369 号

红色戈壁

HONGSE GEBI

杨献平　著

出 版 人：薛印胜

责任编辑：王　燕　徐　姗

装帧设计：彭　泽

出版发行：百花文艺出版社

地址：天津市和平区西康路 35 号　**邮编：**300051

电话传真：+86-22-23332651（发行部）

+86-22-23332656（总编室）

+86-22-23332478（邮购部）

网址：http://www.baihuawenyi.com

印刷：天津新华印务有限公司

开本：880 毫米 ×1230 毫米　1/32

字数：200 千字

印张：10.5

版次：2025 年 7 月第 1 版

印次：2025 年 7 月第 1 次印刷

定价：68.00 元

如有印装质量问题，请与天津新华印务有限公司联系调换

地址：天津东丽开发区五经路 23 号

电话：（022）58160306

邮编：300300

目录

出塞或者新兵连生活

二十世纪九十年代初期，几乎整个中国都在快速嬗变与递进，可我们的乡村依旧沉浸在古老农具的叮当声中，抱着古老的日月，在山的缝隙与阴影中上坡下岭，日出而作，日落而息。作为一个读过一点儿书的少年，我是有梦想的。面对天空下崎岖的村庄，我早就想逃了，有一次旷课达一周多，私自跑到庞大的北京，又转到郑州。再一年暑假，事先没告知任何人，我就自行消失了一个多月。而一九九二年十二月这一次，我的离开空前名正言顺，师出有名，而且有一种兵车西行、直入瀚海的出塞意味，如皇甫冉诗句："转念关山长，行看风景异。"乘坐各种人的气息混杂的绿皮列车，从石家庄出发，在郑州和兰州分别看到传说中的黄河，这河流古老得依旧大水泱泱，两岸层累的黄土之中堆积了诸多人类历史的痕迹。古都西安只是一面平地上闪耀的一堆灯火，皇帝、臣子、胡姬、富家、官人的高门大院，规整的城墙已经没了兵戈战火，诸多的当代人于其中人间烟火。对于秦岭，我更多地想到始皇帝嬴政家族发迹，还有三国时的诸葛亮、魏延、马谡、姜维、司马懿等人。被黄河一分为二的兰州，午夜时分只有冷风猛烈拍打车窗，远处的白塔山上似乎举着几盏远射灯；皋兰山上，匈奴早就没了，霍去病也只是一个传奇。乌鞘岭之后，祁连山迎头而来，以苍龙之姿，横亘天地，怀抱古老的雍凉之地。在被戈壁、沙漠、河流、山脉挤压的河西走廊，所有的村庄都是那么零碎，城市也只是荒芜中的一片绿洲。

近黄昏时候，祁连山冠盖缟素，落日如血。列车还没停稳，我就从车窗看到，表面漆黑的月台上，竖着一面汉白玉石碑，上写李白之诗："天若不爱酒，天应无酒星，地若不爱酒，地应无酒泉。"而李白似乎一生都没到过酒泉，但他是一个通天彻地的人，寰宇之内，都在他心里，也都在他天才的诗句之中。几十个同乡战友背着绿色行李鱼贯下车，站在月台列队报数、点名。干燥的风不知来自哪个方向，带着大把大把的尘土，吹过血肉和骨头。

车站距离市区20分钟车程，沿途堆满白色卵石的戈壁，平展无际，携带刀子的大风不断吹起白土，好像旧王朝之中飘散的脂粉。新栽的柳树枝条干枯着，枝条被风甩得既单调又有些婀娜。再后面是啤酒厂、糖厂、空河滩和富康家具店。迎面是一座雕塑，三匹白马在碑顶扬蹄奔腾，鬃发飞扬。

那时候，酒泉市区建筑有些灰旧，枯燥的广告牌飘飘摇摇。矗立在邮电局和鑫利商城之间的建于明代的鼓楼，青砖青瓦，四门穿心，每个门顶都写有几个红色的字。再向北的道路满是尘土，朔风中的雪粒在犹如铁幕的旷野上愤怒地击打车窗。路边杨树枝干光秃，上面落着乌鸦。间距很远的村庄似乎都是由黄土和茅草构成的，周边的杨树上瑟缩着来自西伯利亚的乌鸦。接下来的金塔县城也寥落异常，沉浸在一片黄色的盆地里，街上几乎没人，只有大风吹起的尘土和轻薄垃圾在空中飘飞。再一个小时，满目旷野，迎面是更大的戈壁，黑苍苍的，近看却是由无数各色卵石铺垫而起。

在营门口下车，我们各自提着行李如鱼饮水，还没站稳，就是一阵震天的锣鼓声，一些戴领章帽徽的人敲打着，在空旷的营门之外，对我们的到来表示热烈欢迎。再一次列队和点名后，其中很多人再次乘上班车，去往我不知道的地方。许多天后我才知道，我们这一年的新兵一共被分成了三个连队，分别在三个地方训练。

我想，古人所谓的“出塞”大致如此吧，岑参、高适以及历朝历代无数兵卒初入军营时候的情景，肯定都很相似！古今之间，有很多东西肯定是雷同的。对我来说，从这一时刻起，新兵连生活就算正式开始了，还有我在巴丹吉林沙漠所有人生故事和历练。新兵连给我的感觉，就像是一个特点鲜明的码头，潮水浸漫，风浪险急，但都是模拟。甚至，更象是一个火炉，我们这些新兵就是一块块的生铁，投入进去，为的就是淬火，形成理性而又尖锐的武器。

狠狠睡了一夜，醒来，感觉一片新奇。黎明还没吹起口哨，班长的吼声就在楼道里犹如炸雷。赶紧找衣服起床，手忙脚乱的同时，我也觉得有一种强悍无匹的集体力量。全员坐好，军官威武其上，我们正襟危坐，小马扎虽然单薄，但也没有发出吱吱呀呀的反抗声。这是动员会，它似乎唤醒了我血液里的铁血梦想，也觉得“男人何不带吴钩，收取关山五十州”“宁为百夫长，胜作一书生”，真的是一种雄壮的人生境界。

走出大教室的时候，我还心潮澎湃。参军之前，读过几年私塾的爷爷就说：“好铁不打钉，好男不当兵。”当时我不明其意，爷爷说：“当了兵，生死就没个准儿了，或许是今儿个，或许是明儿个。有个诗人就曾经说过：‘醉卧沙场君莫笑，古来征战几人回？’可也有人郑重其事地说：‘英雄行险道，富贵似花枝。’”然后叹了一口气，继续说：“参军当兵做英雄，古来人皆同。”

班长很理解我们的心情，刚到部队，要给家里报一声平安。一年多后，我才在当地县志上了解到，这地方就是王维“属国过居延”中的居延之地，两汉时期汉匈对垒的前沿阵地之一。一九三〇年，陈宗器和贝格曼等在这里发现了居延汉简，以及一系列侯官府、烽燧守捉等军事遗迹。迄今已发现的居延汉简中，有不少军人家书，充满了肝胆相照的英雄气质、血缘亲情与朋乡之谊，如《居延汉简释文合校》505·43B中“二卿时时数寄记书，相问音声，意中快也”；《居延汉简释文合校》

185 · 4B言“始春不和，愿子游谨衣强餐饭，子游幸赐尺记”。如此等等，总令人想起高适诗句“马上相逢无纸笔，凭君传语报平安”、岑参“君不见沙场征战苦，至今犹忆李将军”，以及卢思道“从军行，军行万里出龙庭，单于渭桥今已拜，将军何处觅功名”等诗句。

古来征战苦，这是一个铁律。而我们的条件却比古人优裕了很多，尽管没有桌子，床铺完全可以用于书写，纸和笔的获取也极其方便。还有邮政，二十世纪九十年代中期之前，军人邮寄东西一律免费。坐在小马扎上，就着洁白的床单，我利用一个小时的空闲，给家里写信，同时还给她（当时暗恋的女同学）写了一封。然后小心翼翼折好，放在印有兰州市某支局某信箱的信封里，放在连队值班室——每一天都有专人把信件送到邮局。

再后来的训练间隙和节假日，我不间断地写信，对象始终只有两个：一个是父母，一个是她。我的父母都不识字，每封信都是弟弟逐字逐句念给他们听的。她识字，我给她写了很多，但她从来没给我回过一封（或许是她没收到，或许是收到了，不拆开就当废纸或者干脆当成厕纸了）。弟弟的圆珠笔字迹像是纸上跑的一群黑蜘蛛，但大致能够认清，我也能准确领会父母意思。除夕夜，看了一会儿央视的联欢晚会，我回到空无一人的宿舍，十几张并在一起的通铺充满各种各样的味道。我长时间站在窗前，看着在灯光下疾速旋转的雪花，想母亲、父亲、奶奶，还有她。

我当兵的头一年冬天，爷爷在一个阳光温和的中午突然逝去了。我小的时候，他是故事转述者，十二岁之前，我都躺在他的故事里。那里面有好人坏人，也有神仙妖魔，更有鬼怪僵尸之类的。不可否认，我之所以能写点儿东西，全赖幼时爷爷的启蒙。他还让我背诵过《诗经》《论语》等典籍，但数量很少，我也没怎么坚持。

戈壁深冬冷得连星星都不住地打哆嗦，好像地球上的寒风也触到了它们的身体，人间的冷意使得它们也感同身受一般。营房的窗户上结着各式各样的冰花，有的像凶神恶煞的异域怪兽及其徒子徒孙，有的像下凡的七仙女，有的像怒吼的狮子，也有的如岩石上的青羊。看着被黑夜层层包裹着的教导队营区，我想我的故乡南太行的大年夜一定是隆重的，哪怕再穷的人家，也都亮起家里所有的灯，连院子里的椿树都熠熠生光。远处的山黑黢黢的，在高远的蓝色天幕下如神灵一般连绵。

也想起幼小时对春节的那种渴盼，往往刚到腊月，就想着过年，天天问母亲，啥时候过年夏（南太行土语，即春节）。母亲一脸无所谓地说：“还早！”又说，“哎呀，过个年夏有啥好？”自己年长后，我才知道，过年是对成年人的心理摧残，时间总是在无声杀伐。正如母亲和父亲所说，过一个年就少一个年。这句话包含了诗人“春来春去催人老，老夫争肯输年少”的文艺范儿的喟叹，当然也包含了普通人对于尘世生活的眷恋。

可那时候，孩子总觉得时间太慢，等春节等得心急火燎。大年三十，整个晚上都舍不得睡觉，三点多就穿上母亲做的新衣服，从炕上跳到地上，拿出少得可怜的爆竹，先在门口放一颗。父亲和母亲都说，爆竹可以驱邪。意思是，黑夜里，有很多妖魔鬼怪堆在门口，爆竹一响，它们就被吓得逃窜无踪了。

事实上，一开门，冷就扑了上来，浑身长满锋利的牙齿，咬得我骨头疼痛。尽管两手冻得红肿，还拿着柴火棍子在夜幕中燃放爆竹，噼噼啪啪的声音震得山川晃动，沟谷里的回声好像江河倒悬。这时候，父母也煮好了饺子，自己不先吃，先敬祖宗和神仙，然后再去土地庙烧香。我跟在母亲身后，走过一道山岭，再涉过一条河沟，到老村边上的土地庙前。母亲念念有词，我站在门口听候“命令”，母亲说可以放了，我急不可耐地抓住炮捻子，把一挂鞭炮挑在木棍一头，在连续的爆响中体验那种施放爆炸物的快感。

这一切进行完毕，我跟着父亲，带着弟弟，到爷爷奶奶家磕头拜年，然后到所有的长辈家里去磕头。他们都会给我和弟弟糖块，可我们最想要的是鞭炮，尤其是两响（一种一段蹲在地上点着爆炸，腾空后再爆炸一次的爆竹）。

这是温暖的和快乐的，让我不由得笑了一下，又叹了一口气。我想，此时此刻，父母亲和弟弟早就睡了。奶奶也是。灯光虽然亮着，可我没在家，弟弟也不会起得那么早，父亲母亲自然也不想起得早。正如他们所说，所谓过年，其实就是孩子们的热闹。一旦长大了，那种乐趣就像风一样无形消失了。

紧接着又想起了她。那是一个还算好看的女孩儿，眼睛很大，皮肤像棉花或者面粉，说起话来，两腮漾着两个小酒窝，放两条金鱼进去也绝不会跳出来……似乎从一开始，我就知道她肯定是不会给我回信的，即使回信，也会像几年前那样——貌似客气但却又十分坚冷的“申明立场”。

可我就是想她，是锥心刺骨的那种。

春节后，巴丹吉林持续变暖，而我却破天荒地在全连出名。有一天晚上，班长不在，战友们独自写信或谈天说地。同班的河南屈把我拉到走廊一角，借着灯光抓不住的黑，猛然抓住我左手手指，使劲儿向后掰。我细长手指发出的疼痛像导火线一样迅速，我“哎呀”一声，顿时有些恼怒，看着河南屈说：“你放开不？”

河南屈说：“不放开，谁叫你白天训练那会儿说俺说话就像是一只挨了打的狗咪？你要是给俺道个歉的话，俺就放了你！”

我说：“俺没说你！”河南屈又使了点儿劲儿，盯着我眼睛说：“就是你这雀斑（那时候我的脸还很白，其上星星点点的雀斑也很明显）小子说的！”说着话，河南屈继续使劲儿掰我纤细的手指头，我的疼加深了一下，心中火气更大，也真的生气了，接着厉声对他说：“河南屈，你给俺松手！”河南屈昂起头，很壮士地哈哈一笑，猛然低头，又一脸严肃看着我说：“哼，哼，俺就是不放，看你能咋了俺！”我大吼一声，猛地把手指抽出，另一手握拳，一个迅雷不及掩耳，只听得河南屈“哎呀”一声，捂着鼻子蹲在地上。

其他战友听到了，先是看。河南屈恼羞成怒，也大吼一声，腾地站起身来，就往我这儿冲。另外几个战友看到，一把就把河南屈肥硕的身子抱住了。河南屈使劲儿向前蹿了几下，也没有挣脱，嘴巴不干不净起来，一会儿一个“×恁奶奶咪”，一会儿“×恁姐咪”。我怒目大喝：“河南屈你再骂我一句试试？！”

河南屈不屈不挠地又骂了一声！

我怒火中烧，像一张弓，迅雷不及掩耳地射了过去，一脚踹在河南屈左边胯骨上。河南屈一声爆号，再次发力挣脱。就在这时候，班长回来了，一看这阵仗，站在我俩中间，大吼道：“你俩新兵蛋子想干啥？”

这是我在巴丹吉林沙漠第一次与人冲突，而且，从始至终，都是用暴力来完成的。

这也是我第一次对着众人做检查，拿着两张信笺，抑扬顿挫地检讨自己冲动的错误，还有无组织无纪律，以及不宽容，处理同志间矛盾方式上的极端不正确。读完后，连长说：“这检查还算比较深刻，其他人也要汲取教训。我们连续7年被上级评为先进，再不允许出现此类的事情！要是再出现，我这个连长就得挨处分，还拖整个连队后腿！”指导员也说：“这事情，两个新战士都有过错，可部队是讲道理的地方，不是谁想干啥就干啥。我们是中国人民解放军，必须讲政治，有纪律；凡事不能胡来，凡事要依靠组织，凡事要听从命令，服从指挥！”

我也觉得后悔。此后，每一次看到河南屈，眼神就有点儿躲闪。河南屈可能也是。半个月后的一个夜晚，河南屈走到我面前，我开始以为这小子要报前一段时间一拳一脚之恨，不自主地缩紧全身肌肉，做好战斗准备。没想到，河南屈嘴巴贴近我的耳朵小声说：“俺老家有话说，小两口儿打架不记仇，白天一锅饭，晚上一个花枕头。咱们虽然不是两口子，可是战友啊，打个架算是松松筋骨，别每天见到俺还跟个小老虎似的，气咻咻地没个完。”说完，河南屈“呵呵”笑了一声，还没等我说话，就扭着他那张在全连都算肥硕的屁股往宿舍走去了。

我兀自站在原地，忽然想：这河南屈，看起来是个要脸不要命的主儿，没想到，肚量跟屁股一样大。想到这里，我忍不住“扑哧”笑了一声，嘴巴咧开，也扭着屁股往宿舍去了。

从那天开始，在“一二一”和“嗒嗒”的脚步声中，还有端着五四式步枪在泛着浓厚盐碱的壕沟里瞄准的时候，我忽然看到，灰土中有嫩草长出，头儿或黄或绿。早上跑步时也没有了乌鸦的叫喊。正午，教导队院子里的榆树灌木也拱掉了白土，小叶芽跟拇指姑娘一般，翠翠的，教人心疼。不知不觉之间，空气中的暖好像是从身体内部升起的，熏得我流汗。有些时候，我们坐在操场上休息，围成圆圈，唱歌或者讲故事。更多的时候，我在路边捡撕裂或揉皱的报纸看，上面有诗歌，还有散文，更多的是新闻报道。有几次，一个很好看的小姑娘从旁边的家属楼蹦跳出来，到我们中间来。

有几次，我把她放在膝上，问她爸爸妈妈叫啥名字，在哪个单位。小姑娘声如银铃，小嘴张合之间，脆脆地说出她爸爸妈妈的名字，还说她老家在山东菏泽或者潍坊。现在，那小女孩儿肯定长大了（有一次，我发现楼上的女同事似乎在哪里见过，以为她可能就是当年那个小女孩儿，现在也成了一名女军官，而且还有了自己的孩子。忍不住叹息，觉时光之速、人生之快。或许她还在某所大学读研读博，再或许随着父母离开了巴丹吉林沙漠，去了另外的一个地方）。

再一些时间，我们完成了手榴弹投掷及射击科目，春天就真的展开了，到处都是热烘烘的气浪。下分连队前几天，劳动多于训练。野草蓬勃的菜地里，到处都是铁锹和泥土对抗的声音，有一些不知从哪儿飞来的燕子及其他鸟儿，在半枯半绿的草丛中出没。头顶澄碧如洗的空中，时常出现犹如闪电的鹰群，用巨大的轰鸣声，犁着我们的耳膜。

同乡的安悄悄对我说，他特别想留在教导队，尽管以后就是站岗、做饭，或者种菜养猪。我说我也愿意。他问为啥呢，我说："这儿熟悉。最重要的是，咱那乡里来这里当兵的就咱俩，待在一起多好，就跟亲兄弟一样。"安"嗯"了一声说："这也是一个好想法，可就是不知道能不能实现。"

问过了安，我又问河南屈。他吧嗒了一下厚嘴唇，像模像样地用右手往后捋了一下乌黑茂密的头发，说：“到哪儿都一样。不过，不管分到哪个单位，咱可得第一时间联系啊。”我“嗯”了一声，说：“咱俩是秦琼和单雄信，不打不相识。”河南屈说：“可不就是，咱不但要不打不相识，还要越来越相亲相爱。”

再一天上午，大家还在没根由地猜测各自的去向，就传来了集合的哨声。所有人背上行李，从楼梯如奔马轰踏而下。到操场齐齐站定，就看到大门外就停了一排车辆。站在队伍当中，我抬着脑袋，又把待了三个多月的教导队仔细看了一遍。灰色楼体上的白灰色口号“全心全意为人民服务”依稀可辨，饭堂门前的老榆树已经吐出新芽，点点嫩绿让人心也忽然有了生机。大门两侧榆树灌木也已青青，一些灰雀在其中钻进钻出，突突飞起之后，又降落在不远处的榆树灌木上。学习室的红漆大门敞开着……我鼻子一阵酸，泪水冲过鼻翼，“噗嗒”一声落在早就戴上领花的衣襟上。

诗歌的遭遇

就要上车了，我放慢脚步，长时间看教导队的大门：顶部三个红色大字，在持续热烈的日光下，显得更加葱郁蓬勃。门外两边的冬青树刚喷过清水，叶子翠绿得教人心疼。路边果园里的花朵姹紫嫣红，香味扑入口鼻。车子沿着我们平素晨跑的道路转了半圈，径直向一座大门轰鸣而去。我低下头，在内心简单地把在新兵连的生活回顾了一下：

一是写信时候那种情绪上的激越和黯淡与对自己前途咬牙切齿的幻想，以及和战友之间的琐碎小事，有冲突也有互助，有非议也有和解。

二是对班长王的感恩。冬天，我的脚冻肿了，他从炊事班拿了几包盐粒，蹲下身子，亲自给我洗脚。还有一次，他故意让我去菜地挖土，从而避免了清理旱厕那种恶心至极，总是让人想呕吐的活儿。

三是我与河南屈的恩怨，像一场梦，还有点儿梁山好汉的意味。

四是和同乡安在一起三个多月时间（连睡觉都挨着），我渐渐认识到：无论何时，人的一切言行及用心都是从自己这个基点出发的，然后才可能辐射到别人。一个人的热心永远都是单面发光，所有的地方都有回应，才能聚合最大的热量。

五是我的那些在老家就已经非常明显的叛逆性格在短暂的安分守己之后，再次露出锋芒。比如，对四班长、一排长的某些私下小命令的对抗，对他们个人某些安排的合理性质疑。

四班长是一个帅气的小伙子，湖北人，干练，军事动作超强，就是脾气不算太好。我和他的冲突，主要因我们班长护犊子。班长说，他的兵，不许其他班长批评，只有他本人才可以。比如我顺拐了，四班长就会发雷霆之怒，严厉地批评我，我们班长的脸就黑一阵子，再红一阵子，然后走上前去，厉声对他说："喂，这可是我的兵，他错了，应当我来批评。"如此等等。还有一次，练习操枪的时候，我慢了一拍，四班长吼骂我，我们班长也说："这是我的兵，还是我来批评，用不着你操心。"

六是对爹娘和奶奶的想念。照实说，因为刚离开家，而且，离开家到外面去也是我的梦想，对父母和家乡的想念并不强烈。那时候，"好男儿志在四方"还是受人信奉的励志名言。

以上这些，似乎是我在新兵连最主要的经历或者收获。抬头的瞬间，我忽然明白，在实现从地方青年到一名军人转变之外，我深在骨子里的那些最优秀或者说最有冲击力的东西也得到了某种校正或锻炼。与此同时，我坚信，无论何时，除了坚持一种集体意志之外，个人的那些优秀的东西不应当销声匿迹。

我看到，沙漠的春天竟然不是从地面开始蔓延的。只有风，这天地之间最庞大和连贯的事物，无形、无色、无味，但摧枯拉朽，长驱万里。它在扶正，也在毁灭，在运送温暖与寒冷，也在制造奇迹，填平伤痕。戈壁那么广阔，连绵如天空，但它的表皮发黑，像撒了一层生硬的铁粉。四周天际苍茫，更远处挂着一张巨毯，遮蔽了人的远望。我乘坐的车辆和行走的道路，其实都不过是其中一颗米粒，或者一块石子。

近处的路边，骆驼草返青了，高低不一，支棱着满身嫩刺，在掠地的风中左右摇摆。

大约十分钟之后，空荡荡的戈壁上迎面冲来一条铁路。我惊奇，带兵的干部说，这是全军唯一一条铁路：向南，是祁连山下的清水镇和总寨镇，再向西，就是酒泉、嘉峪关、玉门、敦煌、吐鲁番、乌鲁木齐；向西，就是中国第一颗人造卫星升起的地方；向东，就是我们的来路。我听了，从内心觉得神圣（这种神圣完全不能被准确定义，是作为其中一员的自豪，也有基于单位或者个人的荣誉感，及对某些尽人皆知的事物的膜拜与认同心理）。车子跳了一下，铁道就过了，我从车窗看到，明亮的钢轨匍匐在黄沙之上，两边站着齐齐整整的白杨树，头部枝繁叶茂，根部则是汹涌的黄沙。树林外，是隆起的沙丘，在初春正变得暴烈的阳光下，有的呈焦白色，有的发红。

直到此时，我才明白，那些把沙漠拍得美轮美奂的影像作品是不可靠的。美的东西大家都在捕捉和呈现，可是本真的呢？

树林过后，一片营房赫然出现，左边是平房，右边是楼房。紧接着，车子减速，向着左边转进。这也是一座独立的营区，四幢楼房一律朝东，落在一大片空地上。车子停下，我看到许多戴上士、中士、下士及上等兵和列兵肩章的老战友，站在车子外面，门一打开，就冲上来，帮我和其他十多个战友拿行李。我们谦让着，要自己拿，老兵笑着说，他来拿。这时候的感觉，是尴尬的，一方面觉得荣耀，另一方面又有点儿不好意思。毕竟，老兵是什么都懂的人，而我们，除了胡子没有他们长之外，几乎一无所长。

这使我想到在政治学习中不断遇到的“阶级”一词，并且确认，“阶级”是无所不在且处处隐现的。这不是某种人格或待遇上的，而是一种社会属性，与具体人无关。我们的宿舍住了四个人，因为房间小，只能把床板放在地上。下午，有少校来，连队领导宣布开会。我们还像在新兵连那样，迅速集合，在木凳子上腰背挺直。少校说：“根据党委工作安排，你们这20名新战士，要在雷达连进行为期一个月的无线电知识培训，然后再下发到具体单位和岗位。”

授课人是连长、副连长、技师和班长。我们整天的工作内容就是白天啃书本，傍晚坐在球场边，看老兵们追着篮球闪跳腾挪，遇到精彩的就呐喊，拍巴掌。其他战友看得品头论足，津津有味，我却是一头蒙，原因是，我对篮球比赛规则是擀面杖吹火——一窍不通，就只是看哪个队员投中了、跳得高、抢球抢得准又好之类的。晚自习时候，我大都用来看书，或者躲在文书房间，一页页地看《解放军报》《空军报》《解放军文艺》《人民文学》《昆仑》《中国空军》等报刊。看到一些军旅诗歌，心里特别激越和兴奋。还有一些小说，写的都是兵心兵事，许多地方跟自己的经历和思想都差不多。

大致是某个傍晚，太阳还高，他们都出去玩了，我趴在床铺上，又写了几首诗歌。还是军旅题材，有写参军路上的风景，有写在新兵连的生活，还有一首，写从十七岁开始至今的暗恋或者单相思，其中有这么几句："那个被我偷爱的女孩子，此刻月光骑着露水和风，落在你的窗棂。你的额头，有没有感到一阵清幽？"写完，仔细看了一遍，觉得还挺顺畅，心里忽然就跳出一种明亮感。

第二天傍晚，连长让文书来叫我到他办公室兼宿舍去。我以为，连长那家伙肯定会对我那些诗歌感兴趣，一准儿要夸奖我一番。怀着这样的奢侈心情，我带着笑脸进门，连长拉了一张木凳子，笑着说："坐，坐。"我没坐，站在原地，就是看着连长含笑的脸。连长自己倒了一杯水，问："喜欢写诗？"我脸红了一下，"嗯"了一声。连长又说："这个爱好不错，文学嘛，也是管人灵魂的。"

我嘴巴咧开，笑笑，想说啥又没说出来。连长说："尽管有爱好是好事，可要是影响到了别人，这爱好就不好了。"我心猛然一收，脸上尽是揉皱的惶恐。“厕所内墙上的那些诗句都是你写的吧？”连长又说。我暗叫不好，赶紧低下了脑袋，脸腾地红了，烧得跟火炭一样。正在手足无措，连长又说：“现在去把它擦掉好不？以后，把你的诗歌写在纸上就行了。”我应了一声“是”，转身出门，噔噔地下楼之后，从门背后拿了一把扫帚和一把拖把，在水渠里蘸了蘸水，就穿过操场，往二十米之外的旱厕奔去。

那些用白粉笔写成的布满旱厕内墙的诗句，确实是我写的，而且就在前一天傍晚。我就着从窗户外透进来的金黄色夕阳，闻着臭烘烘的味道，拿着粉笔，一句一句写下来的。写的时候我还想，古代的诗人就是这么干的，李白在梁园的墙壁上写下《梁园吟》，苏东坡在西林寺写下《题西林壁》，我在厕所里写诗，也该理所应当。我还想，我的那些诗句，肯定会使得幽暗脏臭的厕所从此明亮和文雅几分。

好好的诗句，咋就不让写在厕所里呢？其他战友方便的时候看看，读一遍，说不定还有神奇功效呢。再说，厕所也需要文化，饭堂能挂这样那样的标语口号，厕所就连三五句诗歌也容不下吗？但连长的命令又不能不听。我叹息一声，先抡起扫帚，对着自己那些诗句猛搓一番。有些字句模糊了，有的缺胳膊少腿。我觉得一阵心疼，索性把扫帚扔到厕所外，拿起拖把，一行一行地抹……就是在那一时刻，我对自己说，一定要给自己的诗歌找个最好的地方发表，而且要让看到的人比这个雷达连的人多上千万倍。

落日正在西沉，余晖如血，把我和大地上的事物都涂上悲壮之色，我的内心也是一片血红，就好像那些诗歌是被自己亲手杀死的一样。路过那丛枝干窈窕的红柳树时，我拉住其中一根，把一片叶子放在鼻子上嗅了嗅，忽然又想写一首诗。为防止自己忘记，撒开脚丫子就往宿舍跑，路过值班室的时候，文书喊我说："汽车连有个人打电话找你。"我立刻想到，一定是河南屈。

这样一来，刚冲到脑海里的诗句顷刻化为泡影。我给河南屈打电话。在此之前，我就知道他如愿以偿地去了汽车连学汽车驾驶。前一次在电话里，他语气神秘且自豪地对我说，他的父亲是乡长，对他当兵的最大要求就是要学会开车，再光荣地加入党组织就可以了。

我急忙把电话打回去。对方说让我稍等一会儿，随后就传来他喊河南屈的声音，以及走廊当中的回声和各种嘈杂声响。

结果，河南屈没在宿舍，值日员也不知道他在哪里散步或者吹牛聊天。我失望地放下电话，清洗了扫帚和拖把，洗了手脸，回到宿舍。还是我一个人，我打开自己的笔记本，想把刚才迸发的灵感用文字写出来，可咬着圆珠笔屁股搜肠刮肚半天，也没写出一个字。第二天中午吃完饭回宿舍，看值日员没在，就过去又给河南屈打了一个电话。对方好久也没接。我再打，三声后，电话被猛然抓起，一个喘着粗气的声音"喂"了一声。我说我找屈胜利。对方没有说话，接着是话筒与桌子的碰撞声，再后来，还是昨晚那种声响。

河南屈来了，气喘吁吁的样子，一上来就问是谁啊。我说：“俺是河北的雀斑杨啊！”河南屈呵呵笑说：“河北杨，你小子把俺忘了，一星期了，雀斑杨，你连个电话也不打，真不够意思啊。”我笑着说：“俺这不是搞培训吗？昨晚上俺给你打电话，人家喊了半天，你连个人毛都不见，干啥去了？”河南屈压低声音说：“俺和几个老乡在后边小树林里喝了点儿啤酒，扯了好一会儿淡。”我“嗯”了一声，压低声音问：“恁都还敢喝啤酒，恁单位领导不管吗？”河南屈说：“喝酒还能让人知道啊，一个人半瓶，跟喝水一样。出点儿汗，再撒泡尿，就啥也没了。”

比邻而居

那整齐的声音，完全区别于巴丹吉林沙漠其他动物或者人发出的。每天清晨，天还没有完全亮，起床号声就嘟嘟地满营区嘹亮。我醒来，伸了一个懒腰，正想磨蹭一会儿再起床，忽然听到整齐的报数声。那声音不像我们这般粗声大气，甚至有些咆哮感，而是细嫩的，有些丝滑和清脆的，很明净，也很爽快。我一个鲤鱼打挺，从床上蹦下来，把眼睛贴在窗玻璃上朝外看。

这房子建于二十世纪六十年代，带着强烈的苏联味道——结实、笨重，窗户有点儿小。好像有眼屎，我急忙用手揉了揉，定睛一看，哦，是一群莺歌燕舞的女兵，此时的她们，已经活动着婀娜的身体，喊着整齐的口号，朝着操场跑去。我“咦”了一声。老兵叹息一声说：“你这个新兵蛋子，真是少见多怪！”我把眼睛从女兵身上拿下来，讪笑了一下，看着老兵说：“女兵还真不少。”老兵“嗯”了一声说：“相比咱们男兵，够撒芝麻盐的了！”

他这话让我愣了一下。

这是我被分到新单位的第一天早晨。在此之前，我知道这沙漠军营也有女兵女干部，可总觉得她们应当在很远的地方，就像古代大户人家的女儿，一定住在人神难攀的绣楼闺房，一般人连看一眼都得骑上云朵，最不济也要靠一棵直插天空的樟树、楠木树之类的。即使在这无遮无挡的沙漠戈壁，这么一群一走路就让人软成稀米汤，一出声就把人酥成渣渣的美好女子，应当住在深宅大院里面，外加三道铁栅栏，还得通上500瓦以上火电，才配得上她们的柔弱与美。

她们原本"养在深闺人未识""天生丽质难自弃"，却也和我们这些粗拉拉的男人一样到了"大漠孤烟直，长河落日圆""天山西北居延海，沙塞重重不见春"的巴丹吉林沙漠，经受如此的自然考验，想起来就让人心疼。

此后好长时间，每天早上，我似乎听不到嘟嘟的起床号，哪怕它长在耳朵里。可一旦传来女兵的报数声，我就会猛然惊醒，哪怕睡得再沉实。因为两个单位挨得近，有时候我们会在一个大操场上出操，齐步正步跑步，左转弯右转弯的。每次和女兵走近了，哪怕还有二十米，也不敢直视她们的双眼皮或者单眼皮，更不敢用目光在她们身上脸上抚摸，心跳得跟打雷一样，咚咚的轰轰的。有几次，我和她们在路上不期而遇，远远看着她或者她们柔美地走过来的时候，脸突然就失火了，也不知道为啥，好像和她或她们早就认识一样。

我们是战友，可也是陌生人。在军营，男兵和女兵之间横亘的不是泰山黄河，而是木星和月球。那一时刻，我整个人都不好了，走路好像很别扭，就像在新兵连顺拐那般，总觉得这不对那也不对，不是穿的军装、戴的帽子好像斜了、歪了，就是拉链没拉，风纪扣没扣好，再不就是吃了饭没擦嘴，或者脸上或下巴上还沾着饭粒。与她们擦肩而过或者远距离各奔东西的时候，只觉得自己身体轻飘，像一枚叶片，或者一缕魂魄。原本在心里一直叮嘱自己一定要目不斜视，可到了近前又忍不住。就在她或者她们与自己错身而过的时候，也不知道哪儿来的勇气，眼珠子一转，就偷瞄了过去。

她们都是美的，美好的美，美丽的美，青春的美，雌性的美，个体的美，群体的美，自美而美的美，美在内心的美，美在大漠的美，美如天仙的美。具体来说，她们的美，是“追奔一点绣红旗，夜响刀环匹马驰”的刚柔之美，是“一领锦袍殷战血，衬得云鬟婀娜”的勃发之美，是“易却纨绮裳，洗却铅粉妆。驰马赴军幕，慷慨携干将”的雄壮之美，是“更飞马桃花一朵，展卷英姿添飒爽”的健驰之美，更是“英姿飒爽五尺枪，曙光初照演兵场。中华儿女多奇志，不爱红装爱武装”的当代之美。

在戈壁大漠军营，她们的存在，她们的美，使得这雄健军旅之中，忽然就柔媚了，忽然就斑斓了，忽然就母性了，忽然就芬芳了，忽然就羞涩了，忽然就有所顾忌了。很长一段时间，相比分到其他连队的战友，我觉得自己特别幸运，居然与通信连为邻，居然能够天天看到女兵。不管她们如何看我，甚至看没看我，我都可以看到她们，在每一个早晨和傍晚。

夏天是巴丹吉林沙漠最好的时节，很多周末，我们在宿舍里，只要听到后面的楼发出那种婉转的声音，就一个猛子冲到窗边，把眼睛贴在玻璃上，然后像高射炮一样，朝着她或者她们瞄准。当然，通信连也有男兵，其中几人还是我的同年兵，但不太熟悉。每次看到他们和女兵一起训练，一起走路，一起上岗，我就特别羡慕，眼睛看着，心却在嫉妒。

忽然有一天，我发现几个熟悉的女兵不见了，取而代之的是一些新面孔，不由得黯然，还奇怪地想：她们去哪里了呢？考上军校的，还会不会再回来？退伍了的，调走了的，后来嫁给了谁？

几年后，因为工作关系，我认识了其中一位。她叫张舒攀，一个很男性化的名字，好像是湖北荆门人。长得漂亮，明净的双眼，白皙的脸庞，尤其那只鼻子，好像一块羊脂玉。我和她煲了几次电话粥，她勉强算得上我在巴丹吉林沙漠军营最熟悉的女战友。后来，我对她表达了爱慕之情，但她拒绝了。我赌气说："你喜欢的任何人都不如我！"她说她不信。我说："不信？二十年后我们再在巴丹吉林相见！"她爽快地说"好"。

时间的牙齿不发出任何声音，却要人老。二〇二二年，我又回了一趟巴丹吉林沙漠，老营区焕然一新，众多的战友大都是陌生面孔了。我站在当年的操场上，看着新的女战士们出早操，想起自己的当年，一切恍若昨日。约好的老战友没来，我看着依旧伟岸的老杨树，有些沮丧，也有些不安，一遍遍地吟诵李益的“水纹珍簟思悠悠，千里佳期一夕休。从此无心爱良夜，任他明月下西楼”。那一时刻，我涕泗横流，落在脚下密集的沙砾上。

黑消息

就个人而言，我对雷达连的感情或感觉，没有对教导队那般深切。不仅仅是因为挫折。拿在厕所墙上写诗那件事来说，连长也有自己的想法，比如，要是有上级领导来检查工作，不内急还好，要是内急，一进旱厕，见墙壁乱七八糟，肯定会说连队在某些方面显得不整洁，胡涂乱抹现象时有发生，影响美观。我的理由或者想法也许超前一些，但只是一己之想，境界也不够高。更重要的是，我的那几首诗，论文学性的话，连好的歌词都算不上，充其量就是稍微文雅点儿的顺口溜或者五句半而已。要是现在再拿出去张贴，自个儿脸都得放到火箭上去。

我想，还是时间短的缘故，相对于在教导队的三个月，一个月时间确实有点儿仓促。更重要的是，我对数字向来不敏感，其他战友把那些数字背得滚瓜烂熟，我总是磕磕绊绊，对雷达连来说，留下我一点儿用也没有。

五月初，我带着行李，沿着原先的路，又回到了教导队所在的地方。从东门向西五百米后，在一片楼宇之间下车。一名上尉似乎早就站在了那里，走过来，帮我拿了一个提包。我跟在他后面，进门，上楼，再右转，推开一扇门，是一个大房间。正对着门口和电视机的地方，一张床寂寥地空着。床板上铺着一张棕垫子。三个战士从不同方向站起来，对那名上尉叫主任。上尉说："这是咱们室新分来的小杨，以后和你们住在一起，有啥事，你们多教着他点儿。"三人应"是"。上尉转身对我，指着西头靠墙的一位上士说，这是曹班长；又对着靠东头的一位中士说，这是杨班长；又指着南墙壁下面的一位下士说，这是朱班长。我一一点头，叫班长，态度如入伍时一般虔诚谦卑。

一个星期后，我就掌握了新单位的基本情况。有两个上尉主任，实际上是副主任：接我的那位姓魏，籍贯湖北；另一个姓陈，生在甘肃。俩人相同点有二：一是胡子都比较多；二是都是副营职。不同处除了籍贯、性格、学历等等之外，就是陈姓副主任个头儿较高，魏姓副主任稍微矮点儿。除了一些男干部，还有三名女干部，算上我，有四名战士。到第二个星期，我发现，曹班长负责公差勤务，人部分的时间都在奔跑，没事的时候，就躺在床上看电视，一直看到屏幕给他说再见。杨姓班长总是跟着那帮干部跑，去距此十里外的机房。几乎天天如此。朱姓班长个头儿一米八五，天天傍晚抱着篮球在操场上闪跃腾挪。

两名女干部同居一室，房门总是紧闭着，半截布帘上绣着好几朵牡丹花。有几个年轻的男干部和她们关系特别好。其中一人是四川的，经常买些小吃回来，送给其中一个小巧玲珑的文姓女干部。另一个女干部姓王，很沉静，极少到别的战友房间去。有一次，朱姓班长悄悄对我说："四川的刘追文呢，几年来，'战果'不大。咱单位二连的谢连长，狂追那个王姓女干部，有一次，是冬天，谢在人家门口坐了一夜，王姓女干部也没开门看上一眼。现在，人家和司令部一个姓刘的参谋谈上了。"

有一段时间，文姓女干部老端着茶杯，到我们宿舍看《戏说乾隆》《包青天》。有一次，正在看郑少秋和赵雅芝在屏幕上卿卿我我，场景极其煽情。我忽然说："这女人啊，就是丝瓜架上的花，越是挑逗，她越是往那里爬。"其他几个战士听了，呵呵笑了起来。文姓女干部用小手往上推了推眼镜，看着我说："嗯嗯，小杨啊，怎么这么说话呢？这么好的爱情场景，都让你给糟蹋了。"然后"哼"了一声，扭着小细腰，端起茶杯，出门，然后是另一道门的爆响声。

杨姓班长嘿嘿笑着说："你小子，就是口没边儿，乱说。"朱姓班长也说："对着女同志咋能说这话呢？"我却不认为有错，反驳说："这话又没说她，就是感叹。"说完，跳到东芝牌电视机前，换到另一个频道，正在播放《赵尚志》。我说："嗯，这部电视剧拍得比刚才那个《戏说乾隆》好多了，看这个吧。"

那时候，我只是对《赵尚志》《篱笆·女人·狗》《包青天》记忆深刻，还对不断重播的一九八二年版《射雕英雄传》感兴趣，其他的一概不喜欢。对《赵尚志》，我觉得那个男人身上体现的不仅仅是一种不妥协的战斗精神，还有男人特有的那种坚韧，以及那种置之死地而凛然决然的悲剧精神。《篱笆·女人·狗》系列在表现农村人群生存状态及其情感变迁的方面，无疑是出色的。我还在老家时，就特别喜欢饰演铜锁媳妇（原为狗剩媳妇）的演员杜宁林，喜欢她担当的那一面，看起来是强悍乖张，但又是豁达的，敢于找寻自己内在的美好愿望。金超群版《包青天》虽然妖异了些，可在某种程度上，满足了我对某些事物及历史人物的想象欲望。

说完这些题外话，一年就过去了。其间，我在这个单位有几个收获。一是在最短时间内学会了中央空调（压缩机）的日常操作及维护工作，且在很短的时间内，就能独立执行任务了。二是在给技术干部誊抄论文的过程中，了解了不少关于现代武器（兵器）方面的知识。其中，誊抄最多的是陈姓副主任撰写的，后来，我发现他们的论文都发表在上级机关主办的一份杂志上。三是我写的诗歌终于发表了，第一首发在《河北文学》一九九二年第十二期上，责编是王洪涛先生（至今没见上一面，据说先生已于二〇〇〇年因病逝去）。一九九三年五月，几首诗歌在兰州军区政治部主办的《西北军事文学》发表了，还有林染先生所在的《阳关》杂志。四是我暗恋的她突然之间结婚了，爱人不是我。这个消息是我春节回家时候，弟弟带着一脸遗憾告知我的。当夜，我站在家背后的山岭上，朝她所在的村庄看了一阵子，在沮丧与愤怒中泪如雨下。

其间，我还去了一次武威，见到了陈姓副主任的爱人。她在民政局上班，是一位很贤惠和美丽的嫂子。中午，她把家里人都叫来，和我一起吃饭。吃完饭后，她弟弟送我上了开往兰州的班车。一九九四年第三季度，魏姓副主任转正，陈姓副主任转业。当年第十一期《解放军文艺》发表了我一大组诗歌，责编是刘立云先生，收到三百六十块钱稿费。此外，我还在《绿风》（责编曲近先生）、《诗神》（责编大解先生）等刊物发表了诗歌。

那些夜晚和周末，我都是在人去楼空的办公室度过的。办公楼一共五层，没有电梯，我们的办公室在五楼。我一而再再而三地上楼下楼。周末时候，也没人来办公室，那是我一个人的疆域和领地，我趴在桌上看书写诗。只是，会有女干部的歌声与笑声，时不时从背后楼宇中跌宕而来，楼下的小吃摊也总是众声喧哗。由于我的孤灯，蚊虫争前恐后，爬满窗纱。倒是有些时候，万籁俱寂，夜风飒然，那一时刻，天地之间，似乎只有我端坐其中。

那些年，我的体重不足五十公斤，瘦得只剩下一颗写诗的心。闲暇时间，可以一连几个月不去一次不过五百米的市场及家属区。有一个周末，河南屈提着一扎啤酒来，嬉笑着说要一起聚聚，却被我冷着脸拒绝了。

那一次后，河南屈至少两个月没再跟我联系。同乡安偶尔打电话来，说一些事情就挂掉了。一九九四年，定兴康（是我们那年兵里全面素质最好的一个）、定兴赵、遵化李，在七月一个周末，到机场照相。三个人好奇，打开了某型飞机的舱盖，不小心触到了弹射装置，三个人被弹起三丈多高，落在硬水泥板上，当场就没了。我听后，满脑子嗡嗡响，像站在发动了的飞机跟前一样。那一夜，我的脑子里都是康、赵和李平素的模样，他们都是我最亲近的战友，也都是我比较喜欢的人。他们的猝亡，如同一根尖利的钢针，刺在我内心最脆弱的那一个部分。我想：生命如此脆弱，果真是诗中所比喻的“易碎的瓷器”。为此，我多次在给安的电话中说：“无论如何，都要小心，安全才是我们最想要的，也是父母对我们的最基本的要求。”

河南屈终于打来电话，满怀关切地对我说：“不要那么拼命了，虽然你们单位领导对你写东西很支持，但身体是咱自己的，咱得自己把自己重视起来。”河北王也说：“注意着点儿，命才是自己的啊。”

那一夜，我在诗歌中感伤地写道：“亲爱的，逝去的和在的/都是我的兄弟。我们在冬天的路途中一并来到/向着同一个方向。在沙漠，我们是最深的绿/是阳光下最耀眼的石子，每一颗都是黄金/都在这纵横成行的阵列里/扶起柔弱青草，也会像箭矢一样飞/……我们各奔东西，但时常在内心想起/偶尔聚会，在谈笑中把心事当成流水。”

那一个七月，我的内心悲伤成黑色的了。有一个周末，我和河南屈及同乡安一起喝酒，醉得吐血。到十二月，我在司令部无意听到，刚转业回去的陈姓副主任也死了——他乘车去兰州开会，在乌鞘岭撞上石壁，车上三人，无一幸存。

我怔在当场，好半天没有回过神来。回到自己办公室，那些干部都在说，陈副主任太可惜了，命运也太悲惨了。还有一个干部说，陈副主任弟兄三人，都死于车祸，还有一个小侄女，上班第一天，就被一辆卡车轧死了。我一言未发，站在风使劲儿拍打的玻璃窗前，看着西边暗淡的落日，想起那个大胡子，那个时常找我誊抄论文的陈副主任，他的笑声总是那么爽朗。他在这里的时候，还带着我去见过一位文章写得极好的宣传科长，意思是向他推荐我这样能写东西的战士。每次和他在一起，见到其他人，他就笑着说我的诗歌写得特别好，在好多杂志上发表过。

却没想到，这样一个领导、好战友，竟然在车祸中烟消云散了。这使我悲伤莫名，不由得想起陆游的诗句“天人迭胜谁能测，祸福无常不待评”，还有白居易的“君埋泉下泥销骨，我寄人间雪满头”。

同时想起他美丽的妻子和不足一岁的儿子，他们母子该怎么生活？嗯，生活肯定没问题，可丈夫去世了，孩子还那么小，人生的苦难怎么那么急迫和深重呢？我不由得狠狠叹息一声，内心被人咬着一样的疼。晚饭时，我没有去，等人都离开了，我坐下来，在带孔的打印纸上写道：“我亲爱的兄长，笑声比黄沙纯粹/大胡子像是一根根钢针/我们在一起说话很少，共事很多/我写诗歌，他写我看不懂的论文/我的诗歌就像是刀锋的反光，而他的科技论文/就是刀刃，就是此刻在空中飞行的利器/鹰隼之爪最尖利的部分，还有这蓝色队列里/最深刻的霹雳，以及手指间引发的闪电、惊马和弩机。”

围墙之外：菜地及其他

向后走几百米，先是围墙，好像一群疲惫的虎面英雄，蹲在黄沙上面，头顶的天空一般情况下蓝得一丝不挂，更远处的戈壁和沙漠似乎埋伏的万千敌兵。夏天周末傍晚，我经常一个人或者和其他人到围墙后面去。他们都穿着拖鞋、大短裤，我不爱穿拖鞋，只要出门，哪怕下楼扔一下垃圾，也都要衣装齐整，否则就觉得不舒服。有一次，同行的刘秀强说："你这家伙，已经随时做好了逃跑的准备！"他是四川广元人，他的意思是我夏天周末时候都不穿拖鞋，就是为了随时逃跑。

其实他说对了一半。在我老家南太行乡村，不论冬夏，人们都不穿拖鞋，平时穿得最多的是布鞋。按照爹娘的话说，布鞋不烧脚，人不容易上火。到部队后，我要么穿统一制发的那种黄胶鞋，要么就是几十块钱买的皮鞋。夏天亦然。

巴丹吉林日光太炽烈了，烤得灵魂都疼。尤其中午，离开楼房和树的阴影，往太阳下一站，不过一分钟，就能闻到一股子撩人舌尖的烤肉的味道，那肉当然是自己的肉。日光就像烈焰枪，烧得树木耷拉着脑袋，只想缩回地下去。野草要不是躲在树荫下，别说叶子了，就是根，也会着火。到了晚上七点多，太阳带着它骄傲的光芒退回祁连山背后，随着地球的转动，才逐渐失去了燃烧的威力。

这时候，人都出来了，先是站在院子里的杨树下，伸个懒腰，打个哈欠，然后三五成群地到处散步。他们去的地方，大都是热闹的。那里有很多家属，姹紫嫣红的。其实，我也很喜欢去，只是觉得，自己还是新战士，混迹其中，自惭形秽的刀子总是朝着自尊使劲儿地剜割。在无法与世界对视的低谷，只能与岩石、荆棘与花草形影相照。通常，我都和四川的刘秀强一道。他穿着凉拖，迈着螃蟹一般的步伐，飒飒而来，我则用黄胶鞋的干净利落，与他并肩而行。

围墙内外俨然两个世界。里面是水泥的马路、操场、篮球场；外面堆着荆棘，其中以沙枣树为最多。这些抗旱的沙生植物，浑身枝条又密又细，从头到脚都是弯曲的，唯有新生的那些有些莽撞地直着身子，就好像我和刘秀强这样的新战士，只有在空无一人之时方才大胆地伸胳膊蹬腿，佯装自己也很了不起。我注意到，春天时候花开如黄小米的沙枣树在夏天庞大而葳蕤，完全没了冬天时候的虬枝乱舞与孤独苦寒，浑身的青叶子，好像很肥厚，其背面都是灰色的。青色的沙枣成串地趴在树枝上，以身体的重量迫使整个沙枣树不断向下坠。

沙枣树不会聚集在一起，相距最近的两棵也有六米之远，它们是同类，但不群居，相互之间从不牵扯。实际上，沙枣树始终以根根相通、花粉风传的方式，进行亲密接触，当然还有蜜蜂、蝴蝶、蚊子等好事之徒，在这一棵和那一棵沙枣树之间来回运动。沙枣树下多是杂草，根根直立，好像是马莲，根茎粗大，叶子长而尖锐，形状像是举着无数尖刀的兵器基座。我上前摸了一下，叶子很硬，头部尖利，到秋天干枯之后，那就真的是一枚枚利器了；要是再有人用镰刀割掉，人不小心坐上去，残存的茎叶一定会把屁股扎成一面肉筛子。

再远一点儿，是各单位的菜地。大多数郁郁葱葱，各种蔬菜鲜嫩、翠绿或者紫红，长势都很蓬。自力更生是一个好传统。不过，这也是农耕时代的一个缩影。当然，这也与古代将士屯田极其相似。《居延汉简甲编》第2001A号简文中说，官府经营的园种有“韭三畦，葵十畦，葱三畦”。从汉代以来，屯田就是历代守军的统一做法了。各单位种的菜，主要以西葫芦、茄子、辣椒、西红柿、南瓜、黄瓜、韭菜、大葱、蒜苗、萝卜和土豆为主，但土豆所需土地面积大，一般连队菜地少，就不种。每年十月份，单位都会组织大规模冬菜运输和储藏活动，冷得人连喘气都无法均匀。最常见的仅有白菜、萝卜和土豆，这些蔬菜是最朴素的，对北方人有着宿命般的恩养。

有些同年兵专职种菜，在我们看来，喂猪、种菜、做饭是最没出息的工作，尤其对农村来的人而言，这和在家种地没啥两样。可这也是一项任务，军人的天职就是服从命令。凡是参军的人，内心深处，都有血性与英雄梦，如王维诗句“身经大小百余战，麾下偏裨万户侯”。尽管在和平时期，但军人也必不可少。这世界总是战火硝烟，从没消停过，而强大的国防则是威胁敌人蠢蠢欲动的直接而有效的方式。对此，我和刘秀强深信不疑。对于戈壁之中难得的蔬菜而言，暮色降临之前是浇水的最好时机，渴了一天的蔬菜被日光晒得全身发烫，从祁连山远道而来的冰冷雪水一旦冲进来，无异于水火相杀，冷热对抗，小小的蔬菜难以抵抗两个极端之物的同时袭击，结的果实就变了味道。

看到黄瓜累累的菜地，我和刘秀强跑过去，一人抓住一根摘下来。黄瓜上的刺当然会扎手，可使劲儿握住之后，虽然有点儿疼，越是攥它，就越觉得舒服。我知道，人的肌肤也很喜欢被刺疼，疼在很多时候不只是一种痛苦，或者说疼和痛苦有时候也是一种享受。握着黄瓜，我和刘秀强一脸占了大便宜的样子，跑到抽水机前，用第一手的地下水把黄瓜洗了个透心凉之后，往嘴里一塞，嘎嘣一声，哎呀，满口绿汁飞溅口腔。嫩嫩的黄瓜就像是一个可怜的孩子，被我们这两个猛兽吃了个皮渣不剩。

太阳余晖变得血红，正在向紫红过渡。远处的杨树、近处的沙枣树，以及杂草的油绿身体开始变黑，好像被晚风暴揍了一顿，通体瘀青。我和刘秀强走着走着，就没了路，植被愈加稀少，戈壁出现了，此时它也是通体发黑，唯有阳光还摩挲着的部位仍在发亮。戈壁上有无数的卵石，大都没了棱角，它们被河水反复捶打了几万年，变得圆润、光滑，充满柔和感。我拣了一块红色的，形似鸡肝，握在手里，还很烫手。太阳在白昼输送给大地事物的温度，总会像人间情义一样，储存一段时间，但又永远朝向消失。

红柳丛

胡曾诗说："漠漠平沙际碧天，问人云此是居延。"弱水河一带，有一种植物，即使冬天也发红——红红的枝条，好像将要洇出来的鲜血——太阳照的时候吹弹欲破，天暗的时候则像瘀血。它们在马路边，在沙地上。弱水河畔当然最多，其次是田地边上。每次看到，我都不自觉停下来，远远看一会儿。红柳的红好像有一种魔力，起初我总把它和驻地女子脸上的高原红混淆，也觉得，这红红得庄雅、清真，而且有气度，也有风骨与情怀。

在荒芜的巴丹吉林沙漠，任何自然的颜色都是美好和珍贵的。红柳的红最为自然。我好像听当地人说，这红柳可以做箭杆，建筑烽燧的黄泥里也有红柳，当然还有芦苇、木板、马莲草等。当地人也如此这般地建造房子。戈壁那么大，卵石处处都是，唯独不见一块成形的石头。人们在这里生存，就得建造房屋，黄土和红柳都可就地取材，而且不用花钱去买。人的自我安居、安抚，以及自我激励和鼓舞的天赋古来就有，而且一代胜过一代。

我也注意到，巴丹吉林沙漠附近绿洲里的民居当中，都有红柳的身影，而且还起着主要的板结、固定的作用。为此，我总是在内心强烈地觉得，收割红柳以为家居的人们，都应当在开镰之前，首先鞠躬致敬。我认为这是一种美德。

人被物安顿和安慰了，得有感恩之心。

有些夏天傍晚，我一个人坐在红柳旁边，抓住其中一枝仔细看，它的叶子都是从枝条上生发的，但不会长成枝条，所有的枝条都是从根部开始，向着天空垂直生长，极少有旁逸的斜枝。我惊叹，这红柳真是一副好品性，所有的生长都源自大地和自己的根。即使很远处的那一些，也都是在同一丛红柳树蔓延而去的根上，再度形成一丛郁郁葱葱的、浑身充满张力的红柳树丛。

红柳树丛是野兔最好的居家之所，尤其弱水河畔的那些，如果周边的茅草略微广袤一些，人落脚的同时，近处的红柳树丛中就会射出好几只野兔，灵巧地奔向远处。有时候，还会在红柳树丛中找到鸟蛋。鸟窝的周边，也总有一些黑蚂蚁、黑甲虫，甚至速度极快的蜥蜴。这时候我才知道，不仅是我特别喜欢红柳树丛，还有那么多的沙漠生灵也在其中。正如帕斯卡尔《思想录》所说：“事物具有繁杂的多样性，正如音乐中有各种各样的音调一样。如同我们区别各种葡萄一样，有玫瑰香、孔得鲁、德扎尔格，还有各种杂交品种。一个枝上不会结两串相同的葡萄，一串葡萄上也没有两颗完全相同的果实，这就是一种多样性的体现。”

老礼堂与沙枣花

只能用“一剑封喉”来形容。老礼堂是一个显赫所在，巨神一般矗立在南区北区之间的空地上。我们刚来的时候，在里面参加了几次科技大会。受表彰的人很多，但我却不是其中之一。除了这些，我们还去看了几次电影，参加了好几次年终总结表彰大会。此外，老礼堂最常见的用途便是广播了。起初，有几次，我还写了几篇连抄带编的小文章，投递过去。某个傍晚，一个清脆的女声在巴丹吉林沙漠西部最小的一片天空下响起。她朗读得字正腔圆，像是正儿八经的科班出身。我专门走到一个高音喇叭下面，竖起耳朵倾听，可觉得还不够清晰，就想起了警觉时候的驴子和马。我全神贯注，心跳得跟导弹轰击敌人阵地一般。这还不够，我干脆屏住呼吸，因为那一刻，我觉得自己的呼吸声，对我的听觉也造成了干扰。

可惜，一篇短文，她只广播了三次，最终可能被扔进垃圾桶了！那正是农历三月，黄河以东地区已是草长莺飞，可在巴丹吉林沙漠，三月仍旧酷寒，风带着大把轻飘的尘土，万里无疆地吹，吹得人灰头土脸，楼房也变得灰旧不堪。大多数时候，我奔行于宿舍、办公室和工作台上，尽管窗户明亮，但也懒得看一眼外面。哦，太枯燥了，整个西北的三月就像是足月还不分娩的婴儿，弄得人心七上八下、不明所以，每一条神经里都蠕动着犹豫不决。

好不容易到了四月中旬，东风打败了西风，西风收拾空气中的残兵败将，沿着河西走廊和祁连山，携儿带女地向着欧亚大陆撤退。我明显地感觉到皮肤上有了暖意，好像婴儿的小手指在不断挠，先是脖子发痒，接着是胳膊，再是后背、胸脯和大腿。我知道该穿薄一点儿的衣服了。正是周末，我穿了一件月白色衬衣，下楼之后，被发热的日光抱了一下，然后迈着自卑的步子，穿过一排正在吐絮的老杨树，其中还有几棵洋槐树、榆树，当然还有尚未关门闭户的灌木和杂草。到处不见一个人，我觉得很开心。在巴丹吉林沙漠，我觉得一个人的时候才是最美好的，一个人就是一个世界，如果再多一人，我就不自在了。这可能和我出身乡村有关，也和自己长得不怎么帅气有关。

老礼堂正前方的几棵小柳树已经开始搔首弄姿了，小杨树们则直着身子紧跟其后。红色的大门紧闭着，门前的台阶上只有几片去冬的落叶在百无聊赖地滑动。我紧走几步，走到广场中心靠南三步的时候，突然被一剑封喉。哦，是那种浓稠的蜜香，成团成团地涌过来，堵住了我的口鼻。嗯，是鼻子，蜜香黏稠地钻进去，像是一种激情，把我甜得头脑瞬间发晕。“怎么这么香呢？”我兀自说着，觉得整个肉身都黏滞了起来，很沉重的样子。我睁大两只小眼睛，还没开始睃巡，就看到了老礼堂南侧一排小杨树背后蹲着的两棵沙枣树。

法国一位名叫史怀泽的学者说：“当一个人把植物和动物的生命看作和自己的生命一样重要的时候，他才是有道德的。”对这句话，我深信不疑。老礼堂一侧的这些沙枣树，它们都很老了，起码比我年龄大，但个子才比我稍微高一点点。扭曲，对于大多数沙生植物来说，是宿命，也是活命的要诀之一。我快步走到近前，只看到，一群肥厚的灰叶子之间爆出一朵一朵的黄花，细小的黄花，是由更小的类似小米一般的花萼一同生成的。更猛烈的蜜香就像传说中仙女用的香水。我贪婪地吸了几口，好像全身的血管都甜了起来，感觉肉身饱满，这使我想到“脱胎换骨”“离地飞升”两个玄妙的词。哦，大致是这样的吧，所有重的东西都只能下坠，余下的都是向上和飞升。

西门外再向西

这一生当中，总有些时候孤独莫名，无论谁都难逃此劫。正如唐伯虎诗：“难将心事和人说，说与青天明月知。”蒿草肥厚，其中马莲最多。这种植物，在沙漠与绿洲之间的盐碱地上常见，它们是直立的匕首，而且成群出现，叶子瘦长，头部尖利，从不旁逸斜出，从春天冒芽开始，就朝着天空生长。哪怕天气再旱，周边的小草都蔫到了姥姥家，它们也还郁郁葱葱，穿着一身翠绿的战袍，向着天空自我奔腾。我看到的时候，总觉得有些悲壮。这世间，不仅是人，总还有些植物在卑微之处，向着空大的虚无挺进。

这马莲也叫马韭、旱蒲，据我观察，数西门以外向西的地方最多。那是围墙与盐碱滩交会之地，上面铺着一层白沙，下面则是浑厚的黄土。另一边，还有一条人工水渠。年长一点儿的战友说，早些年，这边没有水，所有用水都是从一公里之外的村子里引过来的。再些年，打了上百米深的水井，用上抽水机，水渠自然也就被黄沙灌满之后再深深地抱进怀里，重新成了巴丹吉林沙漠的一部分。

周末，我特别喜欢一个人闲逛。人多的地方非必要绝对不去，不是不想去，主要是身无分文外加自卑。沙漠戈壁太荒凉了，也太空旷，我一个人走进去，立马就成了一座山，即使六百米以外的高度近视者也能看得见。唯有这样的荒滩，才是我最喜欢的，也是最适合我独处的。只要走进去，不一会儿，人就会被庞杂的草木吞进肚子里。即使有人来，只要躲在一棵沙枣树、一丛红柳甚至一棵马莲的后面，他人的视觉里一定不会有我的身影。

叔本华《论孤独》中说："孤独为一个精神禀赋优异的人带来双重的好处：第一，他可以与自己为伴；第二，他用不着和别人在一起。"这荒滩不远处是菜市场，小贩来自天南地北，但以甘肃、陕西、河南、四川为主。据我观察，鱼贩子一般来自本地，酒泉或者嘉峪关一带，蔬菜贩子则多为陕西、河南人，卖猪肉的非四川人不能为。买菜的人大都是各单位的采购员，再就是临时来队的家属，或是单位的老职工。周末的时候，我也佯装去买菜，煞有介事地出了西门。别人雄赳赳地奔赴菜市场，我瞅没人注意的空当，身子一缩，头一低，猴子一样钻过一道由沙枣树和各种藤蔓植物构成的荒滩的高大围墙，再一起身，就是另一番天地。

荒滩巨大，从西门外一直蜿蜒到北门外。其中以马莲草最多，其次是沙枣树、红柳和鸡血藤、野葡萄，要是春天，还有灰灰草、马齿苋等野菜。白沙深厚的地方，长着甘草，都是野生的。这东西，不仅药用价值高，还是治沙的好东西。要是冬天，我会找一个草窝，最好靠着墙，坐下来，因为穿的是厚棉衣，只要没有尖刺，就不怕屁股和后背被扎出血。要是夏天，必须到风比较忙、树叶子稠密的阴凉地。

我在那里看书，却又看不进去，不是被突然而来的蜥蜴吸引，就是被一群扛着一只昆虫尸体的蚂蚁震撼。这些家伙，把这片荒滩当成了他们的狩猎场，也把这里当作它们的生地和死地。我不同，我只是偶尔到来的人。可又一想，这荒滩和更远处的荒滩，以及巴丹吉林之外的任何地方，还都是一个地方。因此，我笑了一声，心里说："你小子真可耻，真以为自己比昆虫蚂蚁高贵。其实，相对于天空和大地，你还不如一只蚂蚁！"有时候我想，我这样的一个人到底来自哪里？又去向何处？我看起来是我，可我真的是我吗？这是哲学问题，按道理轮不到我来想，可我就是莫名地想，且不想知道答案，只是享受迷茫时刻的混沌感。

在巴丹吉林沙漠，那么大的戈壁沙漠，好像什么东西都有，又好像空空如也。与它相对的天空也是，有云朵，也有飞机，还有鹰隼与深不见底的宇宙。而最常见是风，高空的旋流与贴地而行的风，搜刮了一切，也成就了一切。夜晚的星辰很早就出现在祁连山顶上，它们孤独而明净，像极了世人神往的仙人。

我总觉得，人在天地之间，就像一个鸡蛋中的一只小鸡，大多数时候浑浑噩噩，不知所为，好像自己很聪明，事实上却总自以为是、自作自受，最终自取灭亡。在荒滩之中，总以为世界很小，小得只有我，外面的世界很大，大得没了我。偶尔会听见一些异常的响动，正在探头探脑的时候，却发现背后似乎也有响动。我警觉地扭头看了好一阵子，原来是一群小灰雀，在飞行中不小心碰到了枯叶和绿叶。此外，整个荒滩寂静，好像有一群涅槃的诸佛环列周围，而我像是一个小沙弥。偶尔会有惊慌的兔子与可怕的四脚蛇出没，好在我们互不干涉，也不相互伤害。

如此的时光持续了两年多，西门外向西的荒滩，与北门相连，它的对面，是巴丹吉林沙漠鼎新绿洲中距离我们最近的村子，时常传来牛马驴羊的叫声，炊烟平地而起，穿过树梢朝着青天奔涌。我们之间，横亘着一片盐碱滩。滩上也有不少红柳，但没有骆驼草、马莲那么多。我时常在荒滩中独坐，时间用春夏秋冬的手指，在我身上如指针一般挪移，在我的内心如昼夜一般明灭。

逃跑的爱情

正当我逐渐成为单位技术骨干的时候，我暗恋的那个她结婚了。我把不好看的牙齿使劲儿咬住，对自己说："一定要娶一个比她美上千倍的妻子，而且这一生，我都会对妻子好！好得让她得知以后，红肿着两只美丽的大眼睛，后悔得拧自己大腿！"

第二年冬天，我回家探亲，本想写点儿诗歌之类的，但没想到，到处都是琐事，再加上乡村人群之间的利益争夺和舌涛唇浪，让我的心乱到了极点，也疼痛到了极点。只在家里待了半个多月，我就起身乘上了回部队的绿皮列车。那时候的火车还很少，北京、郑州发车到乌鲁木齐的居多，我在邢台上车，每次都要到兰州再转一趟车。

那一次到兰州下车，还要等十几个小时。我在火车站广场坐了一夜。开始想去住店，可又不想。看着来来往往的人，打工的、做生意的、旅行的，木讷的、华贵的和贫贱的，我忽然觉得，人其实是最不相同的生灵，你和我，我和他，除了身体、本性和欲望，其他都大相迥异。

比如说她，她选择谁都有自己的理由，也是她自己的权利；她只对自己负责，没必要考虑到我。这种世俗的东西，其实才是永恒的，也最具普适性。我想到，我在激愤状态下咬牙切齿其实毫无必要，也是非常错误的。幸福是每个人的，定义有些雷同，但方式和途径大相迥异。

蜷缩了很久，不知不觉地睡着了，凌晨时分猛然醒来，乘上再向西的火车，穿越河乌鞘岭的时候，想起了在这座山某处猝亡的陈保证副主任。我心里想：他会不会知道我在此刻经过呢？到武威，我想下车去看看嫂子，可又一想，别人会怎么看？我去何意？到山丹，想起传说中的焉支山，想起悲怆的匈奴古歌“失我祁连山，使我六畜不蕃息。失我焉支山，使我嫁妇无颜色”。当然还有九色鹿、矮壮善跑的骏马，以及犹如天堂的积雪、起伏无际的山地草原。

到酒泉，我想我就要回到单位了，蓦然觉得有一种隔世之感。几乎每次都这样，当我离开一段时间，再回去，就觉得一切都很陌生，即使熟悉的，也透射出一种薄纱般的迷离感。可事实上一切如旧，我回来，就像一滴水重回池塘，像一只飞鸟千万里之后再回种群。河南屈知道我回来了，叫了同乡安，在营区外一家连碗边都乌黑的小饭馆里吃了一顿饭，他点了土豆烧牛肉、青椒肉丝和土豆丝，还有一盆鸡蛋汤。三个人喝酒，几杯后，我的舌头就有点儿发硬了。我又说起康、李、赵，还有我们的陈副主任。河南屈说：“俺老家人说生死无常，可不就是生死无常呗！”同乡安说：“唉，他们三人死了，剩下老爹老娘咋办？”还说，康的爹来到部队，哭得昏死了几次，娘用头撞墙，都出血了！

三个人说了一通，唏嘘了鼻涕眼泪一大把，然后共同喝了一杯。我对同乡安说：“俺那个她结婚了！”河南屈说：“算那小妮子没眼光，你小子，这么好的男人，她装没看见，真是瞎了鸟眼了！”我喝了一杯说：“屈胜利，你别骂她，你骂她，俺心里难受！”河南屈“哼”了一声说：“好！俺骂错了，俺再喝一杯，给你雀斑杨赔礼道歉！”

第二天早上起来，还觉得天地都在飘，身子像是女子鬓边的细发。到中午，同乡安打来电话，说我俩今年还可以考军校，问我考不考。我说我考。安说，那我们就一起复习；还叮嘱我说，要是干部科有熟人，可以打听一下具体情况。我说，没问题，我认识一个干事，就是分管战士考学的。

没多少天，天气转暖，巴丹吉林沙漠军营为数不多的花儿争先恐后开放，可还是没有多少蜜蜂。再几天，沙尘暴也如期而至，一刮就是一周，弄得不怎么粗大的旗杆上都沾了一层黄色的粉尘。每天，吃过中饭和晚饭，我就在办公室里，把邮购的复习资料翻得皮开肉绽，对我吹胡子瞪眼。同时，还继续写诗。大致是四月吧，全军统考就要开始了，干部部门开始筛选，我报名。预考后的很多天，我才从政治处了解到，我那成绩，简直对不起花了120块钱买的那套复习资料。这好像也在我的意料之中。

我数理化从初中开始就一塌糊涂，要是光考文科，按照河南屈的话说，上个军校，那就是“步枪打鸟——板上钉钉”的事儿。我沮丧了一阵子，在诗歌的写作和发表中得到了某种心理补偿。也没预选上的同乡安说，那就转志愿兵吧，干十三年回去，也挺好的。

还是那些夜晚，我把自己关在办公室里，写诗，把政治处订阅的所有文学杂志翻得稀里哗啦。一旦发现特别喜欢的作品，就拿到宿舍，放在抽屉里，睡觉前再看一遍。那时候，我读了所有新时期军旅诗人的诗歌作品。到现在，还认为那是一个高峰，还没有其他军旅诗人超越。夏天，楼后的女声吸引了我，她们说话声音很大（或许是开窗的缘故），也都非常动听，像一群燕子或者黄鹂在耳边婉转。其中一人，经常对着窗户梳妆，我隔窗看到，她的脸很白，眉眼也很周正。有时候，我正在如临大敌般写诗，忽然听到楼后一串高跟鞋的响声，从上到下，节奏一致，就像某种编排好的流行音乐。我起身，看到一个窈窕的身影走出来，像戏曲里的大家闺秀一样，优雅而有韵致。

我偷偷看着，有点儿沉醉。待她消失之后，忽然又伤感，想起多年之前的乡村校园，夏天的核桃树庞大如云，放学铃声之后，同学们鱼贯而出。我走到最西角那棵核桃树下，看她像蝴蝶一样飘下小路，又像蝴蝶一样飞入村庄。此刻和那一刻，地点不同，但情景相似，连角度和味道也相差无几。同样是一厢情愿，同样是遥遥无期。

我叹息了一声，拿起笔写道："蝴蝶和我们，从生命长度上没有不同/而心情，迥异得如同我和远处的你/当年的蝴蝶近在眼前，可望而不可即/那时你我青春年少，而我总想成为一根盛开的麦芒，一株艾草/用世上那根最柔软的刺、狭窄处的宽阔/让你跳舞，让你有足够的时间和快乐/把我的一生占据，还有我骨子里面的爱与忧愁。"这首诗歌，后来发表在当时热卖的《女友》杂志上，我一直想给她看，可直到现在也没有合适的机会。

再后来，我离开了这个技术室。到机关的第一年，我已经做好了去上学的准备，结果名额被他人占了。我到电视台工作，整天扛着摄像机，到各个基层单位去，回来写稿子，编新闻，在电视台播放。其中一个雨天，我到附近单位去，一进门，看到一个女干部，第一眼似曾相识；第二眼，我就确认，她一定是我楼后的那位，就是我偷看过多次的那个人。当我第二次进去，房间只有她一人，坐在微机前。我询问了一下，正要转身走出的时候，忽听她说："你的眼神为啥那样忧郁？"

我倏然一惊，脚步定住，但最终没有回头，也没有应答。走出后，在细雨中，我感觉到了一种从未有过的激越与安慰，一句话可以贯穿人，一句话也可能温暖一生。我觉得足够了。回到宿舍，我写了一篇小文章，后来发表在《人间方圆》杂志上。至今，我不知道她的名字，就为她起名为小乔。再后来，我写了一篇名叫《巴丹吉林青春往事》的散文，发表在《作品》杂志上。我觉得，这种偶然是一生罕见的——距离再近，其中也会有万千高墙。那一年冬天，单位又调来一名姓庞的干部，周末时常出去坐坐。没想到的是，一个外地来的小女孩儿竟然热烈地爱上了他。

我记得，那女孩儿叫兰兰，东北人。那是一家东北人开的饭店，在当时，是我们单位附近最高档的。兰兰瓜子脸，两只眼睛好像黑葡萄，年纪可能刚过二十岁。她喜欢庞的原因，在多数人看来，是想找个军官，在这里安家，做随军家属。有一次，兰兰在路上把我拦住，问我能不能给庞带点儿东西。我说只要不是毒药或者其他危险品，绝对没问题。不一会儿，兰兰从饭店跑出来，提了一个很大的塑料袋。我把袋子给庞，庞看了看，里面全是吃的，还有他最爱吃的山东卷饼和大葱。庞说，拿来了就吃。我也跟着吃。吃完了，庞拿出200块钱，说："你再遇到兰兰，替我给了她。"我眼睛睁大，不知道庞何意。

庞见我不接，叹息一声，坐在床上说："实话告诉你，家里给俺订了婚，未婚妻在乡政府上班，对俺和俺家人都很好，兰兰再好，俺也不能当陈世美。"

我听了，"哦"了一声。

再一次遇到兰兰，我一脸歉意，把钱递给她。兰兰问："这是啥钱？"我说："这是上次欠你的。"兰兰说："我俩没欠账啊。"我没吭声，把钱塞进她手里，转身就走开了。九月份，我母亲生病了，我心急火燎地赶了回去，所幸没大碍。刚回到单位，庞就说："你可回来了，再不回来，就有人急死了！"

我诧异，看着庞说："除了你，还会有谁想我回来呢？"庞说："我才不想你呢，你不在我一个人住一个房间，舒服得很。"我放下行李，拿了特产，给庞吃。然后脱了外衣，只穿了一条内裤，就拿着脸盆去了旁边的洗澡间。一阵淋漓爽快，嘴里哼着"红尘呀滚滚"推门而入，看到的却是一个女孩子，屁股靠在我的书桌前，一脸哀怨地看着我。

我转头找庞，可除了床铺和电视机，一个人也不见。我下意识用脸盆挡住裆部，脸红着说："你……怎么在这儿？能不能先回避下，让俺穿上衣服。"那女孩子的眼睛像刀一样剜了我一眼，嗒嗒几步，走出门去。我赶紧关上门，从里面锁住。

晚上，躺在床上，我对庞说："以后可不能做这事儿了啊！纪律当头，再说，俺还是黄花大小伙子呢。"

庞笑笑说："你是不是黄花大小伙子俺不知道，俺就知道，人家那红玉可是替人卖着雪糕苦等你一个月！小子，要知道，贫贱之交不可忘，糟糠之妻不下堂！"我感到既可气又可笑，反问他说："哥们儿，说话可要有依据啊，俺哪儿来的贫贱之交、糟糠之妻？"庞说："你小子可真是坏人多忘事。大概是九月二十几号吧，俺去商店买烟，被在旁边替人卖雪糕的红玉叫住。人家先送我一个3块钱的冰激凌，然后问俺你这么长时间不见去哪儿了。俺说姓杨的那小子回家了。人家又问，那姓杨的啥时候回来。俺说可能快了。红玉又问，能不能把房间的电话号码留给她，俺看这女孩子不像个坏人，就对她说了。当晚，红玉来电话说，那次，咱去人家饭店喝酒，你喝多了，说自己喜欢人家。再一个月后，人家不想在这儿打工了，辞了酒店的工作，就在这里一门心思地等你，想亲口问你是不是真的喜欢她，才又替一个家属卖雪糕，为的就是等你回来问个清楚。”我说：“俺啥时候对她说过喜欢她啊？没影儿的事儿！”

庞掐掉手中烟头，说：“你小子真是的，你一喝多就乱说，见到一根狗尾巴草都以为是雪莲花，这么根深蒂固的毛病别人不了解，俺老人家还不了解吗？”

我“哦”了一声，仰躺下来，看着白色的天花板，自个儿在脑子里仔细搜寻了几百公里那么长的往事，才想起，确实有几次喝多了，和红玉说过一些不知道天南地北的话，好像也表达了爱慕之心。这不丢人，关键是男人一喝多了酒，胆子呈几何倍数增长。喝多了的时候，即使给一支步枪，也敢在月球上横刀立马；即使胡说八道，也觉得真理在握。

直接领导

他是我老乡，又是军官。到这个单位不到半个月，他就让我独立做电视新闻。起初，我不会摄像，跟着一个军官学，不会用编辑机，也跟着学。写稿子，我倒是无师自通，无论啥样的新闻稿，我都可以写，但写得和当时报纸上的不同。那时候我就很古怪地认为，不管什么东西，都不能跟别人一样。新闻稿也是。再后来写公文也是，其他人都是翻旧稿改写或者找同类的稿子套写，还振振有词地说："天下文章一大抄，就看会抄不会抄了。"我鄙视着说："要是这样的话，从古至今的人们，都是抄仓颉的了？那司马迁呢？李杜和曹雪芹、蒲松龄呢？"

摄录写编我都可以，一个人做一期电视新闻一点儿问题没有。而且，我还提建议说，这电视新闻一周一次，有点儿少，不如两次，即每周三编辑制作播出一次，周五再一次。领导请示上面的领导，最终同意。可其他同事不乐意了，但又不好当面怼我，只在背后说我多事，是个表现狂！我笑笑，只觉得，人和人就是不同。

有一段时间，领导说要抓一下上班纪律，让我们做好监督。我背着摄像机，到几个技术室晃了一圈，看到有人上班不正规，就录了下来，一连跑了几个单位，偷拍了好几个典型性很强的现场镜头。编辑完成，领导审稿之后说，可以，这个可以，应当这样，新闻就是要起到监督作用的。

这件事，就炸开了锅。我没有受批评，反而捡了一个便宜：以前都不正眼瞧我的人，也知道我大名了。但很可惜，这样的节目只做了一期就无疾而终。

他也说，可惜了！

他叫刘正理，河北张家口人。年底，西风吹得满地尘土朝着天空飞扬，西伯利亚的乌鸦再次占据了巴丹吉林沙漠所有的杨树树颠，小灰雀依旧出没于房檐屋角与榆树灌木，惨淡的日光之下，到处都是寒冷。地上的落叶干得只剩下了灵魂，完全消匿的云彩总是在极远的天边回眸一笑。开完会，他把我叫到办公室，说：“兄弟，你辛苦了，这一年来，一个人干了三个人的活儿。我向部里给你请了三等功。”我说，感谢台长。他笑着说：“你小子，干这行真的干得好，勤快，还特别用心。”然后笑了一下，拉开侧边的抽屉，拿出六百块钱，对我说：“这是年终的奖金，你辛苦得来的。”

那时候，我的工资才一千二百块多一点儿。

我受宠若惊，连连摆手，意思是不要。他声音低沉、威严地说：“必须拿上！这是你的劳动所得，是单位奖励，不是我个人给的！”我嗫嚅了一下，还在犹豫。不是我钱多，不爱钱，而是觉得，领导给奖励，总觉得过意不去。我在这个集体所做的，无非是尽本分而已。没有单位存在，我这个“个人的毛”将焉附？这话说得非常集体主义，但对于当时的我而言，心里确实这样想的，也是这样做的。

他又说，拿上！

我接住。他微笑了一下，看着我，又说：“这事儿你知道就行。嗯，其他人三百块钱，你双份！”我又“哦”了一声，说：“这不好吧？”他说：“有啥不好的，干得活儿多，又干得好，就要多拿一些！我呢，作为你们的领导，必须做到赏罚严明！”然后站起身来，看着我说：“小杨，再接再厉，争取更好。咱们河北人做事情，就得有燕赵之风！”

我应了一声“是”，向他敬礼。

那是我得到的最多的一次奖金。那个周末，我就请同乡安、定兴王、同县阎等几个人吃了一次饭，每人喝了一瓶啤酒。吃完，同乡安悄悄对我说：“这事儿，你该去你们领导家走走的。”我愣了一下。我知道，所谓的“走走”，就是去表示感谢；而表示感谢，又是到人家家里去，当然不能空手。

我去了，刘正理笑着说，坐坐坐。

说了好一阵子话，我告辞，他送我出门的时候，塞给我一条香烟。我再次受宠若惊，也知道那条烟差不多两百块钱。那时候，正是一九九七年。两百块钱还算是个钱。我下意识地拒绝，他眼睛一瞪，说：“拿上！”然后转身就回家了。

刘正理的夫人，我该叫嫂子。在巴丹吉林沙漠，凡是家属，只要比自己年龄稍微大上那么一点儿，不论是谁，其他人一律叫嫂子。她是内蒙古包头人，一个肤白貌美也很大气的嫂子，和刘正理一样，对我很亲。

我还记得，刘正理转业的时候，我又去了西门外向西的荒滩，闷闷地哭了一下，长时间看着天空，心里想不通，这样一个好人，我的上级，怎么就离开部队了呢？不由得想起岑参诗句：“轮台东门送君去，去时雪满天山路。峰回路转不见君，雪山空留马行处。”我好想他一直当我的领导。这肯定是私心，但我觉得，每个人都需要温暖，也需要公正。尤其在辽阔的巴丹吉林沙漠，沙子那么多，天空那么高，大地那么深厚，每个人都是过客，几年或者几十年之后连一粒沙子的痕迹都难以存留。

后来，我无意中听其他人说，他是因为性格刚直，因为我们几个下属的事情，让领导很不高兴。他在一个位置上已经五年多了，觉得没了再上一个台阶的希望，就主动申请回到地方工作。他很爱嫂子，不然，他就不会不回原籍，而是跟着嫂子去了遥远的包头。孟浩然诗说：“人事有代谢，往来成古今。”刘正理他给予我的，不单单是一种个人之间互助与体贴的温暖，对青春年少的我而言，还是一束光。

沙漠村庄的爱情

夏天，巴丹吉林沙漠热得蚂蚁都停止了运粮生活。某一日，正值周末，我躲在房间苟延残喘。周鸣打电话来，说让我和他一起出去玩儿。我正想推掉，他却不由分说挂了电话。十多分钟，他来了。周鸣是我的同乡，且是同年兵。临来的时候，他父母和我父母交代我俩，让我俩到部队以后，要像亲兄弟那样更团结，互相帮助。我嗯嗯答应，心里也是这么想的。

新兵连之后，周鸣留在了教导队，在炊事班。我则被分到了一个专门搞技术的单位。因为离得比较近，两人经常来往，特别是周末。这一次，周鸣先是没说什么事儿，只是拉着我下了楼，骑上自行车。我也找了一辆，跟在他身后，穿过各个单位，然后出营门。这是巴丹吉林沙漠的西部边缘，除了我们这一支驻军，外面还有一些村庄。

路面坑洼，阳光暴热。沿着土石公路奔行了一会儿，周鸣率先冲下马路，拐到一条两边长满芨芨草的小路上，不一会儿，就到了一座村庄的外围。这一带的农村，民居多是黄土夯筑的土房子，外表刷白漆。进到村子里，看见一个打麦场。时值中午，日光烤得人流油，若不及时补水，人有可能当即成为木乃伊。

我们正要路过，周鸣却停了自行车，支好，跳进了打麦场。我一看，放下自行车，也跟了上去。这么热的天气，一个中年男人戴着一顶已经发黑的草帽，光着膀子，正在扬麦。周鸣低声说，这是赵叔。我恍惚了一下，忽然明白了什么。

被拖拉机轧了不知多少遍的麦秸松软、干瘪。翻开麦秸，也翻开灰尘，碎了的麦芒夹杂其中，飞起来，落满全身。不缓不急的风从东边的戈壁吹过来。尘土趁风，和着汗水，附上我们的身体。正在这时候，一个身穿粉红色衬衣，用头巾包着头脸的女孩儿，从村子里快步走了过来。走近，我才发现，她怀里抱着一个大西瓜。

这时候，赵叔放下木锨，说："不打了，太热了，等傍晚了再来。"随后，就拿了放在麦秸堆上的衣服，径自往村里走了。那女孩儿说："走，到家里去。"穿过一排杨树，到一座四合院停下来，我和周鸣一前一后进门。那女孩儿还抱着那个西瓜，放在水里洗了，然后用刀切开，一块一块地放进盘子，端到我和周鸣面前。

那女孩儿刚转过身，我冲周鸣笑了笑。

回来的路上，周鸣笑着说："这女孩儿不错，就是家在农村这一点不太好。"我说："你既然喜欢人家，就好好喜欢，农村城市不重要。"

此后，我极少再去那女孩子家。问起来，周鸣说，还在继续。我心有点儿嫉妒，找对象的心兀自蓬勃，但没有周鸣那么好的运气。随后的日子，在不断的忙碌、睡眠、梦遗和忧伤中度过。这时候，我发现自己长大了，胡子三天不刮，就胡乱张翘了。

这一年初冬，周鸣离开了原来的单位，被新单位委派到酒泉的一家汽车修理厂学习汽车修理技术。临近春节，单位一个领导的妻子要带着儿子来，让我和他一起去酒泉火车站接一下。次日一大早，两人坐上布满尘土的公共汽车，走了四个多小时，才到酒泉。

站在简陋的月台上向远处看，对面就是祁连山，底部黝黑得像是打翻的墨汁，上面却是连绵起伏的白，雪花冻结的寒冷从山顶盘旋向下，在树梢、稀落的建筑和人的身体上游弋和摩挲。接到领导的妻子和儿子，找了一家宾馆，我回房洗了一个澡，才觉得饿了。出门一看，他们的房门上挂着“请勿打搅”的牌子，蓦然愣了一下，似乎明白了什么。

我无处可去，想到周鸣，出了宾馆，迎着卷着尘屑的西风，到西大街的尽头，看见一面高高耸起的汽车修理厂牌子，正好有人出来，询问，沿着他指的方向，果然在一群低矮曲折的民居当中，找到了周鸣。

周鸣和另外一个同乡住在一起，房间很冷，尽管架了火炉，双脚还是没有一点儿热气。我不停地跺脚，和周鸣说话，说到近来单位的新情况和新问题，也说到那个女孩儿。

周鸣说，他爹娘不允许他在这里找对象，早和那个女孩子不来往了。

我叹了一口气。

傍晚，风吹得整个酒泉都在持续冻硬。我和他正在胡说八道，门开了，一个漂亮的女孩子走了进来。眼眸之间，温情流溢，个子也高，解开围巾，果然一个大美人。我仅仅看了一眼，不由得怦然心动。我暗暗想，这肯定是周鸣的新女朋友，便下意识侧脸看周鸣。他似乎也看出了我的意思，笑着说："你别胡思乱想，这是许小生的对象。"

不一会儿，许小生也进门来了，看到我，惊诧了一下，笑着寒暄了几句，然后，就和刚才的女孩子一起出去买菜了。大约半个小时，两人提着东西回来，一阵手忙脚乱，就是一桌酒饭。我们几个人围桌而坐，喝酒说话，一直到深夜。我要回宾馆的时候，周鸣送我。走到门口，我说我宾馆的房间有两个床位，干净、暖和，到那儿睡吧。

周鸣很爽快地答应了。那时候，夜已经很深了，街道上没人，也没车辆，我和周鸣，两个喝了酒、身体有些不由自主的人，摇摇摆摆，跌跌撞撞，从灯光暗淡的街道回到宾馆，在沉醉中，洗澡，说话，不觉之间，天光放亮，有几片切割的阳光，落在我们身上。吃早餐的时候，我忍不住问周鸣："难道就因为那女孩子家是农村的？"周鸣说："可不就是咋的？"我说："咱俩也是农村的嘛！"周鸣笑了下说："是啊，可咱俩现在不一样了，再也回不到农村了。”

我说：“那可不一定。”

周鸣说：“找对象这事儿，还是俺爹娘说得对，门当户对最重要。”

我叹息一声，看着窗玻璃上那一抹淡黄日光，不远处的街角阴影处，堆着一堆已经发黑了的积雪。

离别总教人心碎

刘正理走了。走的那天，天空发暗，像极了某些电影或电视剧里的经典镜头。我好像没去送他，他也不要人送。他说，还会相见的，再说，在哪儿都可以做事情，到地方也一样。我想请他吃顿饭，他也拒绝了。我心情黯然。与此同时，兰兰回东北了，红玉也走了，我的生活安静下来，也真正地空荡了。庞也逐渐心安理得。可没过多久，我就开始独自想：红玉是个好女孩子，要是娶她做媳妇，以后的日子肯定也不差，至少能配得上我。可我为什么要对她说那些话呢？

那一次，我穿好衣服，打开门，红玉低着头走进来。为了防止别人起疑，我故意把门敞开，对红玉说："咋回事？你咋到这里来了？"（这话看起来像是我和红玉真有事儿一样，可当时就是这么说的。）红玉说："你说吧，你那次说的到底是真的还是假的，我就等你一句话！"我笑笑，摸了摸下巴，一时间不知道该怎么回答她。我从心里觉得，红玉这女孩子还真的是不错，最重要的是，我也有点儿喜欢，但从根本上说，我的心还不是那么强烈。更重要的是，我现在还不能谈个人私情，因为，自己的命运前途还是团大迷雾，要是再恋爱，就是对人家不负责。

从早已出嫁的她那里，我得到的最重要的启示是：爱情不是独立的，必须有一定的物质基础，才会使你喜欢或者爱的人幸福，起码也得衣食无忧，否则就是害人了。要是我也像她嫁的那个男人家境殷实的话，我早就有未婚妻了。想到这里，我一脸无奈地看着一脸哀怨与期待的红玉说，是假的！红玉一直看我的眼睛忽然滚出两滴泪水，飞快地冲过脸颊，响亮地落在屋地上。红玉用脚尖在地上画了一个圆圈，咬着嘴唇，看了看我，猛地扑过来，在我胡子拉碴的嘴角亲了一口，就快步冲了出去。

当红玉的脚步声在走廊上彻底消失，我颓然坐下，挥起手掌，在自己脸上打了一个耳光。

至于兰兰，走的时候，庞说去送她了。是某个早晨，他很早起来，骑着自行车，到车站那里看着兰兰上车，车辆消失，才推着车子回来。不足一公里的路，庞抽了十根香烟。

那一段时间，没事的时候，我和庞就对着电视打游戏，那种插卡式的游戏，打坦克，一次能打一百多关。两人呵呵笑。有时候故意熬到很晚才睡，睡下谁也不说话。有一次，买了几瓶二锅头，一人一半，喝完就睡。在这期间，同乡安来找我几次，谈起留队转改志愿兵的事情。我说："你在那儿肯定没问题，单位少不了你，他们肯定会安排。"

安说："你说得倒轻松，现在，要是没个领导说话，还是得滚蛋。”

我问：“你最熟的是谁？”安说：“上次俺爹跟俺哥哥来部队看俺的时候，这事就跟俺单位的领导说了。领导说俺这个小伙子不错，干工作踏实得很。”我看了一眼安的大扁嘴说：“那你猴急个鸡毛啊！等着就是了。”安说：“你是准备送学提干的，谁都知道，你倒不用担心，俺是没本事，就会做个饭，咋能不愁？”我说：“我这事儿也是两说着的，去年被人顶了，今年又到年底了还都没影儿，说不定就卷着铺盖打道回村了。”安说：“那咋能？”

再几天，河南屈和河北王也来了，河南屈说：“俺不留队，俺爹说，早给俺说好了，一退伍，就到林业局给局长开车。”河北王说，他想留队，家里人也都希望他这样做，也找好了说话的人。

转眼间，西风一起，原来葱绿骄傲的树叶就像残兵败将，不过一个星期，就全部由高处下落，由天上转入地面。清晨起来，成片的乌鸦像是光棍开会——嗓门儿粗，而且还单调。霜花在落叶上凝聚，在阳光下溃散。紧接着，又是几天沙尘暴，刮得黄尘漫天，也刮得人心慌意乱，也刮得睡眠和心情七零八落。十一月份，补兵退伍工作开始了。我心里也没底，不知道让走还是让留下来，就给几个上级首长和老师打电话。他们说已经给我们领导说过了，应当没问题。我还是不放心，到首长办公室，说了自己的情况。首长说，今年就想送我到军校上学，可是上面又有新的安排，只能等明年了。我嗯嗯着，说谢谢，然后敬礼退出。

一九九五年十一月二十六日，早上，格外冷，连手指都是僵硬的，脖子好像插了一堆钢针。我吃了点儿东西，就往礼堂走。《送战友》的歌声老远就传了过来，一遍一遍，唱得乌鸦都不见了踪影。我站在一边，有干事和战士在布置会场。不一会儿，胸前戴着大红花的人从各个路口步行或乘车而来，后面是锵锵的锣鼓声和噼里啪啦的鞭炮声。在乌泱泱的队伍中，我找到河南屈，上前抱住。河南屈流着眼泪说："雀斑杨，俺走了，俺真的走了，你在这儿好好干，等俺娃长大了，再到这里来当兵！"我也哭了，一手提着摄像机，一手抱着河南屈的大粗腰，哽咽说："哥们儿，回去好好混，你小子义气，心好，一定会有天大出息。"

擦干泪水，在寒风中光着手掌与河南屈再次紧握后，我又四处看了看，发现好多同年兵或者同班同连战友，走上去与他们一个个说话。他们都哭了，鼻涕眼泪都搅和到一块儿了。其中的定兴曹说，他开始不想留队，可真的要走了，却后悔得想撞棉花，真想留下来，觉得在部队真的很好。江西白说，要不是爸妈只有他这么一个儿子，他就留下来了。部队真好，还有他那儿同班的，跟兄弟一个样儿！定兴吕说，走了他再回来。我问："你在酒泉的对象咋办？"定兴吕说："她跟俺一起走。"我问："她家人同意吗？"定兴吕说："早就同意了，到俺们老家马上就结婚。"我掏出一百块钱，说："哥们儿，这是贺礼，祝福你们。”定兴吕看了看，笑着说：“那俺就谢谢了。”我拍了拍他肩膀，他抱了我一下。

关于定兴吕，或者他和酒泉小嫪的爱情，我们一群同乡的人都知道。有一次，美丽的小嫪还给我们做过一次拉条子（一种西北人喜食的面食）。几个人围坐一起，吃了拉条子，然后吃肉喝酒。

我依稀记得，他们的爱情好像发生在附近的鼎新镇，小嫪那时在那儿开了一家不大的理发店。定兴吕是个早慧且爱美的小伙子，经常去理发，就解决了爱情问题。两个出生地远隔千里的人，就这么冒出了一团艳丽的火花。据我得知，两个人早就热烈得跟夏天戈壁滩上的气浪一样了，把手放上去，准能烧出两个大燎泡。

我和同乡安羡慕得不行，私下说：“这定兴吕，泡妞的本事真是高，高得咱俩摞起来都够不着。”

定兴吕说，小嫪的爹娘是个体户，在酒泉最大的商城有一层楼，开始自己干，后来分柜台承包给了其他人，一年收租金起码也得上百万。那时候的一百万，比现在的一千万还要让人脑肥体壮。那时候，他也想，即使不去上军校，成为军官，手里有几十万块钱，他也就没有那么多的顾虑和哀愁了。他的父母亲人，还有朋友，都会因此而得到他的照顾，再不用土里刨食，披星戴月了。安也说，以后得入股铁矿，他哥哥说，一万块钱股金到年底起码也能分两万块钱，好多人快赚死了，就一个白塔镇，一年就呼啦啦地整出四五十个百万富翁、千万富翁，街上的车最次也是“广本”。听同乡安这么一说，我不由得也是一阵不着边际的心旌摇荡，如席卷的沙尘暴。可反身回来，我们还是空空如也，必须靠自己。

到了这一天，我们当年一起来的那些战友，大部分要离开了。那时候五年兵役制，在一个地方和一群人待的时间越长，感情就越深。整个广场上，人都成堆了，搂的抱的、哭的笑的、喊的叫的，好像是一个嘈杂的拍戏现场。半个小时后，各单位退伍兵都已聚齐，《送战友》的乐曲声戛然而止。领导齐齐站在台上，值班员整队报告，参谋长对着话筒致欢送词。台下无声，接着是掌声，再后来是鞭炮齐鸣，如雷炸开。再后来是一辆接一辆的大卡车，老战士也像新兵一样分连，一一爬上车厢，送行的人在车下仰望，伸出手掌与上面的相握。

哭声和眼泪至此达到高潮。有的老战士，穿着没了领花的军装，戴着没有帽徽的帽子迎着风，张开嘴巴放声大哭。有的集体大喊：“巴丹吉林，我爱你！”“×××部队，我爱你！”还有的说：“我们一定还要回来的……”送行的人也哭了，站在路边，不住地挥手。其中，一些家属也两腮通红，哭得全身发颤。

我坐在另一台车上，跟着他们去火车站，用摄像机，拍下同年战友在巴丹吉林沙漠最后的身影。列车开动的时候，我拉了拉河南屈、定兴吕的手，说：“兄弟们，一路平安，相信我们还会再相见的。”等列车走远，河南屈和定兴吕还把脑袋探出窗边，冲我挥手。我忽然一阵激动，大喊道："屈胜利、吕先国，一路保重啊！"那声音在人群逐渐散去的月台上，像是一声空旷原野中的狼嚎，沿着铁轨，向着定兴吕和河南屈快速追去。

每年老兵退伍仪式，就是一颗巨大的催泪弹。一个人融入集体，在一个地方久了，无论怎么样，哪怕有些小矛盾和小冲突，其实都不过细水微流。待到离别的时刻，大家也都一笑泯恩仇，用不舍的哭声来表达对一方水土和一些人的情谊。正如岑参诗句所说："轮台东门送君去，去时雪满天山路。山回路转不见君，雪上空留马行处。"

从车站回到单位，匆忙放下摄像机，我就在稿纸上写道："这是最后的美，在巴丹吉林/我们的眼泪是被鲜血染红的，我们的心/被离别击碎，被远离的乌鸦/以及鹰羽、枪刺，还有爱和不舍/划出明亮之痕。紧握的手掌里藏着火焰/拥抱的身体内鼓跳如雷，有一种横越千里的风声/把渐行渐远的你，此刻还在的我，连接成刀锋和玫瑰/亲爱的战友，我像爱我自己和未婚妻一样爱着你们。"当晚，我就在原先做好的专题片基础上，加入了许多新拍摄的镜头，并把自己的这些诗句，用字幕显示出来。到第十五天，河南屈、定兴吕就来电话，说收到了我寄的录像片。河南屈笑着说："回家一帮子同学挨着个儿请俺吃饭喝酒嘞！林业局那边已经说好了都，过几天就上班。"定兴吕的话音比较沉闷，不知是吸着鼻涕，还是伤风感冒，语气听起来极度沮丧。经我再三追问，他才说，小嫪没来，可能以后也不会来了。

去上海

老兵一走，剩下的，是广场上很快也会消失的一片狼藉。再一天后，巴丹吉林沙漠便一切如常。我在想，来和去之间，实际上没有多大联系。这些人走了，另一些人来了，一如我们当年，也如他们当年，这种方式总是被比作血液更新，或者营盘流水。而我觉得，这其实和一代代的人相互代替一样，是推陈出新，只不过是时间之中的一种循环而已。

同年的战友基本离开了，我和安，还有定兴王，是他们当中最后的遗留。

周末下午，刚放下安的电话，定兴王就打来电话。他们都约我出去坐坐，我满心地高兴，还没到约定时间，我就到了兰兰以前的饭店门口。

从去年起，这家饭店换了主人，兰兰走后的第二年，她叔叔就把这家饭店盘卖给一个甘肃人。这甘肃人也特别会经营，整天食客爆满，得提前一天订餐才行。饭店对面，是刷得比雪还白的部队医院后墙，后面是服务社（现在是超市）、理发店，还有小餐馆。

他们俩还没到，我就在饭店门口溜达。冬天的巴丹吉林沙漠枯燥至极，连落叶被风搬动的声音，都可以叫人浑身一震。正在这时候，定兴王和同乡安几乎同时出现，见到我，咧嘴哈哈笑了笑。定兴王到服务社买了一瓶当时非常流行的孔府家酒，还有两包红塔山香烟。三个人一同进门，轻车熟路地走到包厢，正在说着某些事情，一个服务员拿着一张粉红色的菜单进来。我一看，竟然是红玉。我止住话头，眼睛睁大，盯着红玉的脸，一时不知道该说点儿什么。

红玉看了看我，张嘴说："咋了，没见过？"

定兴王和同乡安一听，齐声嘿嘿笑说："嘿，这俩人，嗯，有故事呦！"然后互相轻佻地点点头，满脸都是暧昧的笑意。我说："你们两个，咋总是张着嘴巴不吐人话来？这个事儿可不能乱说啊！"定兴王和同乡安看了看红玉，又看了看我，说："咋了？谈对象爱女子天经地义，神仙还帮人撮合哩，还怕人知道吗？"说完，又是一阵哄笑。红玉站在旁边，见我们三人说笑，始终抿着嘴唇。过一会儿，见我们光顾乱说不点菜，她语气冷冷地说："你们点不点菜？不点，俺就出去了！"同乡安扭过脸，看着红玉说："呵呵，这丫头，脾气还挺大！"又看着我说："以后可得把尾巴夹得牢牢的，不然，一准儿被踩到！"

定兴王也笑："这会儿就这么厉害，要是结了婚，那还不把人吃了啊！"

红玉的脸由白变红，呼吸也急促起来，胸脯起伏。我赶紧对安和王说：“注意点儿，这是公众场合，可别胡乱说啊！”两人见我脸色沉肃，止了说笑，拿过菜谱，点了几个菜。红玉出去以后，我对他俩说：“这话不能乱说，咱爷们儿没事，人家是小姑娘，可要注意的。”

两人不住点头。

菜上来，酒打开，喝了一杯，我们三人又开始了新话题。

先是说到各自留队情况。安说，那头很义气，没怎么说就办事了。王说，就是买了几瓶酒去人家家里坐了一会儿，事就办了。我说，我那事还是没影儿。说完，叹息了一声。正在这时候，红玉又推门进来，给我们上菜，顺便把酒杯给满上。出门的时候，我想喊一声红玉的名字，话到舌尖上，马上就要蹦出来了，可红玉回头关门的时候，我看到一双凌厉如刀的眼睛，狠狠地刺向我。

我慌忙低下了头。

后来，我不愿意再去红玉所在的饭店吃饭。再后来是夏天，某一日，电话响起，我想不是领导找我有事吩咐，就是那几个同乡找我聊天。拿起话筒，“喂”了一声，对方却不说话。我问：“谁啊，说话好不好？”对方还是没说话。我说：“不说话我就挂了啊。”对方还是不出声。我挂了电话，正在想到底是谁，电话铃又响起。我抓起话筒，只听到一阵粗重的呼吸声。我问：“是谁啊？”对方呼吸越来越重。我说：“有话说话，没话就别打电话；

再不说话，我就挂了啊！”

少顷，话筒里传来红玉的声音。

我一惊，收了心神，轻声叫了一下红玉的名字。

红玉说：“你别叫我名字！”

我说：“好好好，不叫。”我又问她在哪儿。

红玉说：“你别管。”我“哦”了一声，正要开口再说，红玉却大声喊道：“别以为自己有多少了不起！”随后，重重撂下电话。

八月中旬的时候，我的录取通知书到了。其实，在干部部门还没接到的时候，上级的一个吴姓干事就在电话里给我说，批了，通知这几天就到我们单位。到此，我悬了两年的心终于落地了，心情特别高兴。给家里写了一封信，又给同乡安、定兴王分别打了电话。临走的前一天晚上，我请客，开始叫的人里面只有安和王。来了后，安又带了一个老乡，说距离我们乡不远，姓阎，新兵连的时候在外场二连，现在在服务中心工作。那一次，我们四个人喝了两瓶白酒，说了好多话，回去睡了一觉。第二天一早，安、王、阎来送我，帮我把行李放到班车上，然后像离别一样，逐一拥抱。

坐在车上，我觉得遗憾，也觉得很对不起人。

红玉看起来是真的喜欢我，就单从替人卖冷饮等我的这一点，也就足够了。我离开这里到上海读书三年，应当告诉她的，而自己一走了之，连个话都没有，确实不像个男人！越是这样想，心里就越难受。到酒泉市区下车，就站在尘土飞扬的路边，打通了那饭店的电话。对方说，红玉出去了，没在。

我不情愿地放下电话，走了不过五百米，见到一个报刊亭，买了最新一期《人民文学》《飞天》，然后又打了一遍，对方还是说红玉没在。

我沮丧地站在那里，看了看酒泉的天空，还有街上稀疏的行人，转过身来，又拨通了那饭店的电话。这一次，红玉回来了，她的声音很脆，也很甜。我“喂”了一声，说：“我是……”红玉“哦”了一声，话音很冷。我说：“我走了，你多保重，也谢谢你。”

红玉突然喊道：“你不在你们单位吗？”

我说：“我在酒泉，下午的火车，到上海空军政治学院上学。”

红玉说：“你简直不是个男人，离开三年，连个话儿都不敢说，算个什么玩意儿！”

我一阵脸红。

红玉放低声音，叹了一口气说：“其实，我也不怪你，我配不上你，你也没必要对我有啥过意不去的。不过，你走之前，该对我说一声的，不谈恋爱做朋友也行啊。”

听了红玉这一番话，我脸更红，一时不知道怎么回答，只是连声说是。

上了火车，躺在铺位上，耳边还响着红玉的声音。看着在车窗外飞速倒退的祁连山和戈壁滩，看着偶尔出现羊群还有公路上稀疏的车辆，我怎么也高兴不起来。想到在巴丹吉林沙漠军营的人和事，从王班长到河南屈和定兴许、吕、王，还有同乡安，以及其中夹杂的诸多人和事，还有自己的经历和内心深处的某些根深蒂固甚至出格的想法……天黑了，我躺在晃动的列车上，忽然想写诗，从随身的包里取出纸笔，就着不怎么明亮的灯光，趴在自己的铺位上飞快写道：“这一别肯定多年，巴丹吉林/我和兄弟们在戈壁边缘，白杨树一样成长/有时候按部就班，在设备与灶台、枪刺与飞机的轰鸣声中/日复一日。看到飞鹰就想到杀伐的战争/看到露水和绿叶，就趴在红沙上写诗/看到袅婷而过的女子，想到最美的爱情/我们是大沙漠当中渴望游泳的鱼/是芦苇丛中，最悲情的一棵/我们在暗夜以泪洗面，在日光下把怀中的钢枪握出灵魂的号角/这一刻我正在向东的车上，我远行，我还要回来/这一生我注定要在沙漠中临风站立/注定要在那瓦蓝的钢铁与利剑出击中/完成一个战士的使命，还有一个人的一生。”

上海我是第一次来，从西到东，几乎横穿整个中国。从高地到沿海，我觉得陌生和慌乱。下车，领包裹的时候，我用河北味极重的普通话说了几次，一个中年女性工作人员才应声。我拿到自己的包裹后，冲她说了声谢谢。她好像没理我，还说了一句什么话，我完全没听懂。从脸色判断，好像是说我土老帽或者其他什么蔑称。这使得我一下子对上海的印象坏到了极点。

打车直奔四平路，沿途看到复旦大学、同济大学等牌子，我想到，几年前，我还在南太行乡村的时候，就梦想着到这样的大学去读书。这些大学对我来说，就像是空中楼阁，遥远得一生都无法企及。

现在，我还是和这些名牌大学无缘，但位于同济大学旁边的空军政治学院，是对我最大的安慰。我没像他们在乡村对我说的那样，一辈子都不可能上大学。这种浅薄心理，似乎有报复的嫌疑。门岗验明正身，让我进去，我找到三系十三队，被一名高年级的学长带着，走进一座老式楼房里。他告诉我说，这楼房年代很久了，好像以前还做过日本鬼子的司令部。我听了，有点儿不高兴，想，学院怎么把我们安排到鬼子用过住过的地方呢？到楼上，每扇门上都写着名字，一个房间四个人。

在中间部位，我找到了自己最熟悉的那个名字。

房间里到处都是灰尘，潮湿成团的灰尘。表面斑驳的木桌抽屉上也有我的名字，临近的床头上也有。同室早到的那个人走了进来，问我名字，我说我叫杨献平。他呵呵笑，说自己叫徐超刚。我们开始打扫房间卫生，他拿了扫把，我要去洗抹布，但不知道水房在哪儿。徐站在门口指着说："从左边的走廊出去，再转一个走廊，就到了。"我"嗯"了一声，朝着水房走去。那楼房的地板和走廊都是木质的，走起来，嗵嗵地响。我洗了抹布，再回来，脱了外衣，开始擦拭床、木桌、窗户、门板。其间，先后洗了十次抹布，倒了五盆黑水，房间才显得干净起来。然后拆开麻袋，抓住被子的时候，我感到了潮湿，饱满的水意顷刻间沾满手指。铺好床铺之后，看着白色的床单，我突然很困，什么也没有想，就把身体扔在了上面。

六片段

片段1：他们都来了，一个接着一个。先我来到的，除徐之外，还有两人。相互间只是打了招呼。凌晨的时候，安静了一晚的楼道开始喧哗，到处都是脚步声和说话声，打扫卫生，相互询问，方言此起彼伏。

第三天，还有人来，扭着腰肢，款款地从我们的门前走过，香水味铺天盖地，撞醒了各个房间的男同学，一个个探出身子或脑袋，看她们的艳丽正面或者妖娆的背影。我们同室四人，我和唐同属一个大单位，他在机关，我在基层。地域的近带来了心理的亲近。徐在牡丹江，张在北京。我们三个人正在胡侃的时候，有人来通知吃饭和上课时间，还有人抱来了制式皮包和大部头的课本，以及成摞的脸盆、牙缸和毛巾。晚上，我们四个和对面房间的四个人成为一个班，又加了三个女生。

片段2：宿舍楼后有 5—6 米的空当，外面是房屋，各式各样的门面。它们的脸都背朝我们，向着四平路大街兜揽生意，高高的墙壁上有几扇小窗户。没多久，我们当中就有人发现，其中两扇小窗户也向我们开放。一个是小饭馆，一个是小卖店。抽烟的人没有烟了，跑下去，敲木板小窗户，呜呜两声，有时老板听不到，多敲几下，就会有脸在灯光中闪出，收钱给货，表情冷硬。

有些周末起床迟了，要饭菜或者酒，就敲另外一扇小窗户，出来一张中年妇女的脸，一手交钱，一手就可以拿到啤酒和盒饭，当然还有白酒，大都是三两装的那种孔府家酒，我们叫它“小炸弹”。每次喝，男同胞不论高低贵贱、胖瘦高矮，一个人不低于两瓶，多则不限，但不能超过十五瓶。

教室在宿舍右边，墙体和楼顶的瓦片也都是青色的，木板门框上分别贴着一串阿拉伯数字。这是我们的主教室，有时候也去对面的新教学楼某个教室上市场经济、军事战略、武器装备等课。教师面孔不一，这个走了，另一个来。上课最多的是教思想政治的，他的前顶发稀，两鬓发长，讲得激动，使劲儿一甩，就露出一片粉白色的头皮，还没停留一秒钟，就又侧头一甩，用一边的长发掩住粉白头皮。

第二个是教美学的女教师，姓乌，丈夫是船员，常年在海上漂泊。同学们都说她美得穿透了骨头。

周四和周六晚上没课。唐、秦、徐、张、王就向我提议说大家聚聚。方法是：男生每人三十元，女生免费，由提议者具体操办。酒吧在宿舍对面的文体馆一层。每次，我们都是集体出动，八个男人，雄赳赳，气昂昂，带着三个小女生，那架势不像英雄就像土匪。

酒吧灯光不亮，吧台的两位小姐总是一袭红衣，在蓝色和红色的光晕中眉目流转，但肢体僵硬。桌子小，人多，我们把两张或者三张桌子放在一起，先点了十六瓶孔府家酒，两份花生米、牛肉干和凤爪；征求女生意见后，再点了啤酒、柠檬茶或者果汁。我们一个个抓起一瓶一瓶的酒，喝着说着，暗色灯光下的脸庞逐渐涨红，远远看起来，就像几个熟透了的大茄子。

片段3：图书馆是最好的去处——每周二和周四下午开放。从学校大门出来，横穿四平路，进入一道小巷，路边到处都是枇杷树和棕榈树。秋天，叶子微微发黄，棕榈老让我想起小时候北方夏夜里人人忍不住摇动的蒲扇。有时去早了，就在前面的小亭里坐下来，看路上的行人。男的少看一眼，女的则目送她们的身影被转弯处的冬青灌木或者枇杷树完全遮掩了才肯罢休。

第一个要去的是报刊资料室。在上海的第一个秋天和冬天，我在里面一直翻看这么几本杂志：《天涯》《十月》《当代》《读书》《西南军事文学》《随笔》《上海文学》《解放军文艺》。

第二个是图书室，我先后借阅了《巴黎圣母院》《存在论》《蒙古秘史》《命运之书》《刀锋》和《中国的唐古特——西藏边区和中央蒙古》《正义论》等。

第三个是时常光临一楼右侧的流动书店，常有上海的书店来这里卖书。我先后买了《瓦尔登湖》《昆虫记》《论法的精神》《本草纲目》；为唐推荐买了《中国人史纲》《诗经（文白对照）》《宋词赏析》；为徐推荐买了《忏悔录》《历史哲学》《十日谈》和《白鹿原（修订本）》。

片段4：有几次，我和唐两个人，沿着四平路，向南走。大同路那边有一座8路或者52路公共汽车站，可以直达外滩。从四平路左侧，我们一直走，像两只乡村的羊，看到了肥嫩青草和树叶，但不能够敞开来吃。数条小巷子里面的发廊和洗脚屋，暧昧的玻璃门被暧昧的红帘子遮住，偶尔有一个影子，是胸脯，然后是脸，她们的眼睛像是快速来回移动的两只小钢球，有规则地转上几圈后，又迅速和头颅一同收回去。

在著名的外滩我看到，黄浦江里有白色泡沫、易拉罐和废弃的纸张，但很少。扶着栏杆往下看，连串的深旋涡不断搅动泥沙，粒粒可数。左边高耸的烈士纪念碑，镏金大字反射阳光。隔江望见的体育馆和东方明珠、金茂大厦似乎镶嵌在油画里，来往的船只总是很繁忙的样子，汽笛声声，震人耳膜，引擎的轰鸣远了近了。正对面的和平饭店、花旗银行，一色的欧式建筑，暗色的大理石花纹明显。

和平饭店一侧暗角里，有几家性用品商店，深而幽暗。接着是南京路、步行街、人民广场。我们几个北方来的人感觉真的像羊，在人群的广场转来转去。迎面看到的人、后面跟来的人，衣饰都是华丽的，偶尔有几个也像我们一样，神情和衣饰一看就知道是外地来的。两边楼宇很高，嗯，只能说高，上面挂满宣传标语和广告。路过很多的专卖店。我先后去过鳄鱼和金利来，不看质量，只看标价。盘算身上的钱，竟然没有一件可以让我带走的。我脸红了，感到沮丧，出门时，反复喃喃说："空空如也，空空如也，真的是空空如也啊！"

片段5：因为宅基地纠纷，母亲被邻居打了，还有小我五岁的弟弟，他们都是在下地干活儿的路上，被邻居父子突然袭击的。他们下手之狠，让我想到了穷凶极恶、杀人如麻的暴民与土匪。听到消息之后，我极端愤怒，站在电话厅里，脑袋里血液激荡，似乎有万千慌乱的蛇虫，它们要挤破我血脉的牢笼。蹚着积水，到宿舍楼后，那里没人，适合一个人放声大哭。

这种滋味是疼痛的，我受够了，但它们不依不饶地袭击我的内心。我提出休假回家，但不被允许，无奈，我甚至做好了偷跑回家的准备，但被同学唐和胡拦住了。他们劝我说，忍忍吧，要忍。我知道，那是一种病，心理的病、世界的病和人的病。直到现在，我的胃常常疼痛，不敢回想往事。

有一天，我一个人走到杨浦大桥，高高的桥，我站在上面，看烟波浩渺，看船舶缓慢，看微小的车辆、人和几乎不流动的水，表面的运动和内心的激流，让我想一跃而下。那时候，桥上只有偶尔几个步行来去的老人，绝对没人会阻止我。

片段6：从四月份开始，连绵的雨似乎就没停过，日夜下，疯了一样地下，从灰色的高空，连成珠串，下得满地都是，水越积越多，平面的水泥板上都是汪汪洋洋的一片。我们走来走去，一双鞋子湿透了，再换一双，所有的鞋子都穿过了，晾在阳台上的第一双鞋子还湿漉漉的。那段时间，我们当中很多人在雨中洗脚——新闻说，有的地方遭水灾了，领导前去嘘寒问暖，送给灾民不少钱款和粮食。

就要考试了，昔日烟火沸腾的、摔打扑克牌的声音瞬间销声匿迹，大多数人安静地待在课桌旁，任凭窗外的雨珠连绵而落。对于我个人来说——复习是一个紧张而愉快的过程，但不停不歇的雨声却一直是个打搅，教我焦躁。与此同时，回家的欲望也持续高涨，那些需要死记硬背的考试内容，在我脑海里，就像乱飞的苍蝇，嗡嗡嘤嘤，搅得心慌意乱。

考完试，我成绩全部及格。但还要过几天才放假，可我等不及，急着要回家——那天雨特别大，冒雨在学校对面的火车票代办点排队，买到了次日回家的车票。把车票攥在手里往回走的时候，飞驰的车辆溅起的污水犹如大风掀起的惊涛骇浪。我小心躲避着，飞快地跑过熟悉的宽阔的四平路。第二天中午，我要走了，他们送我，站在雨中，胡、徐和唐竟然哭了，但看不到眼泪，只有男人的哭声。在我跨上出租车的时候，他们的哭声雷声一样响亮。

莫名之疼

在上海的第一个学期，我觉得那是我最美好的生命片段之一，那里有关心我的同学、朦胧的爱情欲求，更重要的是，我在那里听到了最喜欢的课。记得一次，一位教授在礼堂对着全上海驻军干部分析国际战略形势，赢得了潮水般的掌声。那时候，我的心也最疼，一个是因母亲和弟弟在乡下的遭遇，另一个是因一个人在庞大都市当中的那种自卑、贫穷和不安。

那一次回故乡，我是咬着牙齿一步步到家的。

南太行的乡村如旧，一切都像我参军之前，我本人也是，尽管在巴丹吉林很多年，可本质上还是这南太行乡村的人。当时，满山的植被绿得汹涌起伏，绕着山岭的公路上行驶着满载矿石的卡车。石头的村庄被庞大树冠掩埋，从前的流水河谷只剩下一片片干瘪的绿藻。

听了母亲的讲述，了解了前因后果及现在的状况，我感到无能为力，当一切都成定局，或说当一种力量成为习惯，一个人，尤其是身无半张官符的人，当然弱不禁风，不堪一击。在家待了一个多月，我站在房后山岭上，在强烈或者逐渐暗淡的阳光下，端详这一座村庄，也在看那些在自家田里或院里忙碌的人。从出生到十八岁，我们都在一起生活，十里八村无论什么人都相互清楚，知晓底细，就是某人后背长着痣点，甚至胸前、大腿上有个疤痕，多数人也都了如指掌或者心照不宣。可在一些鸡毛蒜皮的小事上，人和人、邻居和邻居，总是长年累月地你争我吵：不是我损了你的几株庄稼，就是他偷砍了我三棵树；不是你占了我一尺地，就是我不小心把你家小孩儿撞了个趔趄。

吵架是小事，人多就论人，打架的时候，老婆汉儿们、爹啊娘啊、兄弟姐妹、儿子、孙子、重孙子齐上阵；人少但有权有钱，就天不怕地不怕，要是啥都没有的话，就只能挨着受着。

有一次，我站在月光下，清风吹得满山发出青草的碰撞声，夜虫的鸣声铺天盖地。远山之上，是星辰稀少的天空。我想，人都在这一片地域生存，互助才是第一位的，为什么要为一点儿小事而相互争夺、相互伤害？这是天性，还是本能？我想到，还是贫穷之祸，但富裕真的可以使人变得文明和有操守吗？即使把整个山挖倒，把矿石全部变成钱财，就可以遏制人的暴戾之心及其行为吗？

我再次离开，父母和弟弟把我送出老远，其他人我一个也没告诉。那一次，我又想到一个持续多年的问题，我不想回到这里，要不是父母在，我谁也不看一眼。再次回到上海，每周都要给家里打个电话。时常有这样那样的事情发生，都和鸡毛蒜皮的小事有关。我只能愤怒和无奈。它几乎成为我最大的疼痛，成为我灵魂当中最深切的爱与恨。

几个月后，我在酒泉新华书店认识了小月。她比我小几岁，是“80后”。记得第一次看到她，我的第一感觉就是，这女孩子一定会是一个好妻子。到现在，我仍旧觉得，爱情这东西太过奇妙，是一种来自身体的气息和灵魂的味道，使人在乍然之间就被迷醉。

小月身材匀称，有着女性曲线之美，比我见到的那些做广告的明星还要美。当天晚上，我就给她打电话，第一句话就说：“我喜欢你！”小月问：“你是谁啊？”我说：“我是白天在书店给你说话的那个人啊，你还把电话号码留给我了。”小月“哦”了一声，说：“原来是你啊。”我说是。小月问：“你怎么一开始就说这种话，你怎么知道我喜不喜欢你？”我说：“你要不喜欢我，就不会留电话号码给我了。”小月“啊”了一声，说：“我给好多人留了电话号码，不光是你。”我说：“那我不管，我就喜欢你！”小月说：“啊，我虽然不了解你这个人，但是很喜欢你这种开门见山的方式和勇气。”我说：“这不是勇气，这是你叫我，还有我叫我自己这样做的。”

小月说：“你这个人还挺有意思的。”我说：“我就是有意思的，你也是有意思的，咱们两个都有意思。”小月说：“哎呀，你这个人，不但有意思而且还色胆包天，不跟你说了。”说完就挂掉了电话。我拿着话筒，听了一顿嘟嘟声，又打了过去。小月一听还是我，说："哎呀，你这个人烦不烦啊！"我说："不烦，你听我说句话。"小月说："好吧，你快说，说慢了我就挂了。"我说："小月我真的喜欢你。"小月咯咯笑了，说："这个你刚才说了。"我说："你再给我一个地址，好不好？"小月严肃了一会儿，说："你先告诉我你是干啥的。"我说："我是在离这儿不远的地方当兵的。"小月"啊"了一声："按道理你可能不是坏人，可我还是信不过，如果有缘分，再见到的话再说吧。"

第一次，对只有一面之缘的小月，说出那么多话。要是平时，嘴巴可能没这么顺溜。几个月后，我和小月正式恋爱了，她还说我这个人挺会勾引人的，肯定是个花心大萝卜。我说男人不坏女人不爱，但不代表坏的男人都喜欢勾引别人。

因为小月，有几次，在酒泉吃饭或者在街道上溜达的时候，我想起了定兴吕，还有他曾经的小嫪。又好几年过去了，不知道他们是不是真的分了，说不定，在某个拐角处，或者人群中，就会遇到他们。其中一次，我看到一个女子长得特像小嫪，因为小月在，就看了个背影。再后来，我和小月回了一趟老家。母亲不同意我在外地找媳妇，她最大的愿望是希望我能像村里那些有权势者那样，在本地找个同样有权势的女子结婚。母亲一是觉得外地女子不可靠，二是想在村里与有钱有势的人联姻，形成一个牢固的利益共同体。

不仅母亲这样想，几乎农村的人家都这样想，甚至以为只有这样才是最理想的婚姻。我和母亲闹得很不愉快。有一次，母亲还联合大姨妈、小姨妈一起劝我，我气得哭了，拿着烟头，使劲儿按在自己手心。直到我和小月再次回到巴丹吉林沙漠，手心的烫伤还没好。这时候，我已经是宣传科干事了，以前做电视新闻，现在是在办公室撰写各种公文，有一段时间，科里就剩下我一个干事，一加班就是几个通宵。

可我觉得有了某种满足感，还有一些荣耀感。很多时候，我会到机场去，看那些腾空而起的战鹰、在空中划出优美弧线的导弹。我以为，这是我在巴丹吉林沙漠当中个人人生层次的第二次跃升。第一次作为新战士，在这个集体，是融入；这一次，作为一名军官，在这支部队，是嵌进。人生的方向也逐渐开阔、清晰起来。对乡村，我的看法是：所有的现象都是根深蒂固的，美好的或许更短暂，且只体现在自然上。而人总是复杂的，他们的一切作为，都是为了更好地生存，尽管有天性中的恶与掠夺性，但从本质上说，每一个人都是需要被尊重的，也最终会对自己所做的一切负责。

更重要的是，我有了小月，她知道了我家里的状况，尽管我母亲多次对她采取冷漠的态度，但小月始终在我身边，也在我心里。我们结婚的时候，母亲和弟弟来了，在这里住了几个月，然后回去了。我送母亲到酒泉站时，她还在叹息。我说：“娘，不要这样想了好不好？小月是很好的，事实会证明。”

母亲说：“好不好都是你的。”

我叹息一声，看着渐去渐远的火车，坐在水泥台阶上呜呜哭了。

过了好一会儿，我在刻有李白诗句的石碑前站了好久，眼睛沿着祁连山漆黑的根部，翻山越岭，一直看到白雪堆积的峰顶。向南或者向西的列车携着寒气，刀锋一样逼人身体。回到单位，某日小聚，同乡安说：“这事儿谁也不能怪，也没有必要生气，咱那儿的老人们都是这样的思想观念，没办法，再过几年，伯母就会想通了。”

定兴王和同乡阎也说：“这不算个啥啊！重要的是，小月确实很聪明，也有工作，更重要的是对你好，知冷知热，别的还图啥呢？”

事实上，母亲是对的。十多年之后，小月和我离婚了。因此我得出一个经验：在婚姻上，一定要征求父母的意见。他们对女婿或者儿媳的知觉或者说感觉，虽然不会说得多么头头是道，但我相信，父母在识别女婿和儿媳人品及其婚姻是否能够长久方面，是非常灵敏且准确的。

崭新的生命如此生动

他出生，首先看到人工荧光。而我出生的第一眼，看到的却是一盏煤油灯极其有限的照亮。时代进步，崇尚自然和热爱科技，都是美好行为。因为他的来到，我变得忙碌。每次到婴儿特护室，只是看看，从没有仔细端详过他。第三天，生他的人的刀口开始愈合，速度快得叫人惊异。起初我想，小腹的一处被刀子划开，取出一个崭新生命，再缝合起来，可能需要很长的时间，疼痛和痕迹才会消失。

老人说，一旦把肚子打开，就是放大气了！所谓的“大气”就是生命与生俱来的元气和精气。事实上恢复得很快。第三天出院，回到家里，我才细细端详了他。我惊羡于他身体的柔软，以及黑珍珠般的眼睛、胡乱蹬动的腿脚和舞动的双手。他全身像一团新鲜的棉花和丝绸，轻轻的、润润的，托在掌中，令人顿生傲视世界的快感。他的脖颈总要有所依靠，头颅顺着抱他的人的胳膊扭动。躺在床上的时候，他自己也会转动，从枕头这一边扭到另一边，头跟随我们的活动而转动，有时候会微笑，嘴唇张开来，一边微微上提，到第十天，他已经可以咯咯地笑出声了。

脐带慢慢回缩，不经意间，前天还露在肚子外面好长一段，第五天已经全部消失在肚子里面。他的头发足有1寸长，黑黑的，头顶以后的毛发尤其茂盛，前额处稍微稀疏，额头微微突起，太阳穴饱满；脸庞方圆，下巴圆润，可放几枚硬币；小手白皙，手指细长，软软的指甲长得很快，两天不剪，就有了“锋刃”。

每次他都吃得很多。我溶了葡萄糖和奶粉，用奶瓶给他喂食，他毫不客气，嘴巴嘬住奶嘴，大口大口吸食。两腮的肌肉一耸一耸，翕合有致。房间很静的时候，可以听见牛奶在他肠道里的响声，咕咕咕咕，似乎旱苗饮水。由于个头儿较大，他一次要吸食40到60毫升的奶汁。我惊羡他的好胃口，但不用担心他吃得过多。

每次，即使吃得饱了，他也不拒绝，只将奶嘴含在嘴里，头颅左右摇摆，用舌头舔着玩耍，再不吸食。即便不小心吸了，也不下咽，用舌头将浓浓的奶汁推到嘴外，嘴唇顷刻变成了白色。我用专属于他的小毛巾擦干净，他不反抗，本来摇摆不定的头颅停下来，待我们小心地替他擦了，再恢复原来的动作。

吃得多，排泄也多。起初，他排出金黄色的粪便，一粒一粒的，像是轧碎的玉米粒，没一点儿臭味，大概是还没完全适应母腹之外的生活。他的吃和拉没有形成规律，有时候一天拉十次，有时候会少一些，小便更经常，有一点儿就排出来。

这是本能，本能就是命令。

他睡的时候很多，睡姿宛如大人一般，每次，他都要摆造型：一只手半蜷着，若即若离地放在脸庞一边；四肢伸张，分别朝向四个方位；一条腿蜷着，一只手伸在脑后，脸庞微微倾斜；两条胳膊紧贴上身，两腿蜷住，脚掌对脚掌……每次看到他的睡相，我就发笑，想上去亲他一口，可惜他太小了，我口中说不定有什么病毒，对我没事，对他可能造成威胁。我只好躺在他的一边，用手掌支着头颅，静静地、微笑着看他。时间久了，他似乎有所发觉，鼻子里面发出哼声，一副发怒的样子，四肢和头颅一起动弹，很惬意伸懒腰，身体扭动起来，像一条虫子。他一只脚一蹬，整个身体就转向另一边，把我晾在那里，他则再次舒展身体，鼻子里又传出均匀而短促的呼吸声。

吃奶的时候，他不允许动他的小鸡鸡，我想把尿接在纸杯子里，省了反复搓洗尿布的麻烦，他好像意识到了我的偷懒行为，坚决不答应。我把杯子悄悄地放在他小鸡鸡下面，他觉察到了，正在吃奶的嘴巴忽然停下来，但不离开乳头，鼻子里发出轻微的怒哼声。

时间长了，我观察出一个“真理”：每次撒尿，他的小鸡鸡会自然翘起，说不上多么坚硬，但可说得上迅速。它一翘，尿就喷薄而出，他尿得很高，我称之为“高射炮”。他尿出来了，我们猝不及防接在杯子里，他不管，小鸡鸡缩回原来的模样，除了睾丸上有几粒水珠，就跟什么事情也没发生过一样。

他姥姥说，小孩儿的尿液是一种药材。为此，我查了李时珍的《本草纲目》，其中说：“人尿，也称轮回酒，还元汤。入胃，能游溢精气，上输于脾，脾气散精，上归于肺；通调水道，下输膀胱。……以童子尿最佳。”按照民间说法，人浑身是宝，精血、骨头、毛发、粪便和皮肉等，小说《药》里的华老栓，也是用秋瑾的血蘸了馒头给自己患肺痨的儿子治病。

他哭的时候很少，但有时候哭得莫名其妙，时间久了，难免让我窝火。但再恼怒，也不可以和婴儿计较，如果他有自理能力，我们再想要他哭，他都不会哭了。他哭的时候，我和其他家人轮流抱他，走动，嘴里不停爱抚地哼着，对着他说一些安慰的话。大部分时间他听不懂，可他会停止哭声，眼睛盯住我们的嘴巴，不明所以地看，那眼神，像是要从我们嘴巴里面掏出些什么似的。看了一会儿，他可能觉得无味了，觉得说话也没什么新奇的，就把眼睛一闭，嘴巴一咧，做出一副痛苦表情，哇哇的，继续刚才的哭声。

满月的前几天，他的食量和排泄次数逐渐减少，并有了规律，哭也少了许多。晚上和我们一起睡觉，尿了自己就哼哼，把我吵醒，给他换尿布，我们还没爬到床上，他早已呼呼有声了。他的大便每天大致在中午和晚上八点左右。白天他大多时间醒着，睁着眼睛，不时以短促的哼哼和哭声表达意见。我们把他放在床上，他一个人伸胳膊蹬腿，头颅磨蹭着枕头，东张西望，一会儿看看屋顶，一会儿看看墙壁，一会儿冲我们笑笑，一会儿使劲儿翻身。我们装作不理他，他四处寻找，看我们不在身边，就哇哇哭了起来。我们赶紧来到他身旁，他则像什么事情都没有发生，在自己的小床上重复并不断发现着属于自己的乐趣。

来看他的朋友都说，这小孩儿一天一个样，长得太快了。也许就在身边的缘故，我们不觉得他有什么变化，只是皮肤更为光洁白皙了，体重和身体长度缓慢增加。

我给他取名叫杨锐，小名巴特尔。那时候，我特别喜欢蒙古族人，希望他将来也能够像个英雄，在这世上，做个生活的、精神的英雄。希望他不仅可以立身立业，且能够为更多的人做点儿有益的事情。如果不能，我觉得也没什么。有句老话说，天不生无用之人，我相信他也会有自己的人生和命运。

等他长到三岁，我们的年轮就又多了三个轮齿，他走向茁壮，我们逐渐变老。生命其实并不遥迢，更像是一次短途旅行。而人生人、抚养人、培育人，不仅是天性和本能，更多的时候，也是一种无可逃避的责任和使命。

一个和三个

在巴丹吉林沙漠，因为身份的跃升与转变，尤其在生命当中深刻进行和发生的那些过程、细节、疼痛与欢愉，我觉得自己从里到外都在转变或者说递进。在身体上，年龄就是一把锋利的水果刀，一圈一圈，不动声色地剥削人，催人成长，也催人老迈。爱情是一种配方从不失传但又效果不同的神奇药剂，它抵达的是内心，以及灵魂当中最不确定但最强悍的那根美丽弓弦。

对于诸多的往事和人，离开的、逝去的、还在的，不管从前怎样，只要都好着，就是最美好的事情了。我也觉得，人都是相互取暖或者说相互因各种各样的交集而使得其他人认可与信赖的。

和小月婚后的第一年秋天，我又在酒泉市专署街遇到过一次红玉。

那时候，红玉的穿着打扮像是个贵妇人，手里牵着一个大致三岁的小男孩儿。我轻“哦”了一声，不知道应该迎着走还是转头。低头走过，本以为红玉不会发现我，再向前走了几米，回头却看到红玉拉着孩子，用一种非常复杂的表情看向我。

这时候，同乡安也结婚了，但不是先前的白梅（白梅是附近一个镇子里的姑娘，安很喜欢，我还陪着他去过一次白梅的家里，目的是尽量撮合他们的好事）。安说，家里人在老家给他找了一个对象，女方家在那村里还是一个大户人家，他顺利转为士官那年冬天，他就回去完婚了。

同乡阎也结婚了，妻子是经一位老乡介绍认识的，他们的婚事是在部队操办的。

定兴王也结婚了，妻子是当年和他一起当兵的退伍女兵李。

先前的庞早就结婚了，妻子不是兰兰，而是在他老家乡政府上班的那位。第三年，庞跨兵种和军区被调回了老家驻军部队。

剩下的时光，上班是军人，回家是丈夫。其间，我每周往老家打一次电话，问问父母身体好不好，有没有烦心事。母亲总说没事没事，可禁不起我的诱诈，只要有一点儿小事，她就都不自觉地说出来了。只不过，说的还是那些邻里之间的鸡毛蒜皮，我总是气得肺疼，总觉得老家的人真是太“原始”了。我想改造，可自己也没这个能力，只能哀叹。

除此之外，我照样在课余时间写诗歌，后来写散文，还有文学批评。我对沙漠及军旅生活的最深感受是：在这里，每一天都像机翼一样明亮，每一个细节都像在静默中等待爆发的枪支，喑哑而富有爆发力，但也时常感伤，愤怒于个人的某种卑微与弱小。

有些时候，我和同事、朋友，深入巴丹吉林沙漠当中，去黄沙围困的古日乃，参加土尔扈特人举办的马背文化节。还有一些闲暇时候，我和高工裴，专门到一个叫作苇杭泉的地方，跟随牧民那斯腾放了一天的骆驼，听了一天的故事，也被沙漠风彻底吹了一次。总是不断去额济纳、居延海，那里的天空蓝得让人想飞。金黄色的叶子铺天盖地，每一片都是轻盈的金子，抑或一串飞翔的金色火焰。走在下面，好像行走在剽悍匈奴的黄金帐内，天地辉煌，白沙松软，我感受到了一种灵魂的安详，还有一种雍容的王者心态。

再一个夏天，我的大儿子杨锐出生了。抱着他，或者另一个自己，我忽然想到，在巴丹吉林这么多年来，不论是外在的，还是内在的，我都在持续壮大。从一个到一支，从一个到三个。

这是冲天利器呼啸的铁血疆场，是利刃和战甲、呼啸和摧毁、模拟和抵达的前沿。而我个人的生活，却到处都是盛开的花朵、参天的树木，儿子的笑声在戈壁之上如翠鸟鸣唱。

可在不期然之间，当年同来的战友一个个地离开了，还有一个刚认识不久，和安一样留在这里的同乡战友，在某次公差中牺牲了。我震惊不已，低着脑袋，去参加追悼会。看着他的遗像，忽然感叹生命的无常与脆弱，还有某些事物本身对人形成的某种致命影响。

在很多时候，我总是想起在巴丹吉林沙漠军营的那些往事，想到在新兵连和我打架并和好，然后离别、断续联系，到现在不知所向的河南屈，还有定兴许、吕，以及近些年来陆续离开的定兴王、同乡安和阎。

再一年，环绕营区的果树花开花落，沙尘暴像是杀伐的军团；再一年，热烈的阳光在沙漠当中建造起美丽的亭台楼阁，高空的飞鹰投下闪电的阴影；再一年，春天的流水围着白杨树漫过蒿草，儿子开始上学了。在幼儿园，他像我小时候一样孤僻，不与人交流，劝导一段时间，他就变得活泼了；在学校，学会了他喜欢的游戏，也学会了打架，和其他小孩子夜间和周末啸聚小区。我越来越觉得，这种生活可能是我最想要的，其中有铁血味道，有九曲柔肠，有别离悲痛，也有幸福愉悦。

有些夜晚，躺在床上，月光在窗帘背后偷窥，风在玻璃上写着没有痕迹的诗句。我总是在睡前阅读，把书籍摆得满床都是。关灯后，有时睡不着，盯着天花板，总是会想很多，比如一个问题、一个书上的故事，还有个人在某些时候的奇想。工作忙碌的时候，我一定要把明年要做的公事理出次序，才能够安然入梦。

周末，总是很晚才睡，有时候出去吃饭，和同乡、同事、上级、下级，我觉得有一种大家都在的美好。更多的时候，家里也有很多事情，比如乡村的田地、林坡、矿石资产的争夺，以及利益导致的火并等等，教人愤怒、疼痛，但又无能为力。

我实在想不出好的办法，因此而沮丧莫名。

有好多次回到老家后，和村人说起话来，我试图给他们灌输一种和谐互助的理念，但收效甚微。他们当面说这是一个好道理，可一旦遇到事情，尤其触及自己利益的，就又恢复了本来面目， 甚至有过之而无不及。

我发现，我是一个在故乡和沙漠之间不停穿梭的人，哪一边都牵着我的心灵和骨头。对于故乡——乡村，我的爱与恨是平行的，此消彼长的。它安静淳朴，我就爱得浑身都疼；它暴躁丑陋，我就沮丧叹息，甚至想用刀子或者激光武器，割断和它之间的那种联系。

但我什么都做不到，我只是一个在沙漠从军的人，一个胞衣埋在故乡梧桐树下的人。有时候，我和我可能是两个人，但根本上还是一个人。可我想分成两个我，一个在乡村，一个在巴丹吉林沙漠。我可以身体力行地去做一些事情，让那些利益争斗、伤害和杀鸡取卵式的个人财富获取手段从某种程度上减轻，乡邻之间是互助和合作、和谐和快乐的；也想在沙漠军营，把自己的一切都真正嵌进去，哪怕像机身的一颗螺钉、武器身上的一片漆，都是我需要且愿意去做的事情。

截至二〇一〇年十二月一日，我在巴丹吉林沙漠整整十八年。遇有闲暇，我更喜欢到沙漠深处游荡，尤其是弱水河边。那是一条著名的河流，现在的名字却为黑河。还有弱水河边的肩水金关、黑城（哈日浩特）、大湾城侯官府（西汉军事建制），这些遗迹出土了大量的居延汉简。当年李陵就是沿着这条河，从酒泉出发，进入戈壁，在阿尔泰山中段遭遇匈奴单于主力部队的。我还喜欢在各种书籍中寻找和证实，沿着书籍的思路、观点，去想一些自己不明白的、好奇的事情，比如命运、天体、人为什么活着、活着的意义和终极等等。更多的时候，我喜欢深入荒野，在贺兰山以西的沙漠戈壁上，我渴望遇见苍狼和骏马，古代将士的盔甲、羽箭和饰品，乃至美轮美奂、出其不意的海市蜃楼，隐身于黄沙的马兰花，随处可见的森白马骨和咩咩而鸣的羔羊。

尤其是王维写下“大漠孤烟直，长河落日圆”的居延海边，我坐在芦苇的阴影中，周边都是炽烈的日光，淡水鱼总是不断打破悠然扩张的粼粼波光，白天鹅和黑天鹅突然从居延海中的孤岛上飞起，在天空中划出一道优美的弧线。

在内心深处，我的梦想与焦虑同样多。而我很清楚，我这样的一个人，已经不是单独的一人了，我的前后左右，都是我热爱的和必须努力去热爱的。尽管如此，也还是有一些自我的冲撞，像暗夜弹铗而歌的落魄猛士，也像伫立于高冈的天涯孤客。

在沙漠经历春天

尽管已经是四月份了，但巴丹吉林沙漠仍旧一片荒寒，除了风有些发暖之外，春天还在远处和地下酝酿。王之涣诗说："羌笛何须怨杨柳，春风不度玉门关。"我觉得他写得很自然，而且，"春风不度"中的"不度"我觉得是非常恰切的一个词语，用以形容气候自带诗意。某些时候，我会抓住人工湖边上的柳枝端详。此时的柳条，表皮发红，还有一些栗褐；骨节处倒是有了一些春叶萌发的迹象，这令人振奋。果园当中的野杏树不知何时开出了花朵，味道芳香，在结满白色灰尘的榆树灌木上流窜。

这香味也惊动了蚂蚁和蜥蜴，还有一种黑甲虫。这些隐秘的动物，在沙漠的生活也是极其卑微的。闻到花香，也或许是感受到逐渐发热的沙土和空气，它们蛰伏了一冬的麻木和贫穷被唤醒，转而兴奋地在杏花下面聚集和觅食。等到桃花盛开的时候，人工湖边的柳枝也一夜之间变绿了。花朵招惹了不厌其烦的蜜蜂，在它们身上舞蹈和吮吸。柳条则随着沙漠的风，剧烈地摇摆。

梨花使得夜间洁白，这种花朵，是春天之夜的探照灯，也是大漠戈壁之暮色里的美娇娘与白衣仙子。香味浓郁得叫人想一梦千年。在气温逐渐升高的中午，我曾经多次到桃花、梨花跟前，坐在茅草堆上，在花香中独自沉迷。在花朵的世界和味道里，人世则显得寡淡、阴冷和无意义。日光穿过堆满花朵的树杈，在地面上制造阴影。阴影也落在我的身上，斑驳的和凌乱的。我想的是，野外，才是人的最初之地，也可能是最终之所。

有些鸟儿飞来，但多数是麻雀，这些最为普通的飞禽，成群结队，在枯草丛中捡拾草籽活命。它们东张西望，小心翼翼，让我想起生的不易，以及每一种生灵无法避免又突如其来的伤害和厄难。晴空之中，天如穹井。我注意到，巴丹吉林沙漠的春天极少有大块的浮云游荡，倒是夏秋较多，但总是有黑影，闪电般下落，然后再飞起来。那是来自祁连山的大鹰或者隼。这些猛禽，总是在大地上捕食野兔、沙鸡，甚至牧民的羔羊。对于鹰隼，诗人们总是视之骄傲的灵魂与高标的精神。然而，任何自然物都是独立的，人类的精神和文化赋予只是一厢情愿的赞美和托付。

如此这般的沙漠春天，我起初觉得它有些僵化、老迈和简陋，但随着在沙漠生活时间的增加，便也渐渐地习以为常了。在巴丹吉林沙漠，每年的春天都像是一个怀孕的妇人，走在崎岖路上，笨重摇摆，让我觉得美好而又无奈。我知道，人无法逾越和掌控自身之外的任何事物，作为某个人间地域上的季节，它显然有着自身的特质。值得庆幸的是，我早已习惯了这样的生活，沙漠的春天，只是迟一些而已，到五月底，它一定会来的，这一点毋庸置疑。

任何事物都有自己的律令与节奏，不可违抗。这是巴丹吉林沙漠的气候教给我的。到四月下旬，太阳的热烈充斥了整个戈壁沙漠，尽管夜间还冷，但白昼的力量使得万物整齐而又团结地向着新的一年进发。这时候，沙枣树也开花了。这种枝干扭曲，总也长不高的沙生植物，它们的花朵是在叶子之后才绽放的，一朵朵地，悬挂在苍灰色的新叶子之间。

沙枣花犹如米粒，金黄色的，几十上百朵挤在一根枝条上，那种香味，宛如打翻了上天的蜜罐，百米开外，蜜香钻进鼻孔，甜得人心花怒放，哪怕是再绝望的人，嗅到沙枣花的蜜香，也会精神为之一振，觉得万事万物，都是那么光明而淳厚。很多时候，我早上起来，站在阳台上，抬头，看见楼房之外的戈壁、稀疏的树木、飞来飞去的鸟雀、蜷缩在树枝上的绿叶；低头瞅见向阳墙根的韭菜、野草，一只蜘蛛在墙壁一角垂下丝网，阳光照射的灰尘军团在眼前飞纵、翻滚，好像在进行一场激烈的战争。

在此情境之中，一切都是新鲜的，尽管我已经经历了几十个人间的春天，但在巴丹吉林沙漠，春天是如此缓慢有序，充满张力。与草木繁茂的内陆相比，沙漠是空阔和荒凉的，其中的草木和动植物数量很少，有些地方，沙枣树、骆驼草和梭梭木面积很大，但还是可以数过来的，比如一百棵、五十棵或者二百零几棵等等。

对于大地来说，草木无限，动物成群，才是其强大生命力的绝佳表现，而沙漠戈壁的大和无际，砂石的无法计量乃至密集成堆，成大漠，则令人心生惆怅。我们热爱的，是这世界上那些鲜活的事物，还有诸多鲜活事物之间的激荡碰撞，乃至和谐互助。众生的存在，构成了人间的繁茂，也使得天地之间，物竞天择，阴阳和合，到处都充满无限的生机和希望。很多时候，我还看到，轻微的风徐徐吹动，去冬的枯叶在树沟轻轻翻动，没人能够听懂它们的声音，它们只是它们，一个看客，怎么也不能深入其中。

杨树枝上吊着无数黑虫一样的杨絮，不知道什么时候出现的，掉落的时候我也没有看见，或者看见了，没有注意。我们习惯于关注自己，认为身边的大都无关紧要。它们只是陪衬，是可有可无的东西，这多少有点儿冷漠和残酷。接着，树枝内部的叶子，在飘满灰尘的沙漠空气中，颜色嫩黄，体质羸弱，令人心生爱怜。很多时候，我走近一棵树，拉弯其中一枝，看那些叶子，是怎样的一副表情。通常，它们也无动于衷，天真得近乎傻，张着小小的臂膊，懵懵懂懂，一副逆来顺受、顺其自然的样子。它们不知道，好多人拿了镰刀、斧头或者干脆用手，将它们从树上劈砍或撕扯下来，丢在一边。要是太阳好，不一会儿，它们就蔫了，再一天，身体变黑，变脆，乃至消失不见。

谁也不可以躲过突如其来的灾难，不管无意还是有意，都是伤害。树不知，叶子更不知。它们温驯，它们在我们的生活当中，是如此地无足轻重。但在巴丹吉林沙漠，除了必要的修剪和采伐，没有人轻易采摘它们，即使其中突然有一枝枯了，看到的人们都会有很多的叹息，觉得可惜、不应当。这也并不等于人人都心存善良，在远方，太多的采伐和伤害我们无法预知和制止。

天空的蓝比冬天多了一份深沉，在我的仰望中，天空一动不动，像是凝固的蓝色沙漠。看得久了，有点儿眩晕。后院的杏花、梨花仍旧开着，仍旧有大批的金黄色的蜜蜂在它们上面飞飞停停，从一朵花到另一朵花，从这棵树到另一棵树，其间是它们翅膀不住扇动的声音，呜呜的，好像舞蹈，也好像无止境地飞行。谁家的小狗叫了几声，随后，我看到一个女孩儿，红裙子、白袜子，脸蛋潮红，高挽衣袖，端着几块骨头，这多少有点儿不协调。房间里面腾格尔、齐秦、周杰伦的歌声各不相让，嘈杂喧嚣，在我的耳内响动。时间久了，倒是腾格尔进入了内心，让我隐隐地忧伤、疼，让我感到孤独而辽阔、亲切而从容。腾格尔乃至其他游牧民族歌手的歌唱，可能与戈壁大漠的气质更匹配。

楼下和围墙外，不断有人，这个走过来，那个走过去，有些熟悉，有些陌生。但在很多时候，熟悉的未必亲切，陌生的就未必不好接近。有一些飞行姿势很美的鸟儿，在我眼前的蓝空中飞翔，但轻易不发出叫声。伸来的杨树枝条上缀满灰尘，白白的、厚厚的一层，叶子吃力着向外拔着身体，嫩黄的颜色，舌头一样匍匐、拥挤，不断向上，向春天的内部，舒展自己的生命肢体，这多么美好！

这时候，几乎每一扇窗玻璃上，都留着去年的污垢，我还没来得及清理它们。巴丹吉林的春天总是时冷时暖，像一个善于表情转换的演员，出其不意地在我们身体上制造厄难。此时此刻，必然的沙尘暴一定还在沙漠纵深地带酝酿行动计划。但它的浓重土腥，以及遮天蔽日的袭击，似乎可以嗅到和察觉到。

巴丹吉林沙漠乃至阿拉善台地是整个中国沙尘暴的策源地，每年春秋和冬季，是它们的疆场。风起，天地昏黄，飞沙走石，人在其中，脸颊和手臂被打得生疼；七窍内，全部被沙尘灌满，牙齿之间总是咯嘣咯嘣地响。很多沙子，成了我的腹中之物；很多黄尘，贯穿了我们的身体。在沙尘暴中，万物蒙难，内心仓皇。好在，这些年来，我已经习惯了，一年一年地历经，一年一年地忍受。对我来说，每年好多场的沙尘暴，早已经像饮食、睡眠一样必需和经常。

但我仍旧是热爱的，春天，给予了人类和万物最根本的萌发和成长、显现与创造。尽管沙漠的春天如此烦琐，但身处其中，我总是心怀期待，并且表现出欣悦的耐心，和春天一起在沙漠中度过诸多美好时刻。如同多年前的某一个春天，房间里有儿子轻微的鼾声，他睡眠的姿势同诗歌一样生动。新生的孩子，总是让我们觉得生命的美好和心疼。

我的那些书籍，队列整齐，像是一群先贤圣者，沉默地站在我的身后。这种感觉令人心安，又很惶惑。还有几本摊开的，在窗台上，在持续的风中，其中的文字、思想和趣味，正在被神灵朗诵。窗外是孩子们的嬉笑声，在操场上、在马路上、在楼房的灰色墙壁上跌宕。无数青草和叶子正静谧成长，在戈壁内外，甚至沙漠腹地，进行着它们的生命过程。这些存在，虽然稀疏和空旷，可对于在沙漠的每一个人，却是深刻、隆重且带有喜庆与催发意味的。为此，我曾在诗歌中写道："春天的姑娘，风中的青草/生命在奔跑……春天的姑娘，拉住我的手掌/头颅贴在上天的胸膛/听见一万颗心脏/在大地的每一寸肌肤/高举火把，照见古往今来的人类心脏。"

生日是对一种奇迹的感念与庆典

“生日”这个词语让我木然，似乎看到一片混沌的鲜血，还有疼痛的嘶喊，嗅觉当中也有一种说不清的味道。早在前一天，觉察到自己的生日之后，这种感觉和味道就开始在心里弥漫了，像是一群蜂拥的虫子，模糊的翅膀，不透明的飞翔，它们动作缓慢，在一片狭小的空间内，围绕我，声音单纯而又嘈杂。我总是想起乡村，想起两个或者四个鸡蛋的童年和少年时代。每次过生日，母亲记得的时候就给我煮鸡蛋吃，那是最好的食物了。

往往，洗干净后，母亲就把鸡蛋放在米汤锅里，让鸡蛋跟着米粥一起翻滚。熟了，捞出来，鸡蛋上还沾着米粒，被米汤煮红的蛋壳很硬，我使劲儿敲都敲不碎。母亲和我都不知道，一个人一天能吃一个鸡蛋，多了就是浪费。母亲认为，鸡蛋是最好的，吃多了会身体好，长得结实高大。

有一年生日，母亲给我做了一碗面条，外加两个荷包蛋——在我的记忆中，这是唯一的一次，直到我离开家乡、混迹他乡之后，再没有吃过母亲做的生日面条。倒是自己二十四岁生日那天，在单位，自己用电炉煮了四个鸡蛋，一边吃一边想起母亲，有点儿心酸，竟然哭了出来。在巴丹吉林沙漠的第五年，受其他同乡的感染，生日那天，花了三百多块钱，在饭店就餐，与一帮朋友和同乡聚在一起，喝到沉沉醉倒。半夜醒来，口干如同火烧。喝了一肚子凉水，躺在床上，忽然惭愧起来：母亲从来没有为自己过过生日，父亲连自己的生日是几号都不知道。

一九九九年，在上海，我的生日是同学帮忙过的。那天下雨，整个天空都淅淅沥沥，珠线不断。同学文勇、小平、小龙等冒雨跑到五角场的超市，买了好多的啤酒和熟食，又将一间放置行李的房屋打扫干净。等他人睡后，我们几个人坐在里面大口喝酒，大口吃肉。喝到午夜，仍都没有醉意。

我常常想：生日是什么呢？是一个人走出母亲肚腹的那天。那个时候，我们都知道些什么？由母亲告诉的出生日期，然后在每年的这一天被想起来，接受一些所谓的祝福。我觉得沮丧，向死而生的路途，一个生日一个生日之后，最终走向灰烬和坟墓——我想那就是最终的、最为豪华的生日宴会了。二〇〇一年春天，我的又一个生日，周围没有一个人，即使有我也不会告诉对方。那个早晨，刚刚下过一场雨，整日尘土飞扬的沙漠突然干净起来，到处都是春天的气息。我骑着车子，在林荫当中，走走停停，在果园的梨花和桃花当中，想起往事，想起母亲从饭锅里捞鸡蛋，并一一为我剥开；想起在弟弟生日的时候，和他争抢鸡蛋的情景。

太阳下落之际，西边的天空堆起大块的云团，诸多图案布满大半个天空，狮子、奔马、野狼、兔子和大象，金色的云边美轮美奂。落在麦地的阳光也是纯黄色的，近处的小路和远处的戈壁都像是铺了一层金色的黄油。站在一棵杨树下面，我就那么看着，有风从背后、从更远的地方吹送，掀起衣襟。有一些白色的羊只沿着长满蒿草的沟渠游弋过来。直到天黑，我才骑上车子，返回宿舍。入夜，上床，总觉得很高兴，忍不住笑。我努力想了好久，也说不清究竟是因为什么。

生日对于一个人来说，并不存在任何意义。只要记住自己是哪一天呱呱坠地足够了，形式能够说明和表达什么呢？我甚至还想，要过生日，到六十五岁以后才是正当的。也是从那个时候开始，想等个机会，为父母好好过生日，一年一次。然而，最可惜的是，父亲不知道自己具体的生日日期，而且没有过过一个生日就去世了。那时候，生养他的父母也不在了（先前我问过奶奶，她说她也记不清了）。

过了好多生日，大都忘记了，每年都有不同，一个人、两个人、三个人或是更多的人在一起。喧闹或者孤寂，都不过一天时间。但到最终，真正能够记住我生日的没有几个人。二〇〇四年春节，我在北京，和几位战友，还有另外一位女士（忘了名字）一起，地点是羊坊店路东侧一家餐馆，喝二锅头、啤酒、饮料；在一个胡同的网吧上网，看图片和文字，听音乐。虽然酒喝的不多，但那时候突然晕了，说不清楚的心情，一直持续到回到西郊的学校沉沉入梦之后，才逐渐消散。

被人记住生日的人是有福的。二〇〇五年四月十七日，星期天，我的又一个生日。在巴丹吉林沙漠，凌晨醒来，我就想，和自己的家人在一起，无论吃什么，都是最好的了。人的很多欲望，其实都是虚妄的，也都是无效的。吃什么，在这个年代不是问题了，真正的问题是我们时常惦记着自己的生日，给自己庆生，却忘了自己的来处。尤其像我这样的，在农村贫苦中长大，靠的是父母的辛劳与恩赐。他们都五六十岁了，还没有给自己过生日，我却给自己过生日，这实在教人惭愧不安。想到这里，我给母亲打了通电话。在远方，除了她和父亲之外，就再没有人记得我的生日了。

母亲说："今儿是你生日！"我说："是的。"母亲又说："买点儿好吃的，今儿就歇着，不要干活儿了。"我"嗯嗯"着答应的同时，眼泪已经喷涌而出了。又说了一些家常话，放下电话，心里激荡着，觉得很充盈。午饭后，忽然又刮起了沙尘暴。先前的巴丹吉林沙漠是安静的，没有一丝风，街道两边的杨树吐出了绿芽，墙根的青草和去年的韭菜也已经绿意茵茵了。阳光如镜子般明亮，风中的暖意暖身入心，可就在转眼之间，沙尘暴来了，呼呼的风声，首先从疯狂敲打窗棂开始，然后是沙子击打玻璃的声音。我起身关窗，沙尘无孔不入，从我的嘴巴，直入胸腔。

我想，这一个生日，好像是有意思的，也似乎毫无意义。时间这个庞杂的机器，对于任何事物都是公正的，当然也包括人的行为和情感。我们都是一瞬间的产物，喜怒哀乐之类的情感，也都是共同的。生日之于个人而言，应当是对于一种奇迹的庆典，对于生养之人的感恩仪式。除此之外，生日只是生命中的一天，只要平安、快乐、和谐、有爱与怀想，就已经足够美好了。

沙漠的田野

每年夏天，是整个巴丹吉林最美的时间，可我很少走到它的中部去看，总是很远地，站在树荫下面，或者在围墙的根部，在风吹得凉爽之中，看不远处的田野。村庄在浓密的杨树树荫下隐藏，偶尔露出的房屋大都是白色的，还有灰色的；有的陈旧，有的崭新。正午的炊烟缠绕树木，又在树叶中消失。偶尔走动的人步履缓慢，手提农具、青草和吃食。田地的一边大都是草滩，草滩中间通常都有一泊长满水草的海子，水发绿，阳光在上面，与探出腰肢和头颅的蒿草一起摇晃。

草滩上有骡子、马、驴子，还有牛，它们不怕阳光的暴晒，长有毛发的身子看起来油光锃亮。在炎热的正午，到处都很安静，几乎没有蝉唱，牲畜的叫声比汽笛更为嘹亮。村庄和田野之外，便是微绿的戈壁滩了，那微绿的东西是骆驼刺和沙蓬，稀疏的枝叶贴着灼热甚至焦灼的地面，远看，到处都是汹涌的气浪，有时感觉像水，水声喧哗，清波荡漾。

田地里的棉花开出淡黄色的花朵，有些黄蜂在其中繁忙。

阔大的叶子密密麻麻，有风也不动摇，只是棉花的头颅东摇西晃，相互摩挲。在一片田里的麦子，躯干和头颅尚青，整齐摇摆，似乎集体的舞蹈。还有青色的苜蓿，好像已经长了很久，一棵棵匍匐在地，背面发灰的叶子像是羞涩的面孔，从密集的缝隙中，看着它们之外的人和事物。

清晨风如水洗，跑步时，多跑出几十米，就是村庄和田野了。农人都起得很早，我们经过的时候，田里到处都是他们的身影。这时候的露珠很大，且密集成群，他们裤腿湿漉漉的，鞋面上还沾了不少的粗沙子。有的农人会朝我们看看，但无法辨清他们的真实眼神和表情。有些头包花布毛巾的女孩子，看人的脸和眼睛都是斜着的，慌乱而不定。那些上了年纪，或者成婚了的男子女子，倒是很大胆，脸上堆起的神色本真而鲜明。

在远处，有几面海子，风吹涟漪，似乎巴丹吉林眼角的皱纹。有些海子里面养殖了鲫鱼和河虾，有些人在夕阳下垂钓。这些海子周边的戈壁滩里，生长着很多甘草——它们的根深过地面上一层楼房。每年春天时候，附近的几个学校专门放假两天，要学生们挖甘草，一个人要挖二十公斤，他们把这叫“勤工俭学”。我见过最长的一根甘草，两个人轮着挖了两天，挖了五十公斤，还没有挖到根。

远处的苍茫无际是戈壁的，也是这个世界的。很多时候，我一个人，在夕阳下面，骑着自行车，沿着四轮车蹚出的道路，曲折前行。一个人在戈壁上行走的感觉，仿佛持续压迫的孤独。

有一次，路过一座沙丘之后，突然看到一大片戈壁上的坟墓，一座座的黄土堆，与戈壁沙丘没有太大区别。有的没有墓碑；有的用黄泥做了一个，上面的名字早已模糊不清。微微隆起的土坟当中，在渐渐入暮的傍晚，散发着一种腐朽的、令人沮丧和恐惧的味道。

在夏天的末尾，芦苇是最美的，这时候的巴丹吉林沙漠，除了这些高挑羽毛、在变凉的风中整齐舞蹈的植物，再没有什么事物更能令人想到诗歌，想到将军的盔缨和悲怆的沙场征战了。我很多次为芦苇写诗，一个人坐在风吹飒飒的芦苇丛中，抚摸着它们即将干枯甚至死去的叶子，不住叹息，念想自己的过去和未来，想周围和那些远去的事物。美的，必然是悲情的；新鲜的，也必然老朽；繁华的，也必然孤独。如此等等，我重复这样说着，像个孩子一样，在风中的芦苇丛中，一直到日暮黄昏，虫声四起。

无边的田地里，棉桃接连爆开，深夜的野地，没有人听到它们整齐的声音。安静的正午，马路上偶尔有汽车奔驰。棉桃的爆裂让我想起，事物以某一种方式进行自我杀戮和释放。这时候，最美的女孩子也没有棉花洁白，再朴素的诗句也没有棉花朴素。棉花的叶子开始枯萎了，先是打卷，由叶沿向内，一天一天，最终蜷缩成一只只黑色虫子。

西瓜早就成熟了，还有一些留在地上。再毒热的阳光，还长在藤蔓上的西瓜内瓤也是沁凉的。那些在戈壁深处种植白兰瓜和哈密瓜的人，早早就出来寻找买主了。周边的村庄开始忙碌起来，田野当中，到处都是屈身棉花的人。孩子们坐在架子车上，或者在附近的苜蓿地里，追逐打闹，抑或安静待着。每一个人的脸膛都是黑红色的，有漂亮的眼睛露出来，像宝石一样闪亮。

在巴丹吉林沙漠南边的绿洲，我看到的田野情景大致如此。果实不仅悬挂高处，也在地下。入夜之后，先前翠绿的绿洲一片漆黑，风中的树叶发出清脆的响声。宽阔的渠水带着上游的泥浆、草屑和肥皂泡沫，无声地流动在田地当中，发出咕咕的声音。风凉的时候，就是田野终结的时候。清晨的冷风，时常让我感到一种远离的疼痛。一个夏天过去，一次田野的消失，时间交替，一个人，我总是在这个时候十分清醒，在很多的睡梦当中，看到大片的田野瞬间隐没，看见更多的茅草根根断裂，梦见自己一下子老了，一个人坐在一堆金黄的麦秸秆上，长时间昏睡不醒。

在酒泉

正如古斯塔夫·勒庞《乌合之众》一书中所说："群体的意见和信念是由时间装备起来的，或者至少为它们准备了生长的土壤……它们都深深植根于漫长的过去。"酒泉似乎就是这样的一座城市。它是李白赋诗（"天若不爱酒，天应无酒星。地若不爱酒，地应无酒泉。"）的城市，也是卫青、霍去病、路博德、李陵及其副将韩延年等人的边疆，当然也曾是乌孙、月氏、匈奴、突厥、回鹘、西夏人的牧场。很多时候，从我在额济纳—巴丹吉林沙漠边缘向南，乘车行驶两百公里后，才可以看到成片的白杨树和它们环围的灰白楼宇。我揉揉睡得有些肿的眼睛，再东张西望一番，一片戈壁之后是村庄，房屋密集之处，就是酒泉了。

进入市区，起初是一色的黄土房子，被几座拔地而起的高楼映衬得更低。接着是并不宽敞的街道，一边的商店、医院和政府机关没有特色。迎面看见鼓楼，它南望祁连，北连流沙，西达伊吾，东至金城，建于明代，虽然距离今天的时间比较短，但也是酒泉的历史见证或者时间的遗存之物……是什么并不重要，重要的是它穿越千年，依旧在那里站着。

在仓后街下车，一车大都相识的人各奔东西，但都必须经由仓门街。迎面是早就逛得有点儿厌烦的西大街，东面是市属汽车站，开往兰州、定西、额济纳旗和乌鲁木齐的班车一天一班，我曾乘坐过。其中一次，在出市区不远的路段，看到同车的一位女子，在如厕返车的过程中遭遇车祸，她的鲜血在我的内心和记忆里流淌到现在。

酒泉的夜晚嘈杂，没有季节之分，表现在人的身上，最直接的体现是衣裳。很多时候，我一个人在街上悠来晃去，不断见到熟人，一个单位或者似曾相识的，偶尔打个招呼，或者一块儿吃饭。更多的时候，相互装作看不见，各行其道。之后的时光，大都属于自己。实在无聊，就去网吧（那时候的网络还不普及，所在单位因为保密原因，一直不开通网络）。想喝酒但一个人喝不起来，没有兴致。酒这个东西，最怕自饮。一个人喝酒，也最容易伤感，甚至自伤。有时候也找林染老师和紫凌儿他们，但也很少。我觉得在当年新边塞诗歌群落中，他们和昌耀先生是写得最好的，诗歌也是最具品质和精神向度的。

当然，要是两个人，而且是一个单位的，关系不错，自然就有了相当自觉的情趣。但我知道，个体之间的差别似乎是这世界允许更多相同的人一起生存的理由之一。有的人会去一下酒吧、美容店等地方，我也曾去过。庸俗似乎才是真正的快乐。

更多的时候是不断地喝酒，这需要心情、对象和气氛。我从本质上反对缺少意义的狂轰滥炸。

有几年，每次到酒泉，我一直住在祁连宾馆（现在已经拆除，改成了大明步行街）。正宗的词叫“下榻”，这个词，让我觉得矫情；住宿，就是一个睡觉的事情，并无什么特别之处。那时候，我也遇到不少夜半的电话、隔壁的异响。当时很有想法，但也觉得，这不过是人之常情。人之为人，无非皮肉。对于大多数人来说，一生一世，活的就是吃穿住行与老人子女。再者，就是一种生理性的身体所求和所为。

我相信这是大多数人的人生状态和过程。要求每个人都道德高尚，生而有为，也是虚妄和不切实际的。其他几家饭店我经常光顾，没有任何的理由。久而久之，服务人员连我的名字、工作单位和工作性质都了如指掌。而宾馆于我的作用只是睡眠，尽管通常都在午夜之后。回到自己的房间 ，洗澡，不管是否真的干净，洗澡的感觉肯定很好。看见和看不见的灰尘无处不在，即使一日冲洗万遍，但一个人与生俱来、路上接触和不小心招惹的那些灰尘，其实都无法彻底清除。

摇着水珠横流的裸体出来，打开电视：皇帝、太监、广告、婚姻、爱情、悲剧、喜剧乃至肥皂剧充斥屏幕，笼罩房间，在我眼里，它们是无知、恶俗、重复的，看不到任何个性和创造的存在。我睡了，有没有梦无关紧要，重要的是要使意志按时惊醒，并拥有足够的能量。可越是强逼，眼睛和心智反抗得越是凶猛。走廊里不断传来高跟鞋和敲门、开门的嘈杂响声，我知道她们的去向和内容，不管为了什么，什么都不重要，也都不新鲜。

清晨的酒泉，街道上人也不多，即使夏天，到处奔行的，还是那些坚硬的风，打得人脸疼。抬起头来，目光就摸到了近在眼前的祁连雪山，山根的雪消融了，大都不知去向，但有一点可以肯定，它们必将在我们的身体里面出现。太阳热烈的脸庞渐渐抬起，照在山顶的积雪上面，漾着极为清澈的反光。

最单薄的最凝重

虽是老乡、同年兵，可平时几乎没什么交往。那时候，我们都青春迷茫，一切都像风中沙尘，飞行当然是自由和快乐的，可不知道最终到底会落到哪里。与此同时，我骨子里的叛逆也蔓延到了日常行为。一个月八十来块钱的津贴，往往在兜里还没沾到汗味就进了别人腰包。尽管如此，我还是不在乎钱，总觉得，钱这个东西，省不来，也守不住。虽然经常一屁股两窟窿，可大手大脚已成惯性。尤其同老乡聚在一起，几乎每次，都是我招呼到外面小餐馆吃饭，一个个酒足饭饱后，我留下埋单。

与我相反，张立强和其他老乡无论什么事情都步步为营，稳扎稳打，甚至，还存钱汇给家人用。在个人发展上，别看他们平时木讷老实，遇到屁大点儿事就慌得跟一只老鼠似的，一到个人命运的关键时刻，一个个就扑了上去，当仁不让不说，还极善于左右勾连，以及各种谄媚。时间长了，我觉得自己和这帮老乡实在不是一路货，不自觉渐行渐远。

几年后，张立强从基层单位调到后勤部直工科，虽还是士官身份，可和我同在一栋楼办公，抬头不见低头见。后来我听说，直工科有一名战士漫画画得好，新闻报道也写得非常好，还能拍照摄像。我开始不知道那人就是张立强，有一次，科里的新闻干事拿着一张《空军报》，指着一幅漫画对我说："这作者好像是你老乡，还是你同年兵吧？"

这大出我意料。有几次上班，在路上碰到，张立强很友善地给我打招呼。两人并肩走的时候，我问《空军报》署名张立强的漫画是不是出自他的手笔，张立强黝黑色的脸立马涨红，大幅度的笑把他白白的牙齿都衬托得有了几分热烈的光泽。我说："你小子还会这一手？真看不出来啊！"张立强捂住嘴，又抹了一把脸，把笑强行摁下去，说："你就是三角眼看人，不是残疾就是缺角掉毛的！"

此后，我不断在《空军报》看到署名张立强的各种漫画和新闻报道。心里想，也算不错。老乡当中，有一个能把自己的名字变成铅字的，说起来自己也算脸上有光。这可能是我的个性，从来不嫉妒别人的才能。这里面，可能还有一种作为军官的优越性在作祟。

几个月后，我从唯一一位过从甚密的老乡口中得知，张立强入伍之前就结了婚，现在孩子都五六岁了。我诧异。再一年夏天，家属来队高峰期，满营区都是操着各种口音、花裙子白胳膊如蝴蝶乱舞的家属。有天下午，张立强把电话打到科里，说晚上请我和其他老乡到家里吃饭。我犹豫了几秒钟就答应了。

傍晚，老乡把张立强住的临时家属房挤得苍蝇都落不到筷子上。张立强老婆是老家人，一会儿就准备了一桌子菜肴。

夕阳下落，漫天的彩霞。到处都是血一样的余晖。一个六七岁的小男孩儿一直在院子里挖沙玩。我过去逗弄了一下，那孩子猛然扬了我一脸沙。

凡是老乡聚会，必定方言铺天盖地，翻炒的都是陈年旧事，再加上各自在单位某些不舒服和得恩受宠的事情。在一起的时候热闹非凡，兄弟长短，好话说得连蜜蜂都找不到蜜了。这一年秋天，家里给我介绍了一个对象，要我回去，我说回不去。爹娘就说让我寄几张照片回去也行。那时候，相机相当稀缺。我挖空心思，才想到张立强。开始以为他不一定答应，没想到，电话打了没十分钟，他就骑自行车出现在机关干部宿舍门口。

我得承认，张立强拍照手艺绝对一流，把我这个堪称丑男的人拍成了任贤齐。他还额外地为我照了几张有创意的照片。洗出来，我自己躺在床上看了好大一阵子，觉得这人英武得有点儿不像我。十多天后，老娘来电话说，那闺女爹娘拿着我的照片，在手里揉搓了一阵子还不舍得放下。我一听，觉得这就有点儿问题了。我本意不想在老家找对象，寄照片也是虚晃一枪，谁知道无心插柳柳成荫。还没到冬天，老娘就电话一个接着一个，还搬出两个舅舅来压我，说再不回家就去部队上把我拖回去！

部队生活本就忙，再加上个人私事，虽然与张立强日日见面，但攀谈不多。我总是看他手里提着摄像机，胸前挂着照相机，在办公楼进来出去的。头对头碰到就相互点一下头以示问候，距离远就装没看见。再一年春天，单位让我去基层蹲点。那是一个偏远单位，团机关和下属基层单位都沉陷在沙漠当中。来自阿拉善高原的沙尘暴狂浪无度，吹得人不敢直立行走。有天晚上，我和蹲点单位领导正开军人大会，一个战士跑进来说有我电话。我到值班室一接，是另一个老乡赵凯。一听到我声音，赵凯就语气沮丧地说："立强出事了，咱们这些老乡得送个花圈，追悼会不用说也要参加吧！"

我怔在原地，完全不敢相信。

连夜返回机关所在地。第二天一早，我就和赵凯等人一起，到营区外的小镇上买了花圈，又去银行取了一些钱。上午追悼会，巨大的白色墙壁上挂着张立强的一张放大黑白照。他妻子哭得瘫在地上。我站在队列里，看着张立强遗像，猛然觉得他眼睛还在转动，且有意味地盯着我。我一阵惊恐，急忙把头低下。领导在悼词中说，张立强同志是在参加搜寻试训残骸任务时不幸遇难的。危急关头，张立强同志推开其他两位同志，自己却被倾覆的车砸倒在沙地里……我眼泪下落，心疼。

正在鞠躬的时候，一个小男孩儿从门外疯狂地跑了进来，拨开长长的队列，径直跑到张立强遗像下面，大声哭喊着说："爹！爹！爹！你下来抱抱俺呀爹……"男孩儿一边哭，一边手抓脚蹬，那架势，像是要爬到墙壁上去。

"莹莹，我听你的"

周一早上，上班号刚吹响，我就骑着自行车，背上二十多斤重的摄像机，狼一样穿过营区马路，奔到单位通信楼下。到二楼，一个中尉看到我，急忙迎过来，旋即又朝走廊各个敞开的房间喊了一声说："摄像的杨干事来了，各班准备好！"他那声音在走廊上一阵轰响。我笑笑，一边走，一边看到几颗黑色的头颅和白色的面孔，斜着从房间探出，两秒钟后又撤回。我的心猛然奔跳起来。我知道，那是一些女兵，准确说是通信兵。我恍惚记得，很多人通过总机和查号台转接或问询。那一种脆脆的、甜甜的、美美的，还带有某种温和与谦恭气息的声音，多次让我心神恍惚。

沙漠天似穹庐，沙海浩瀚。部队的主基调是雄性、阳刚，如风中岩石、火焰之铁。女人少，十八九岁的女子更是大海捞针。很多时候，我们在沙漠内外奔走，在机场、塔台、阵地、营房盘桓，听觉被风声和飞机轰鸣。我一直记得，新兵下连那天，正是四月末，出了教导队大门，迎面就飘来一阵蜜香。转过几幢营房，在一栋修建于二十世纪五十年代末期的苏式楼房安顿下来以后，就是傍晚了。我正在收拾床铺，窗外忽然传来一阵响亮而清澈的女声，喊着口号，由远及近。

我们宿舍楼后面，就是通信营。偌大的沙漠军营当中，其他单位也有女干部，可与女性最集中的通信营相比，就好像是戈壁滩上的骆驼草，稀疏得让人心疼。尽管近水楼台，与女兵正面接触，还是我调到宣传科工作以后。因为身居大漠，孤岛一样与外界隔绝，领导们决定办一个电视台，一方面负责闭路电视维护和保障，一方面以编辑电视新闻的形式，上情下达，宣扬先进典型。我有幸参与这一工作。接到通知，就得飞身上自行车，要是距离远一点儿的话，才会动用汽车。

通信大楼位于基地机关办公楼后面，一栋四层高的白色建筑，在众多楼房之间毫不出众。可每一个男军人都知道，那是我们双脚的禁地，是内心里撕扯不尽的奇思怪想与梦中的海市蜃楼。我以摄像完成新闻报道的借口进入，显然名正言顺。第一次去，拍摄女兵在工作岗位的表现。拍摄开始，有的女兵比我还面红耳赤，腼腆娇羞。还有的，一直背着身，捂着嘴巴笑。她们的样子，让我想起高中时候一群女生和男生春游的情景，有一些东西始终在内心翻涌，激动、神往、旖旎的想象使得肢体失控。我趁机拍了很长时间，几乎为每个女兵我都拍了十多秒的特写。

从通信楼出来，觉得自己似乎是一片被火焰煨干了的绿叶，双脚有些发飘。好在这种感觉在回到单位后就被各种忙碌消解了。再些时候，我打电话给113或114，问几个基层单位领导的电话。话刚一出口，一个甜美女声就清晰地传了过来。我愣了一下，刚要放电话，那个女生又问："您是不是宣传科的杨干事？"我想也没想，下意识地应了一句"是"。她轻笑一声说："上次那个新闻我看了，把我拍得比真人漂亮多了！"我也笑了一下说："你本来就很漂亮的！"这本是一句礼貌性的话，却没想到，话音刚落，那女生迅速反问说："您知道我是哪一个女兵吗，尊敬的杨干事？"

她这一句反问让我始料不及，当即脸红了好一阵子，也不知道怎么回答了。挂了电话之后，兀自不安了好一会儿。赞美要有真实对象，否则就是敷衍。此后几个月，我不断因为工作而问询和求助于114和113。我也知道，听音辨人是通信兵的基本功。我当面同她们说过话，她们以职业本能，会迅速记住我的声音。有几次，我在不同的电话中与"她"相遇，有时候问了即挂掉，有时候多说几句。后来她主动对我说她叫张莹莹，湖北黄冈人；还说了一些不痛不痒的话，大抵是对我编辑制作的某个电视新闻的个人看法。有几次，她还主动打电话到我宿舍，犹犹豫豫地说一些话。

时间久了，心里就有了不一样的感觉，但我还是不知道张莹莹是哪一个。有几次，我看到她们排着整齐的队伍，从通信楼往宿舍走。我推着自行车，像首长阅兵一样逐一看那么多的俏美脸庞。走过后，我才想到，刚才有一个个子高挑儿、圆脸、大眼睛的女兵看我的眼神好像多了一些什么。晚上，我正在写新闻稿件，电话响，是张莹莹。一开口，她就问我看到她了没。我支吾了一下。她又笑着说，看我看她们的样子，好像基地首长检阅。还像……我明白她的意思，不禁尴尬了一阵子。心想，这女兵的眼光足够犀利了；也觉得，一个人心里有一些不美甚至邪念也符合人性。趁她说话的空当，我把自己的想法也说了。她嗯了一声，表示同意。

转眼就是两年多，张莹莹一直和我保持着一种若即若离的“话友”关系。这在荒凉的大漠军营，显然是一种内心的慰藉。可张莹莹对我来说，总有一些清晰且又模糊的感觉，还有一种似是而非的情感。

深秋的北风和寒冷、落叶和灰尘好像在加速人的伤感，因为，又一次的老兵退伍渐行渐近。张莹莹也要走了。几次电话，我都用叹息和欲言又止向她表示了内心的某种不舍得和不安。张莹莹好像也听出来什么，也叹息，但都是一闪而过。有一次，她在电话里让我帮她把所有电视新闻，包括新闻没有用上的，关于她的图像编辑出来，她想留个念想。我毫不犹豫地答应，连夜翻遍所有资料，给她编辑了一个五分多钟的片子。第二天就托人转给了她。

当天晚上，张莹莹又打来电话，对我表示感谢。我笑笑。她说明天就要走了……我嗯了一声，泪水不受控地流了出来。沉默了足有一分钟，张莹莹笑笑说：“杨，我们俩可不可以定个约定？”我说：“当然可以啊！”张莹莹又笑了一声，声音很小，我却能从中听出一种和我如出一辙的悲伤。她说：“十年后……我喜欢沙漠的夏天……约一天，我们可不可以再在这里见一面？”我咬了咬嘴唇，大声说：“莹莹，我听你的！”

内心的天空与亮光

某年初冬一个晚上，电话响了，一听，我就知道是赵长宙。他是河北籍战士。我俩说了一些客气话。赵长宙语气虔诚地问：“杨哥，我还想回部队，有没有办法？”我说：“扯，你小子提前退伍几年了，还想回来？不可能！”赵长宙叹了一口气又说：“杨哥，我觉得还是部队好，更想再回西北……玉门……看看。”听到这里，我也叹息一声说：“兄弟，你的想法我理解，可没有这样的政策和先例。想回来看看，这个没问题，我个人随时欢迎。”

我脑子里出现一个个子稍矮、脸膛方圆、语速很快、富有幽默感的战士形象。

很多年前一个夏天傍晚，落日熔金，灿烂辉煌。我正骑着自行车从营区马路回家里吃饭，迎面看到一个穿大裤衩、上身挂着一件红背心的小伙子迎面走来。因为肚子饿，我把自行车当成了越野车，闪过去之后，脑袋猛然想到，刚才那个小伙子，该是我们单位新分来的那名战士吧？

果不其然，雷打不动的周五科务会上，我见到了赵长宙。科里七八个干部、三四名战士。干部分工不同，各司其职；战士大都在文化活动中心和体育馆工作。在“肩扛星星”的干部当中，战士的“拐把”肩章显得寥落。

科长正在讲话，我瞄了一眼赵长宙。他跷着二郎腿，斜着脑袋，一副心不在焉的样子。我心想，这小子，估计很快就会到基层的。

两个月后，我由宣传科到基层连队任职。因为试训任务重，手下也有百十号人，忙了白天，晚上还得看这帮小子睡好没有，遇到有心事和实际困难的，我这个指导员必须冲锋在前。当兵的人走在一起，就是兄弟。一个连队更是如此，一损俱损，一荣俱荣。有一天晚上，我照例巡查了一圈，兄弟们都睡得鼻息均匀了，我回到宿舍，正在洗漱，电话响了。

是赵长宙，他说他想到基层单位去，可没有熟悉的人。他的意思我明白，也觉得自己的预想果真没错。我让他来，说我明天给军务部门说一下。他起初沮丧的口气立马振奋了起来，说：“还是老乡好，杨哥够意思！”我说：“你就别扯了。能不能到我这里来，还要军务部门和领导决定。”他口气又沮丧了一下，说：“有杨哥出面，肯定没问题。”军务科长是当年接我来部队的老领导，我在电话里说了赵长宙的具体情况。他笑着说，那小子有点儿刺毛，在宣传科和其他几个战士合不来。这个情况我也清楚，就对老科长说：“我觉得，好像没有不好的兵，只有不会带的人。”

科长说：“你自己有信心就好。”

我所在的连队，处在巴丹吉林沙漠深处，距离基地机关所在地还有八十公里。一出门就是茫茫戈壁，再远处，是黄沙如金、层层叠叠的沙丘。天空常年湛蓝，幽深得似乎遥迢的通天之路。我趁去机关开会的时机，把赵长宙接了过来。初来乍到，赵长宙很乖。我先是让他去饭堂做饭，又让他跟着老兵上雷达。这小子也非常争气，各方面都做得比较好。春节，政治处下通知，让各连队找一些文艺骨干，准备几个节目，元旦举办一台晚会。我五音尚全，勉强会唱《军歌》和《十五的月亮》。连队里那些兄弟，百分之八十就会扯着嗓子干吼，要找几个能上台表演的还真难。

赵长宙居然会唱歌，还会说相声，演小品。这是我没想到的。这敢情好，要把他利用上。再加上另外两名战士，凑俩节目没啥大问题。赵长宙对我说：“指导员，全是光棍儿棒子上台表演节目有啥意思，咱得找一点儿姹紫嫣红才好吧？”我说：“你小子异想天开，这兔子不拉屎鸟儿飞断翅的不毛之地，除了沙枣花有母的以外，连芨芨草都干支棱着。”赵长宙诡秘一笑，凑近我，说那边大漠酒家有一名女服务员，唱歌唱得特别好。我一听，瞪着眼睛问他：“你怎么知道的？”赵长宙嘿嘿一笑，说：“指导员，除了你不知道以外，咱四团外面的每一粒沙子都晓得！”

也算走运，我们连队节目大受好评。那位叫刘亚梅的女孩子是主力，当然还有赵长宙和另外两名战士。我代表连队上台领最佳组织奖。赵长宙也上台领了奖品，团政委亲自为他发奖。在连队军人大会上，我表扬了赵长宙等三名战士；私下又把赵长宙叫到办公室来，对他说，把奖品送给刘亚梅合适。我话刚出口，赵长宙的脸就成了一朵花，转身出门就直奔大漠酒家。

转眼到了次年五月，基地组织篮球联赛，政治处人手少，就让我带队到机关所在地参加比赛。我叫上赵长宙随队打杂。有天晚上，政委来给球员们鼓劲儿，我想叫赵长宙去买一些饮用水来，可到处找了个遍，也不见赵长宙的半个影子。我气归气，心想，这小子估计又去他某一个老乡那里喝酒去了，每次都喝多，喝多了，即使歪倒在公厕里，他也睡得呼呼的，说不定半夜醒了，就自己回来了。

忐忑不安地到第二天早上，赵长宙也还是神鬼不见，我正气急败坏，和连长商议着如何把这个突发情况上报团里。

正在这时候，电话响了，是甘肃玉门的号码。我接了，话筒里传来赵长宙的声音。他说：“指导员，杨哥，非常对不起，我偷跑到玉门来是因为……”我没听他说完，就劈头盖脸骂了起来，说：“你这个小兔崽子，跑出去也不给老子说句话，害得老子和连长挖地三尺找这你狗东西。”

我咆哮了一通，赵长宙幽幽叹了一口气，带着哭腔说：“指导员，我不对，我对不起你和连长。等我回去，再细细给你汇报！”我看了一下连长，连长也气得满地转圈胡乱吼，正要继续咆哮，我朝他摆了摆手。

两天后，赵长宙回来了。一进门，脸上就挂着两行热泪，眼睛红肿得像两个大桃子。

几天后，赵长宙申请提前退伍。我和连长劝了他几次。参谋长和政治处主任也是这个意思。无奈赵长宙去意已决，办理了提前退伍手续。我去送他，到酒泉市，赵长宙提议再去一次玉门。我点了点头。俩人灰头土脸到玉门镇，又找了一辆摩的，再烟尘滚滚地去到了一个村子，却没进村，而是转到了一面大戈壁滩旁边。赵长宙带着我，走到一座新坟前跪下放声号啕。

我也脱下帽子，向突患白血病去世的刘亚梅的坟墓鞠了三个躬。我抱了抱赵长宙，低声说："兄弟，你的心里有一片阔大的天空和光亮。"

“是，我的好兄弟”

他来电话之前的三十秒，我正在成都人民中路三段大步流星，看到一位穿军装的战友正在过马路，脑子里忽然出现了一个个子高挑儿、浓眉、脸色白皙、唇红齿白的年轻军人的形象。唯一不同的是，眼前的那位军人穿陆军服装，脑际闪现的穿空军服装。脑子里那个形象还没闪过去，电话响了，一看，竟然就是我一刹那间想到的张汝松。

几年前，我在驻巴丹吉林沙漠的空军某部服役。深入学习实践贯彻落实科学发展观活动开始，政治部吴主任就把我安排到了专门成立的临时办公室。三四个从不同单位抽调来的干部，每天都要忙到凌晨三点多。其中的张汝松不久前由二团调到组织科当干事。办公室成立后，他直接参与进来。那好像是春天或者刚夏天半个月左右，巴丹吉林沙漠西部边缘的军营内绿树簇拥，花朵盛开，热烈的空气干燥，含有多种气味混合的味道。临时成立的办公室行使职能要费一番周折，必须由最高首长以开会的名义召集各单位军政主官及部门领导严肃通告才行。四个人里面，我算是老机关，摇笔杆子、装腔作势时间最长。领导也知道这一点，分工让我主要负责各类公文的统筹和撰写。

相对于其他同事，张汝松转政工时间最短，写起来有些吃力。我就对他说：“兄弟，凡事亲力亲为就好写，生拉硬扯确实费脑筋。以后，你还是多做协调工作，跟着领导多参与具体活动，这样的话，屁股一落凳子，脑子就有话说了。”张汝松笑着回答说：“还是杨哥你经验丰富！”在场的其他同事说：“姜还是老的辣，兵还是老的牛！”

几个人一阵说笑后，我却发现，张汝松总一脸忧郁，白皙的脸上好像落了一层轻薄的灰尘。很多时候，我的微机后面总是传来轻微的叹息。

好像一阵忙乱之后，就“秋风萧瑟今又是”了。骄横的西风横行沙漠和周边绿洲，一夜之间就把枝繁叶茂的军营与荒芜的戈壁混为一体。这时候，我们临时办公室的一位战友因为调职而离开，四个人变成了三个人，可工作量一点儿没减轻。有一次，上级检查后，认为有些方面需要整改。政治部主任把我们三人叫到办公室说，明天上午开个会，叫各单位政工领导、股长、干事都来。回到办公室，我让张汝松通知各单位，并布置好会场。另一人起草政治部主任讲话稿，我来写政委的讲话稿和改进措施。三个人到距离办公楼最近的一家小餐馆里风卷残云再回办公室。

凌晨一点，讲话稿写得差不多了，张汝松和另外一人困得实在不行。我就说：“你俩回去睡吧，早上早点儿来。”一时间，忙碌的办公室沉寂了下来，暖气蒸腾，我敲键盘的声音似乎有回声。凌晨三点，我起身，去卫生间，走廊灯光稀薄，对面拐角一片暗影。从卫生间出来，我总觉得身后暗影处有一双眼睛在盯着我看。我紧走几步，关上办公室门。再次坐下来写改进措施的时候，强烈的饥饿感如潮水一般冲袭而来。我翻遍所有抽屉，连一粒瓜子都没有找到。再坐下，却发现饥饿竟使得我几乎丧失意志。只好出门下楼，却没想到，一场大雪在我不觉的时候铺满台阶，并铺展向整个巴丹吉林沙漠。

蹚着黎明大雪回到办公室，掏钥匙开门，却发现门是开的，快步跨进去，却发现张汝松已经来了。桌子上放着一盒方便面和一根粗大的火腿肠。见我进来，张汝松冲方便面努了下嘴说：“喏，就知道你会饿！”好像一眨眼，太阳升起，把满地的积雪照得满地流银，光芒闪烁，似乎雪白星空。工作告一段落后，我发现，张汝松的叹息更加频繁，忧郁使得他脸上过早有了皱纹。

我问他怎么了，张汝松皱眉叹息说：“我该咋办啊，杨哥？”

我问：“咋了嘛兄弟？”张汝松说，要再不回去，老婆就要和他离婚！

我知道他和老婆两地分居，一个在石家庄，一个在巴丹吉林沙漠。这不，老婆又生了孩子。张汝松不想离开部队，可也觉得老婆的要求在情理之中。我完全理解，对他说，当兵体现男人坚韧铁血，爱老婆也是柔肠寸心。两者缺一不可。

我给他出了几个主意，首先调回石家庄；实在不行，只有转业这一条路了。张汝松留恋地说："最好是调过去。脱军装……唉。"说到这里，他下意识地用手摸了摸领花，又在军装前襟上弹了弹。我走过去，拍了拍他肩膀。第二年春天，我由空军调入原成都军区工作。临走时候，和张汝松聊了很久。我们都知道，调回去难度堪比登天。可他非常爱他老婆，心疼她一个人既上班又带孩子。更严重的，是老婆单位同事老是在她面前说自己的老公这样那样的体贴。不管怎样的内容，对一个丈夫远在西北的年轻女子而言，都会耳濡目染，心有所感。

我没想到，张汝松随后转业回了石家庄，很快就上班了。他说，把这个消息第一个告诉我，是觉得我是真正理解他的人。我笑笑说："兄弟，这不挺好的嘛！好好混，你会更好的！"张汝松叹息一声，声音低沉地说："杨哥，我还是觉得部队好，随意。在财政厅和民政厅之间，我选择了民政厅，而且主动要求到复转军人安置办公室。"我"哦"了一声，似乎明白了什么。张汝松笑笑问："你出营门都穿军装吗？"我说，有时候穿，有时候不穿。

张汝松"啊"了一声，沉默了几秒钟，语气低沉地对我说："多穿穿军装吧，杨哥！"听了他这句话，我忽然肃穆起来，停住脚步，大声说："是，我的好兄弟！"

每个时代都有与众不同的人

几个团领导当中，可能是因为工作性质和业务范畴，朱总是最少话的人，即使开会发言，也极其简短，不像团长、政委和参谋长那样时常脱稿，就某些事情做一番个人阐述和要求。后来我才知道，朱总话少不是工作原因，而是个人性格所致。从他的简历看，少年时候从新疆生产建设兵团考入空军雷达学院，毕业后，服从组织分配，就一头扎在了巴丹吉林沙漠空军某部，任助理工程师，整天和各类数据、模块和电子仪器、雷达、遥测、仿真等设备打交道。一个技术室的战友说，朱总三十二岁才结婚。婚礼办得很简单，就是把单位人叫在一起，分了些糖块、瓜子，晚上他做东，在一家小饭馆吃了一顿饭，就和另一位女干部成了夫妻。

部队要发展，新装备要发挥最佳效能，形成新的战斗力，就必须对原有的硬件和软件升级改造。我们那支部队，处在军事变革和战斗力生成的前沿，必须保质保量地完成靶场升级改造任务。作为全团的技术领导，朱总自然冲锋在前。不是搞技术革新和论证，就是到成都、长春、南京等地跟厂监造。即主要针对新型武器装备试验训练的需要，在购置安装、调试新设备基础上，对部分旧设备进行改造。

在这样的关键时期和重要节点，技术人员必须夜以继日、自觉地处在高强度的工作状态当中。一个下午，政委告诉我："朱总下午坐飞机回来，部队现在正在进行试验训练，你现在申请一辆车去接一下他，我和团长他们在指挥所等他。"我应"是"，并在飞机降落半个小时前，到达了机场。等到朱总出来，我正要接过他的包往车上放，他却说："麻烦你带车回场区把我爱人接到这里来，好吗？"我不明其意，又不好过问，叫上司机就直奔场区。朱总的爱人姓张，在另一个单位技术室工作。

车刚到他家楼下，就看到一个身材不高的妇女，怀里抱着孩子，站在院子里。司机说那就是朱总爱人。我急忙下车，叫了一声"嫂子"。她听到后，快步走过来，刚坐下就让稍快点儿去机场。司机当然不敢开得太快，按正常速度行驶。我也想，事儿再急，安全也是第一，也没催司机。没想到，朱总爱人眼睛盯着前面的路，然后不满地看了看司机，抿了一下嘴唇问能不能再快点。司机这才加大油门。候机楼前，朱总把包放在地上，瘦小的头颅一直在朝路边张望，看到我们，提着包一路小跑过来。我识趣地下车，和司机使了一个眼色。把车停好后，司机也下了车。朱总抱着孩子，和他爱人一起坐在车后座上。

名正言顺的两口子，有啥话回家里慢慢说，有啥事回家慢慢处理多好，非要在机场，还在车上。真是想不通。司机笑笑说，搞科技的人就是思维不一样。我也说，搞科技的人一般比较书生气，说话做事和搞行政、政工的人就是不同。俩人说着，还说了一些带“色”的俏皮话，哈哈笑了一顿。大概五十分钟，朱总出来了，朝我和司机招手。我俩奔过去。朱总表情很严肃，但一仔细看，严肃里面还有些安慰或者说温情的意味。朱总说：“麻烦你把我爱人和孩子再送回去。”说完，又躬下身子，手从车窗伸进去，摸了摸孩子的脸蛋，又捏了捏他爱人的手指。

回到单位，我才知道，朱总又出差了。他刚从南京回来，这次去长春。我知道，长春有一家很著名的光机所，单位的一些设备在那里改造。我忽然觉得，朱总也真不容易，出差两个多月时间，还没进家门就又走了。他的妻子估计也不好受。大约又一个月，我在办公楼大门前遇到朱总，和他打招呼。我发现，朱总比前几个月更瘦了，颧骨格外突出，两腮也似乎少了一层肉。他笑笑，冲我点点头。

转眼到了冬天，又好长时间不见朱总。一个沙尘暴遮天蔽日的下午，政治处主任紧急召集我们开会，语气沉重地告诉我们，朱总患了胃癌，从长春送到北京空军总院紧急抢救。根据上级指示，我们要尽快搜集和整理朱总的典型事迹，大力宣传这样的人才、典型和楷模！我作为专职宣传干事，这事自然落在我的身上。在搜集和采访过程中，对朱总最熟悉的技术室的战友们语气悲怆，他们红着眼睛，流着泪，分别说了朱总的一些典型事迹。其中一个为朱总做助手的技术干部说：“朱总大致是去年夏天开始便血的。一直催他去检查一下，他说去，可就是不去。”“你别说，我们这支部队，还真少不了朱总，或者说朱总这样的人。”

再去采访和他一起在长春光机所监造的一位老领导，他说：“还是我发现的，他在雷达说胃疼，话还没说完，马上就疼得直不起腰了。马上送到就近的医院，初步诊断为胃癌。我们急忙给基地领导汇报。基地领导联系了空军总院。几个人一起把他送到北京……就要做手术时候，他拿出一个笔记本，对我说，这上面记的十几个问题，万一他出不来了，委托我一定要给厂家这边提出来。他刚苏醒过来，我去看他，他问我那些问题跟厂家交涉了没有，解决了没有……他那神情，做了一天一夜的手术，好像过了半个月一样。”

老领导说到这里，我也哭了。他红着眼睛，语气缓慢地说：“以前，毛主席说白求恩是一个纯粹的、毫不利己专门利人的人，我以为这时代没有这样的人了，没想到，你们朱总就是这样一个人。”我点点头。

几天后，我把朱总的事迹写了出来，分别发表在《空军报》和《中国空军》杂志上。这期间，断断续续听到朱总的消息，有的说他很坚强，手术后坚持锻炼；有的说，人一做了手术以后，相当于损了元气，没有三年两年，很难恢复好。我默默听着，脑子里晃动着朱总那总是紧绷和思索的面孔。

转眼一年，我惊奇地发现，朱总又在单位出现了，而且各方面状态都很好。再一段时间，他被调到上级机关任职。年底，在科技干部表彰大会上，朱总以科技论文和技术创新获得全国科技进步二等奖、全军科技进步一等奖的成绩上台领奖。我看到，朱总的步伐比以往多了稳健，脸色也显得红润。鼓掌的时候，我们这一支来自朱总老单位的官兵更热烈，别的地方都鸦雀无声了，我们还在使劲儿拍着巴掌。有几个技术室的干部，还高声喊出了朱总的名字：朱国清。

我在笔记本上，用力地写下这样的一句话："每个时代都有与众不同的人。"

退隐的英雄

提前一天和崇恩才约好，次日上午去他家采访。崇恩才答应得很爽快，大嗓门儿震得话筒嗡嗡直响。一个同事说，就这声音，绝不像七十多岁的人。第二天上午一上班，我和另外两位同事骑着自行车出发。要说，场区不大，从工作的地方到崇恩才所在的家属区，也就是一千米的距离。骑自行车是为了快和方便。路过一家小卖店的时候，我停下自行车问："要不要给崇老买点儿东西？"其他几位同事也同声说好。

因为处在巴丹吉林沙漠，物资相对匮乏，超市里也没啥可买。挑选了好一阵子，也就是鲜牛奶、麦片、水果之类的。骑着车子直奔崇恩才家。崇恩才所在的小区，大致建于二十世纪九十年代初期，一色低矮的二层楼房整齐排列，前后有七八栋。每户最大面积七十平方米。另一边是菜地和公园。院子里几棵上百年的杨树和沙枣树还在努力撑起一片绿荫。刚把自行车放好，一个身高一米八几、满头白发的老人就从有些破旧的门洞里闪了出来。老人眼睛大，炯炯有神，只是眼角围了一些深深的皱纹。看到我们三个穿军装的年轻军人，老人脸色兴奋了一下，瞬间又用狐疑的眼光打量我们。

在采访崇恩才之前，我们阅读了多年之前关于他的一些材料，其中有很多刊发在《人民日报》《解放军报》等媒体。就在前几天，我在营区见过他。那些材料中，印象最深的，是原兰州军区空军专业作家刘立波、王有才等人撰写的崇恩才事迹的新闻报道和报告文学，称他为“铁杆僚机”“木偶飞行家”“崇大胆”。二十世纪五十年代初期，崇恩才曾在形势严峻的东南沿海，以飞“僚机”著称，先后四次荣立个人一等功和二等功。到艰苦而又辉煌的“两弹一星”时期，他所在的机组参与了核爆取样任务；二十世纪七十年代中期，我国某航空武器部队组建，需要试飞员，就成立了飞行试验团，崇恩才被选入；不久又独自驾机飞我国第一颗中程导弹和洲际导弹航线；再后来，多次驾机参与了多种型（号）的航空武器的飞行试验。

虽然七十多岁了，崇恩才身体还很好，身下骑着一辆吱呀乱响的自行车，肩上扛着一把铁锹或者手里提着一只篮子，去营区外围的菜地。冬天，常见他骑着自行车，车把上挂着四五只暖瓶，去开水房打水。有熟悉的人遇到，他不仅点点头，还要大声说：“上班了啊，下班了啊！”一边说着话，一边咧开大嘴呵呵笑，往往把杨树林里的灰雀和乌鸦惊得呼啦啦飞到别的地方去。在机关，也常听一些老同志偶尔说起崇恩才，说老崇那个胆子，给他一架飞机，独自上战场，他都会拍着胸脯说“保证完成任务”！

见到我们，崇恩才很高兴，咧开大嘴呵呵笑，几颗焦黄而稀疏的大牙格外醒目，脸上的皱纹也闪退到脖颈上藏起来了。他住在二楼。进到屋里，天地一下子变得异常狭窄，屋里有一股腐朽与油烟混合的味道。我一眼看出，屋里是经过一番收拾和打扫的。没有沙发、写字台和衣柜等一类的大家具，只是在摆满各种家什的房间里可以腾出一个小空间，摆了三张小马扎。

我们刚坐下，一个同样头发花白、腰背佝偻的老太太掀开布帘，从另一间屋子里颤巍巍地走出来，手里端着两个热气腾腾的纸杯子。我们赶紧上前接住，请老人不要客气，我们自己来。老太太是崇恩才的老伴儿，方脸、大眼睛，脸上的皱纹好像干旱龟裂的黄土地。崇恩才到里屋去了大约一分钟，出来后，穿着一件旧式的黄军装，戴着红五星军帽，右胸口上别满了各种勋章和军功章，其中有二十世纪五十年代的中国人民解放军一级勋章、二级勋章，还有二十世纪八十年代的二等功、三等功证章，整齐地别在胸前。我们惊叹，忍不住上前抚摸，心里觉得，崇恩才真是经受过生死考验的老战士，曾经在蓝天驰骋的老雄鹰。

崇恩才说：“一九四〇年秋，听说盐城上冈来了八路军，我和两个同伴偷偷报了名。负责报名的人问：‘你为什么要参军？’我说：‘打鬼子。’那人问：‘当兵就要打仗，假如你回不来了呢？’”回忆到这里，老人提高了嗓音：“死了就算了，只要不死，不打败鬼子不回家。”

“那一天下午，团长、政委召集我们机组开会，传达命令。一再说，今晚上任何人不得回家休息，不得向任何人透露。我就知道，又有大任务了，可也没问具体是什么任务。那个年代，参加任务是不能问的，上级说啥就是啥，说啥时候起飞就啥时候起飞，说去执行什么任务，提着脑袋也要上！

“一九六八年深秋的一天，我又驾机携带一枚新型导弹跃上蓝天，飞机抵达预定发射空域后，我敏锐地捕捉到了目标。一个加力，追逼上靶机。当瞄准具套准靶机的刹那，我一按电门，机身一沉，翼下导弹一声呼啸。可是，当机头‘嘀嗒’间再次抬起时，‘轰——’前方一团火光映红舷窗，导弹早炸！我火燎般地滚杆蹬舵，‘唰——’飞机疾速摆脱险区。”

“无人机试飞，飞行员就得当木偶。只有遇到万不得已的情况，才实行人工操作。那一次，飞机发动后，刚飞起来，就往下坠。按照地面命令，为了检测无人机故障，试飞员暂不操作。飞机落地后，刹不住，直接向飞机场外的戈壁滩上滑过去。我还是没操作，直到飞机陷进沙土地里停住。”

诸如此类的细节，崇恩才眉飞色舞地滔滔讲了一个上午。生死大事，在他那里都好像好玩儿的事。他“崇大胆”的绰号由此诞生。我联想起关于他的那些资料，觉得以前的人所言非虚，崇恩才不仅是一个机警、敏捷的“铁杆僚机”“木偶飞行家”，也是为无人机试验和发展敢于舍得一条命的“崇大胆”。

为了把材料挖得深一些，我们下午又去了崇恩才家。刚走到楼下，一位白发苍苍的老太太抱着一大摞旧报纸和踏扁了的纸箱子从楼道里挪出来，不一会儿，崇恩才提着一把锄头，穿着一身洗得发白的军装，也走了出来。看到我们，崇恩才的脸色尴尬了一下，然后又咧开大嘴呵呵笑着说：“你们咋又来了？”我们三人笑笑，齐步走到崇恩才身边，立正，向他敬了一个标准的军礼。

金塔县的人间烟火

越过一大片戈壁，迎面撞来一道峡谷。戈壁之中的所有的山，简单而又光秃。峡谷之中无论哪个时候都是穿胸的大风。冬季则冻得人心疼，一秒似乎一年。夏天只想在其中能够多站立一会儿，感受自然的吹袭。峡谷向下，还是一道峡谷，弱水河流经此地，无休止、连续涌动的水，犹如柔软的刀刃，将干硬的戈壁开凿出一条蜿蜒的河道。河岸上，以杨树、沙枣树和红柳树居多，之间还有一些芨芨草、狗尾巴草等匍匐其中，芦苇独立成片，极少和其他植物混为一谈。我在车上或者桥梁上看到，只觉得亲切和一种来自上天的恩德。这荒漠之地，最美的事物大抵就是水和水引发、滋润与贯穿的事物了，当然也包括每一个人、每一头牲畜，以及生生不息的草木。

从前的时候，道路并不从这里经过，而是沿着东边的村庄，宛若断续的蟒蛇皮，一端伸向酒泉和祁连山，另一端则扎入巴丹吉林沙漠，一直到额济纳、阿拉善右旗和阿拉善左旗，当然也可以抵达贺兰山，以及策克口岸之外的阿尔泰山等地。从表面看，戈壁整体上就是一条不分方向的宽阔之路，只是其中的低山和沙丘，还有流沙虚掩的陷阱，总是引得人在自以为是的坦途中充满生命危险。这世界总是奇诡，看起来明确无误的，往往隐藏着吞噬和杀戮；那些貌似崎岖的地方，却总是会给人带来惊喜。

再上一道山坡，放眼望去，一座县城赫然在平坦之处。这就是酒泉市和巴丹吉林沙漠之间最大的，也是最后的一座城市，它的名字叫作金塔。从地理上说，金塔是距离我们所在军营最近的繁华之地，但它却不受我们以及当地人青睐。原因在于，它的面积和规模太小了，繁华程度更不足够；再者它距离酒泉市太近了，两者之间不过半个小时的车程。从行政级别上说，金塔也只是酒泉下属县之一。对于莫名喜欢物质繁华之地的当代人而言，金塔最大的问题是无法满足附近人们的消费需求，特别是对城市的某种心理和消费领域的期待。若是兰州距离酒泉也只有两个小时车程，那么，酒泉的命运也会像金塔这般被人冷落。

而河西走廊之所以文化灿烂，处处蕴藏，与它自身所持有的长度和宽度不无关系。金塔属于走廊北山领域，所谓北山，当然是与南山相对而产生的。只不过，走廊南山是冠盖缟素、巍峨奔纵的祁连山，因其雄奇与丰饶，曾被匈奴人称为“天”，也是整个河西走廊的“母山”。走廊北山则是对合黎山、龙首山、马鬃山等一系列靠近沙漠戈壁的荒山秃岭的统称。金塔盆地就窝在走廊以北的山地与戈壁当中，自身又被一块大戈壁切割，与其下属的鼎新镇构成了两块较大的绿洲。“金塔”这个名字的确定，大致也是晚近的事情。西汉时期，曾设立会水县。之后又被称为王子庄，此名与沮渠蒙逊长子分封于此有关。由此也可以看出，河西走廊从来就是一个整体，其民众文化、政治、信仰、风俗等等，与其他地域有着明显区别。

河西走廊是一条天然的坦途，城镇与城镇之间，即使有山，也基本无险可守。一路的戈壁、盐碱地、祁连山伸出来的低纵山冈，使得军队无法藏身，也不可能实现迂回。河西走廊自古以来就是一个一损俱损、一荣俱荣的整体，任何王朝和地方势力，都不可能在这条走廊上孤立生存。金塔以及与金塔同处在走廊北山的永昌、金昌、高台、玉门等地，只能被视作河西走廊的侧翼。唯一不同的是，走廊北山在游牧民族逐鹿河西和西北的时候，这些地方又是战争的前沿，是进出漠北和蒙古高原的锁匙。当年，李陵建功心切，出酒泉，带着他的五千将士，沿着弱水河，经过金塔，深入额济纳，转而进入阿尔泰山中段，遭遇匈奴主力并与之激战七昼夜，最终被俘。

峡谷的一侧，有著名的鸳鸯池。其衍生的故事，也效仿其他地方，说先前有一对相爱的男女，不被双方家人允许，双双投池自尽，之后化作一对鸳鸯，故有此名。此类的传说大都是民间一种情感和文化的表达，为的是在枯燥的现实生活中有一些精神和情感上的安慰、寄托。如今的鸳鸯池，随着弱水河的水流的减少，面积逐渐减小。说到底，弱水河的流量取决于祁连山，而祁连山的雪线也在逐年上升。这就涉及了全球气候变暖这个人类的共同问题。

工业乃至信息科技的发展，看起来是一个文明的进步，甚至是人类智慧的有形体现与实践的成果，但根本的问题是，人类文明的每一次进步，都是用消耗甚至摧毁自然的平衡性为代价的。金塔县城凹在一面低洼处，两千年之前，好似一个大的镇子，酒泉到额济纳的公路从其旁边经过，一眼看过去，一切都灰苍苍的，唯有夏天，茂密的杨树使得整个西北都有了生机。对于这一块地域，酒泉人说，金塔人是酒泉的“犹太人”，其中的意思是，金塔人聪明也狡诈，会做生意，更喜欢玩心眼儿，有城府和心机，使得其他地方的人有所忌惮。如此等等，可能是酒泉当地人对金塔这个县城人们的一种观察和经验判断。

得益于整个国家的繁荣，这座紧靠巴丹吉林沙漠的县城基建也很迅速，楼房很快蔓延到了公路边，一栋栋、一幢幢的，看起来崭新。一侧的山头上，还修建了人工的湖泊，再加上流水、亭榭、环绕的松树，以及花坛里的玫瑰和格桑花等等，使得路过的人赏心悦目。当地也效仿其他城市，意图打造某城“后花园”之类的。而金塔最根本的，则是发源于祁连山八宝河，由张掖倒淌至酒泉，转而经由金塔进入巴丹吉林沙漠的弱水河及其沿岸的文化遗存和自然生态。

关于弱水河，当地称之为黑河，我不知道这个名字由谁确定，但肯定也正确，不过黑河之名显然弱于弱水河。弱水河，多好的名字，而且出自《尚书·禹贡》，还有一句足以令人神魂颠倒、思之念之的“弱水三千，我只取一瓢饮”，这好像是禅语，满含天机，也使得人若有所思，心神荡漾。在弱水河鼎新绿洲与巴丹吉林沙漠衔接处，肩水金关、大湾城、地湾城，以及十里一座的烽火台等都是金塔境内有名的人文遗迹，也是出土居延汉简最多的地方。花城湖、海森楚鲁（俗称石头城）、胡杨林等自然景观，是弱水河在进入巴丹吉林沙漠的时候，给予金塔县最好的自然和文化的馈赠。其中的花城湖，在酒泉市区和金塔县之间的怀茂乡境内。所谓的湖泊，其实也是弱水河在地表上形成的一片水潭，湖中多野鸭和天鹅，遍生芦苇，茂盛至极，以至于形成了一面看起来幽秘、广阔的水域。大致在十年前，我以“花城湖”为背景，写了一个短篇小说，曲折地将唐帝国与西北各游牧民族的关系，通过一个底层武官的命运呈现出来。其中的武侠意味——官场和人心，以及对时代与个人的关系等等的审视和思考，我觉得还是有些意思的。

而在现实中，我对花城湖的现实理解和认知，除了那面令人惊奇的戈壁湖泊之外，还有青辣椒。常听当地人说，这里生产的青辣椒极好，在任何菜肴中加入一根，便可使得整个菜都辣得人口水直流，甚至口舌麻木，喉咙如割。与此相连的城镇，同样的土地，却难以生长出如此的青辣椒，也真的是奇怪。距此不远的金塔县城以西数公里，弱水河畔，也有一片胡杨树。

虽没有额济纳的胡杨多，但成堆的黄沙连绵之间，有些水流，每年十月中旬，胡杨叶子陆续变黄，仿佛镀铜的锡纸，一枚枚地挂在树枝上，在风中摇晃，坐在树下，用心谛听，真可以听到黄金叶片制造的音乐，犹如天籁，清脆、轻柔、结实，听得久了，还可以从中分辨出一些凋零的悲伤，以及面对死亡的慷慨沉郁。

世上万物都是同心连体的，人和万物的关系，从来须臾没有分开过。金塔县附近有如此的美景，也是弱水河的赐予。一条河的恩泽，使得原本荒芜的戈壁，顿然有了无限的生命的蓬勃景象。离开县城，再向前，路过深陷在红柳和杨树之间的几座村庄，迎面而来的又是一面巨大的戈壁滩。它没有名字，先前的道路从戈壁中间穿过，再去往额济纳旗的时候，因道路忽高忽低，颠簸异常，这里被人们称为十八盘。新路沿着弱水河修通，这片戈壁便被人彻底遗忘了。但每年春夏，只要稍微下点儿雨，戈壁深处就会长出沙葱。这种类似鳞茎密集丛生的植物，居然也属于百合科。

当地人把这戈壁深处称为“山里”，其中有少量的煤矿、铁矿，大致是马鬃山深入巴丹吉林沙漠的余脉。沙葱凉拌吃最好，具体做法是：洗干净，再水煮，捞出，拌上醋和少许盐就可以。吃起来很脆，其功效与韭菜类似，还可以治疗冻疮、秃疮和痢疾，提高免疫力等等。我在巴丹吉林沙漠的时候，几乎每年都可以吃到，每次绝对一根不剩。据进山采沙葱的人说，有些人比较狠，连根都挖掉了。沙葱根当然也可以吃，但这种斩草除根的采挖方式，有些竭泽而渔的意味。很多年前，每次去酒泉，到这片大戈壁的时候，班车上几乎人人都在睡觉，再睁开眼睛，以为已经进城了，却不料，窗外还是无边的戈壁。只是，戈壁以西，有一条不规则的山冈，寸草不生，满身赤红，好像僵死的巨大蜈蚣，横亘在视野之内。

穿过弱水河大桥，鼎新绿洲赫然眼前。这也是一座有历史的镇子，明清和民国时期称为毛目，取弱水河绕镇子而行，如一弯眉，而鼎新则像眼睛，故有此名之。至二十世纪初期，鼎新则为毛目县县城。斯文·赫定曾在这里收发邮件。这个写有《亚洲腹地探险八年》的瑞典人，在弱水河流域的古迹当中，发掘了诸多的汉代和西夏文物，成为名噪一时的世界知名学者。那是一个西方对东方进行大探索的年代，也正是东方国力不振动乱迭起的苦难时刻，西方探险家和科学家对这块古老大陆的探索涉及了各个方面。中国灿烂神奇的文化和文明使得全世界都张开了惊奇的眼睛。

鼎新绿洲当然也是弱水河的造就。镇子不大，多数是黄土夯筑的土坯房，形式也都是四合院。因为风沙大，这样较为封闭的建筑，是沙漠边缘村庄最为合适的民居。鼎新镇向南两公里，有营盘水库，即在峡谷之间，截停弱水河，形成一个巨大的人工湖。由于水分充足，这里还生长着几棵胡杨树，水库四周，多草甸，还有一片较大的湿地。这里也是天鹅和野鸭的栖息之地。

有一年我去的时候，看到坝基上有许多的野鸭羽毛。当地人说，有人拿猎枪击杀了不少黑翅长脚鹬、红颈瓣蹼鹬等飞禽。这令人痛惜和愤怒。但不仅仅是这一带，即使在其他地区，各种动物都被人类习惯性地作为食物。我也注意到，巴丹吉林沙漠虽然绿洲极少，气候高寒，但飞禽其实也不少，目前发现的居然有32种之多，其中有北红尾鸲、石鸡、地鸦、反嘴鹬、野鸭、伯劳、凤头百灵、金眶鸻、赤麻鸭、天鹅、夜鹭等等。

出镇子继续向北，沿途都是大小村庄，被更多的杨树围拢，这里的树，大都是新疆白杨，还有著名的沙生植物沙枣树、红柳、梭梭、榆树、洋槐等。这些树木，对于村庄和这里的人们而言，绝对是一种从生活到灵魂的遮挡和护佑。十多公里之后，迎面是一座较大的村落，名曰双城，是一个乡政府所在地。一条街，两边是商铺和饭馆，乡党委和政府办公的地方处在其中最显眼的位置。每逢初一、十一、二十一，双城有集市，远处的人们会带着衣服、农具和其他货品前来摆摊售卖，近处的也有把自家种的蔬菜、水果等运来，默默地蹲在一角，耐心地等待顾客。临近春节，集市最为热闹，附近人们几乎倾巢出动，姑娘和小伙子们也加入其中。这里的妇女，也爱美，每次上街，都会涂脂抹粉，可屋子里光线暗，涂了粉自己觉得很美，可一旦被太阳照耀，脂粉就和皮肤脱离开来，肉身发黑，脂粉越发地洁白，犹如黑瓷盆上洒下了一层面粉。

与鼎新镇相同，双城乡的人们种植的主要经济作物是棉花，此为多数人家最主要的收入来源。村庄里，房屋排列整齐，东西或者南北方向展开，中间是街道，也是乡道。家家户户屋后有果园，种植苹果、苹果梨、大枣、杏子等水果，树下也可以开辟菜园，番茄、黄瓜、韭菜、白菜、萝卜、香菜等等也都郁郁葱葱。街道对面，大都是厕所和牲口圈棚，大都养着驴子和羊，养马和养牛的极少，除非确实需要。夏天的门前，多数有着绿叶茂密的葡萄藤，一颗颗葡萄，藏在大叶子之间，晶莹的表面，蒙着一层厚厚的灰尘。春秋和冬季，人人关门闭户，大风携带着巴丹吉林沙漠无尽的沙子和粉尘，在这一片天地之间不断发出尖啸，犹如雾气一般缓慢覆盖。

在沙漠的生活不仅是地理上的偏远与自然样貌上的荒芜，更重要的是对外面世界的疏离甚至隔断。从双城村再向前，还是一色黄土结构的村庄。其中的一座，我熟悉得可谓深入骨髓。从一九九七年中秋节那天开始，我就不断地去，其中有许多个春节是在这里度过的。姻亲是人世当中最具有偶然性的一种人际关系，一个男人和一个女人，起初各在世界一方，相互不知对方的存在，却在某一个时刻轰然遇到，进而恋爱结婚成为一家人。这种机缘，其中有着诸多的蹊跷甚至神意的成分。因为这里的一个人和她们一家人，我有了人生第一次婚姻，和第一个儿子。这对于我这个来自太行山的异乡人而言，是一种幸运，也是一种恩典。曾经有一段时间，我很想留在这里，在巴丹吉林沙漠一侧的绿洲，忙忙碌碌地生活一辈子。那时候，我总是以为，婚姻的很多成分是亲情，而且是极其牢固的。

但命运无常，十多年后我被调往成都。妻儿也去了。但不久，婚姻就分崩离析了。我一直觉得有愧于岳父母，当年说好侍奉他们终生，却选择了再度迁徙。为了弥补这种缺憾，即使身在成都，我也坚持每隔一年回到这里过年。直到二〇一六年，我哭着从这里到酒泉，乘车返回成都，几年来，便再也没有回去过。

这是我当年没有想到的，同时也庆幸。倘若我当年真的选择留在了这里，前妻如此这般对我的话，我的命运就被母亲多年前预言了。第一次婚姻之初，母亲就多次忧心忡忡地对我说："到时候，你离开部队了，或者退休了，人家不来咱们这里，孩子也不跟着你。你在外面混了一辈子，最终也还是啥也没有。"对于她这样的话，我很是厌烦，以为是老思想、老观念，是不信任人的表现。可现在，我却觉得，尽管母亲没有上过一天学，也不懂得当代人的趣味和情感，但她却始终是生活和人情世故的在场者和经受者，她可能看惯和听说多了诸如此类的事情，才对我的选择表示担忧。

时隔多年，再次想起，我忽然觉得，不受父母祝福的婚姻肯定会有些不当的。其中有些玄秘的意味。古老的人心中，始终有一种摸不到看不清到但精准的预言和判断。

现实有多复杂，人性就有多复杂。现在的双城乡，不仅改成了航天镇，镇政府也搬到了我老部队的旁边。那里之前是一片荒滩，其中有诸多的野兔和沙鸡，还有蜥蜴、斑鸠等动物，现在则彻底成为人类的另一个聚居地。

因为有驻军，附近人们的瓜果蔬菜和牛羊等，都可以拿到菜市场去卖。有些当地人还可以到部队做些其他活计。相比之下，航天镇的农民收入自然要高一些。不论从哪个角度说，人人富裕，过一种现代性的生活，都是一件好事。人和人之间，最好的关系就是互助合作，婚姻也是如此。

由此向东南方向，有一条道路，可以到高台甚至金昌等地。不远处的沙漠里，有一片大致是冰川时期的巨石阵，蒙语为海森楚鲁，当地人称之为石头城。其中的巨石，大多数数百吨重，且各有姿态、栩栩如生，如长剑擎空、巨龟涉水、猿猴望月、羚羊抵角、鲤鱼腾空等等，真是自然的奇迹。其中还有一眼清泉，牧驼和牧羊人经常带着牲畜去那里饮水，它也有一个非常诗意化的名字：苇杭泉。我去过几次，在烈日烘烤的戈壁滩上，几个人的行走的艰难程度，完全可以用濒临死亡来形容。戈壁上极少有绿荫，能够躲在某些山冈的阴影中苟延残喘一会儿，也是无比幸运的一件事。

双城乡之外，弱水河继续向北，不多的河水在巨大的河道中，犹如上天的眼泪，只有在春秋季节，上游的水库才会开闸放水，河水混浊且气势浩荡。日落时分，站在河道旁，灿烂的霞光使得整个大地充满了古战场的意味，一切都是血红的，继而紫红、昏黄。至今还屹立在岸边的肩水金关、大湾城、地湾城遗址，废墟残缺，姿态苍凉，其中的诸多往事和传说随着风声，在附近的民间，以及历史深处、考古者的内心，不断地蓬勃流传。

这个地方，可以叫作河东里，其实也还算弱水河流域。从这里开始，城镇和村庄开始退后，戈壁沙漠迎面而来。至狼心山以北的东风镇，人烟散去，一条笔直的柏油路沿着弱水河向着巴丹吉林沙漠深处进发。它的前方是额济纳，是阿拉善高原和贺兰山，再向南转进，越过贺兰山，进入黄河婉转之地。道路由此畅达，也由此开始遥远。

数年后，当我再度到河西走廊的时候，坐在河西走廊沿着雪山戈壁一路向西的列车上，我心里忍不住想，从二〇一六年开始，估计这一生我都不会再去金塔和曾经多年的军旅之地了！可转念一想，这世界上，从来没有什么绝对的事情。有时候想起在金塔和巴丹吉林沙漠近二十年的生活，也没有虚妄之感，只是有些遗憾。我总是想起在巴丹吉林沙漠从军的岁月，我于集体，集体于我，我和他人，他人和我，尤其是生活中那些温暖的细节，当然还有年少轻狂的无知，与儿子一起的种种情景。

当然，脑子里还会不自觉地浮现，黄沙如锥的大漠，以及天空中的朗月与繁星，还会想起王维《使至塞上》中的诗句：“大漠孤烟直，长河落日圆。”年少时候，总是觉得这一句诗歌只是状绘大漠胜景罢了，现在则以为，这一句诗歌之中，也包含了天地万物和自我生命的一些信息，如万物恒常与腐朽的轮替、人事的蹊跷与偶然必然、易碎和生聚离别、自我生命在时间中消耗和磨损的痕迹，甚至内心和灵魂当中的诸多暗点与光亮等等，其实都是一种广泛而又恰切的辩证。也可以说，人世间的诸多事情，都是不可避免的，与人际遇可能是另一种结束，更是开始。所幸的是，在河西走廊和阿拉善高原、沙漠与绿洲、过去和现在之间，不管此前和今后，也无论经过多少时间，我始终真实地尊重了我的生命，也忠诚于内心，更敬畏、热爱并感恩于这一片曾经容纳我相当一部分人生历程的别样的烟火之地。

居延以南，绿洲之地

双城乡所属的七八座村庄，虽然距离弱水河远一点儿，但村外多草甸，有大片的盐碱地和零星的海子。水的下渗力量也是巨大的。几乎每个村庄，只要向下挖几米，湿漉漉的泥沙中，便会汩汩地冒出混浊的水。科学家说，巴丹吉林沙漠是一座地下水库。水在荒漠之中被涵养，表面则仍旧飞沙走石，干旱龟裂，这也是大地的一个奇迹。祁连山的雪花和弱水河的到来，使得整个巴丹吉林沙漠乃至整个阿拉善高原，都有了人和其他物种的生命踪迹。

这一带应当属于居延地区，巴丹吉林沙漠古称流沙。《史记·五帝本纪》中说："帝颛顼高阳者，黄帝之孙而昌意之子也……北至于幽陵，南至于交？西至于流沙。"就此，《括地志》也说"流沙"在"居延海南，甘州张掖县东北千六十四里是"。"居延"这个名字，可能是《山海经·海内东经》"国在流沙外者，大夏、竖沙、居繇、月支之国"之中的"居繇"国的音转，"大夏""月氏"皆是被探明了的西域古国的名称，"竖沙"则显得怪异，也可能是“流沙”的另一个说法，更有可能的是，巴丹吉林沙漠在远古时期也曾有人在此居住并建立国家。“繇”字通“徭”，也通“尤”，西汉帝国控制此地之后，将之命名为“居延”的可能性很大。

古人在对地方的命名上，是非常讲究的，也很精准。居延，居之延之，其中充满了长治久安、永为我居的强烈意识。苍莽的大地上，数万年的人类进化历史当中，大地的每一处，都有可能被人逗留，而后部族之间的冲突和兼并，肯定也是激烈且果决的。就像弱水河畔今天的居民，他们的先祖大都无考，但可从他们的方言中听出湖北、四川、湖南、广东、云南、河北、河南等地的口音。当地《金坛县志》中说鼎新绿洲一带的民众多讲高台县方言，其中一部分，也是从今天的高台县穿过戈壁流沙到达鼎新绿洲安居的。当然也肯定有人如我这般，从遥远的外省到来，以军人或者工人的身份，在这里娶妻生子，消磨生命。许多年后，他们当中肯定有不少人把自己的尸骨和灵魂，以及后代永远存放在了这高天厚土之中。

但从地理上说，居延的核心在今天的额济纳及其周边，鼎新绿洲只是巴丹吉林沙漠西部边缘的众多绿洲之一。之所以将之纳入居延的范畴当中，更多的是从文化意义上去考量的，因为鼎新绿洲与它所属的金塔县城，在地理上基本上是隔断的关系；弱水河与巴丹吉林沙漠的连贯性，使得鼎新绿洲与额济纳的关联更为紧密。另一个有力的证据则是居延汉简出土地，从肩水金关开始，沿着弱水河两岸的古关遗址和十里一座的汉代烽燧，一直延伸到额济纳境内。

这世上，再没有什么比文化的联结力更强大的了。在鼎新绿洲这些年，因为从军，并与当地人成婚，我对这片土地及其人群的了解可能更深刻一点儿。但我知道，这种所谓的深刻也是有限度的，甚至只是皮毛。一个人除非在某个地区出生，携带了那里更多的气候地理和文化风习的气息，方才能够与之心神相通，且一生都不会违逆。因此，再长的居住和生活也无法真正地融入某一片地域的核心。

鼎新绿洲靠近巴丹吉林沙漠与马鬃山，一个是双城乡，一个是天仓乡。相比较，因了通往额济纳的公路，双城乡的交通要方便一些，天仓乡则在弱水河西岸，与马鬃山相距较近。我上一段婚姻的家，及前岳父家，即在双城乡一个村子，紧靠公路，又和部队的营区相邻，平时可以做些小生意，经济条件要比天仓乡好些。从春天开始，每天早上，都可以看到一些衣着厚实的人，早早地打开自家的门帘，到对面的牲口圈一侧上完厕所，就一头扎进屋后的菜园，就着冰凉咬手的露水，把渐次成熟的黄瓜、茄子、豆角、莜麦菜等等摘下来，小心放在塑料袋上，或者筐子篮子里，然后拿到电动三轮车上，点着火，突突地沿着公路，向着部队营区之外的菜市场奔去。

菜市场是一个可以接纳任何人的地方，它没有壁垒，也不存在阶级。卖菜的人一般分为两类，一类是专事肉类和水产品的贩子，他们可能来自酒泉、金塔、嘉峪关，也可能来自武威、张掖，甚至四川、湖北、湖南等地。几乎每一家蔬菜店和肉店、水产店的老板，都和巴丹吉林沙漠有着千丝万缕的联系，他们可能是某个同事的亲戚，也可能是身边某个领导的家属。因为一个人，便会与更多的人产生联系。因为处在沙漠，距离城市远，蔬菜和肉类、水产等都需要从酒泉运来，因此价格总是居高不下。一开春，当地农民便把自家种植的蔬菜拿到菜市场卖，这样一来，就与专业的贩子们形成了两个大的蔬菜肉食贩卖群体。当然，除了蔬菜之类的，还有人售卖鸡鸭羊牛和鱼类。

蔬菜毕竟是季节性的，秋天，当地人就售卖苹果、苹果梨、晚熟桃、大枣之类的水果。到冬天，有人专门收购羊只，杀了卖肉。曾有一段时间，这里的羊肉成为远近闻名的美食，有广告说，它们吃的是甘草、锁阳、肉苁蓉，拉的是六味地黄丸。做法一般是清炖和红烧。西北人吃羊肉不分季节，只要请客吃饭，就要吃羊肉。这一点，也说明了鼎新乃至整个河西走廊，始终是一个强烈的混血之地：对面食有着不竭的热情，哪怕一天三顿都是面，也吃不厌；同时又特别喜欢肉食，绝不像河南、河北、山东、山西等地那样，把肉切得很小很细，一来就是大块的，可以手抓的。

相比较而言，这里的人们对牛肉和驴肉之类的很少染指，甚至有人认为，吃牛肉和驴肉是不道德的，也是残忍的表现。而对陌生的事物，往往采取敬而远之甚至是反对的态度。对于身在沙漠戈壁的人们来说，唯有地里面生长的东西，才能换取货币，用以改善自己的生活水平。当然，这一带最主要的经济作物还是棉花，每年春天播种，覆盖薄膜，再打秧、施肥、浇水等等。九月份，棉桃开始爆炸，一朵朵洁白的棉花，就如同小块的云朵一般，将整个大地都照耀得无处藏身，即使漆黑的夜晚，只要有棉花在，再黑暗的事物，也显得清晰、正派起来。但摘棉花是一个极其劳累的活儿，一个人，蹲在棉花地里，不消几分钟，腰腿酸疼。当地人多采用坐在小凳子上的姿势，边摘边向前挪动。

但也架不住时间长，通常，五亩的棉花，三四个人得用半个月时间摘，因为，摘过了这一片，那一片正在摘，剩下的棉桃又开了，身后还是白茫茫的一片。有些人家，一口气种了几十亩地的棉花，若是遇到棉花价格好，一下子可以卖十几二十万块钱，这基本上是双城乡所有农家的主要经济来源。每年的九十月份，总是看见拉着棉花的拖拉机，如落地的巨大云朵一般，在马路上行驶。棉花加工厂一般都在附近，甚至一个乡里有好几家。农民售卖倒是很方便。为了多赚钱，收购者往往在秤上做文章，售卖者则使用在棉花里洒水甚至掺沙子的方式，增加重量。

这是一对不可调和的矛盾，种植者希望好收成的本意，是多卖钱；收购者为了从中赚取利润，又不得不采取一些必要伎俩。双方的这种做法，像极了攻守双方，这也是世上所有交易的基本动作。大致是因为棉花，也或许是地处大漠戈壁深处之故，这里的人们极少出去打工，即使到酒泉和兰州，也不情愿，更不要说远去南方了。即使有胆大的，大都去了兰州和乌鲁木齐。对于河西走廊的人们来说，兰州和乌鲁木齐都是同样的。但对于额济纳所属的内蒙古呼和浩特，以及贺兰山下的银川，反而没有太多向往。这也是惯性思维在起作用。

很多年前，我第一次进入周边的村庄，也是一个秋天。满地都是摘棉花的人，妇女们头包蓝色或者红色头巾，整个脸都被蒙住了。当地人说，这是当年唐僧取经，猪八戒在这里到处抢亲导致的。这显然也是一个牵强附会的传说。妇女包头巾，最重要的原因是防止密集而又轻薄的灰尘弥漫头发，不好洗；再就是紫外线太强，长时间户外劳作，不一会儿，好端端的一张脸就被晒成了黑里透红的黑蛋蛋。尽管如此，这里的妇女们脸上大都有着鲜明的高原红。巴丹吉林沙漠的平均海拔为1320米，双城乡乃至整个鼎新绿洲大致是1260米。这也是一片高原，只是海拔不高不低，日照时间长，降水量极少，再加上持续的风吹和春秋冬三季频发的沙尘暴，使得这里的人们只能用这样的方式，来做一些简单的个人防护。

杨树正在落叶，一枚枚，不一会儿，就是一层。那种飘落，让人绝望和悲怆。树林边的草也在迅速变黄，枯败的命运昭然若揭。最好看的，还是少许海子，风吹过，水面的涟漪好像大地内心的皱纹。芦苇丛生，临近水面，苇花高举，好像将军的盔缨。

如果再有几匹马于草甸上伫立或者低头吃草，那种感觉，像是回到了某个王朝的边塞，而且还是久无战事的和平年代。田野的宁静与丰美，是大多数人最为幸福的时刻，也是牲畜们安享自然的理想境界。

村子都不算大，几十户，上百户，一字排开，房屋一半黄土坯，一半砖头，房顶大都是黄土夯筑，不需要水泥，也没有油毡之类的。尽管是绿洲，但雨水极少，雪也是，人们根本不用担心雨水把房屋冲垮、泡塌、压成废墟。我骑着自行车，走到一户人家门前，门扉简陋，上方挂着一面镜子。门口坐着一位白胡子老人。他看到我，一脸的无所谓，好像我不存在一般。我问："可以摘葡萄吃吗？"老人努努嘴，又缓慢抬起一只手，指着房侧的葡萄架说："吃吧！"我说："谢谢。"走过去摘了几颗，用手搓捏掉表皮上的一层白灰，放在嘴里轻轻一咬，一股浓甜的汁液喷了满嘴。

从房侧的小道穿过去，赫然是一片菜园，其中有枣树、苹果梨树、桃树和杏树，树下田里种着番茄、黄瓜、韭菜、白菜、萝卜、辣椒等蔬菜。正是秋天，大枣也都红了，满树的红玛瑙。苹果梨树是一个特有的品种，大致是从宁夏传到这里来的。苹果梨看起来像是苹果，但味道是梨的味道，比一个成年男人的拳头还大。杏子名叫李广杏，这是河西走廊人对名将李广的另一种纪念。还有一种桃子，个头儿小，成熟晚，也名为李广桃。告别老人，往回走的时候，看到一片西瓜地。这个时节，西瓜早已经下市了，可田里还有一些。我拐进去买了一个小西瓜，当场打开吃，居然沁凉滋润，比放在冰箱里的还要解渴。瓜农是一位中年妇女，她笑着说，这瓜在地里长着，啥时候都是凉的。我抬头，发现尽管秋季了，可日光仍旧犹如烈焰。

西北的气候早晚凉，中午热，冬天也是如此。夏天再热，只要进房间，或者某一片树荫当中，一会儿就觉得冷了。这大致是持续多年的情况，但在二〇〇八年，我记得一次，热得人无处躲避，即使在空调房里，也还是汗流浃背；夜里十一点多，凉席也烫得人浑身如油煎。气候变暖是一个全球性问题，人类在挖掘和消耗资源，也在利用资源制造各种看起来高精尖的科技产品，但最终带给人类的，却是不可估量的环境污染、破坏。这种趋势愈演愈烈，最终肯定会威胁到整个地球。

而在当年，巴丹吉林沙漠以及鼎新绿洲的气候几乎同步。我记得，大致是一九九七年中秋节，我再一次到双城乡下属的一个村子，带着一盒精美的月饼，还有两瓶酒。我的目的很明确，那就是自我提亲。此后的十多年时间，我几乎每个星期都要去那个村子一到两次。开始是一个人，后来是两个人，再后来是三个人。由此开始，我也认识了几个亲戚，如十多里外村子的舅舅和小姨，还有搬迁到了额济纳旗的大姨。拥有这些亲戚，显然都是我和这里的一个人结为夫妻之后的必然结果。中国人的这种姻亲关系，是玄妙的，但又是必然的。我至今仍旧觉得，妻子的亲戚就是我的亲戚，岳父母更应当与亲生父母相同。婚姻这种后天的人际关系和联结，体现的是一个人对于他人基本情感和根本态度。一个人人品好坏、善良与否，通过姻亲这种不带任何血缘与利益关系的关系，也可以直接反映出来。

由此我也更全面地看到，双城乡和鼎新镇乡村人们的基本生活状态，尤其是地域性的脾气秉性。这一带人看起来木讷，一说话就嘿嘿笑，一脸的憨厚，可交往久了，或者遇到什么事情了，立马就会变得狡黠，极富心机。如果有了利益冲突，爹娘和子女，以及同胞兄妹之间，也会立马撕破脸，对簿公堂，甚至恶语相加，拳头说话。这一种情况，其他地方也有。但我发现，双城这一带的人们，家族观念淡薄，是一种普遍现象，绝不因为是叔伯兄弟姐妹和表亲关系，相互之间就会真正进行互助合作。再者，可能是长期处于游牧与农耕混杂地区的缘故，这里的人们对爹娘子女之外的伦理关系并不重视。当然，也会有例外。

巴丹吉林沙漠

在巴丹吉林沙漠，我时常被一种强大的自然力量深深震慑，为它的孤傲与宽广不止一次地垂下自以为高贵的头颅。我曾经设想：在一个天高云淡的早晨，背上干粮与水袋，一个人单枪匹马地，迈开趔趄的双脚，向巴丹吉林沙漠深处行进。我梦想在孤独的死亡之旅中，偶尔遭遇到向往已久的世外桃源，在不断的行走中摘下黄沙簇起的美丽花朵，用自己的热血和灵魂写下与世长存的诗篇。

然而，多年过去了，我的这一个愿望仍自飘零。我意识到：作为一个人是多么脆弱！在庞大的自然沼泽面前，自己尚不如一只幼小的飞禽。那么凶险而又漫长的路途，岂是我这样一个弱小的生命能够穿越的？巴丹吉林沙漠，宁静地闪动金色的光芒。那些在暗冥天空飞行的黑鹰，展开它们钢铁的翅膀。多么自由的世界，让我满目悲凉，让我在精神困厄的境界中流下沮丧的泪水。我不止一次被自己的渺小与微贱所深深击伤，我的目光被苍茫填满。

我时常站在寂寥的戈壁沙漠边沿，望着远处无际的风景，从这一端到遥远的另一端，橘黄色的地平线上，漾着一抹淡淡的日光，像一群白发朱颜的老者，又像一位裸体奔走的美丽女子，在生命无法长久逗留的荒原中心，飘动着几缕极其珍贵的人性之光。而期待的总是很遥远，现实与梦想的巨大落差导致了我性格里的优柔成分。我不是懦弱，也不只是对生命的庸常眷恋。在这个冬日的中午，我用一双感伤的目光巡望着远处的死寂与苍茫。那种无际的坦荡，无端地让我心情舒朗，或许，我的本性里有着一种宽阔的东西，就如同无尽的戈壁沙漠那样。

记得刚来巴丹吉林沙漠的时候，我就莫名地想：哦，这么大的沙漠，前世一定是一个巨大的神灵，或者汪洋的底部。在漫长的时间中，沙漠的某些地方或者气息，衔接了沉实的人间与缥缈的天庭。而在很多人看来，沙漠寂然如梦，犹如前世的疆场，它长久地沉默，肯定是为了某一时刻惊世骇俗的爆发。

在人类历史上，它收纳了太多的英雄，也收纳了太多的精灵。如两汉时期的汉匈之战与随后年代里的铁血兼并，突厥、回鹘、西夏、吐蕃、蒙古等等，诸多的人在这里生存和征战，最终都进入了无尽的烟尘之中。我知道，今天的巴丹吉林沙漠当中，依旧残存着诸多西汉伏波将军；路博德等人修筑的高大烽燧，他们黄土斑驳的躯体上嵌满了战争的呐喊与刀枪，也深刻着诸多将士与过客的名字，以及他们在沙漠当中的诸多生命行迹。

直到现在，人们仍旧可以在戈壁当中发现惨白的驼骨，马的弃缰像蛇一样蜷缩在黄沙中。偶尔会有几尾纵跃而没的红狐，在眼睛和想象当中，划出一道道动人的火焰的光亮。它们是这沙漠中最美妙的精灵，通人性，甚至会幻化成人，它们孤独而善良，总是会把一些迷途者引进某一片绿洲。而事实上，这些都只是幻想，沙漠中尽是高低不一的沙丘，一座一座，纵横交错，像是暗含杀机的兵阵，透出一股悲壮与汹汹的杀气。

阳光徜徉在巴丹吉林深金色的皮肤上，远远望上去，到处都是海洋，水光潋滟，看得久一些，眼前就会幻化出舞栏轩榭、歌女婀娜、宫殿巍峨的海市蜃楼。我时常沉湎于这无比美妙的虚幻境界，忘掉了自己的设身处地。有时候，也会不由自主地迈开双脚，向虚幻的美景步步走去，直到被砾石硌痛了脚掌，才会蓦然惊醒。这使我想到，唯有那些不存在的美，才能真正超出人类的想象；也只有不可到达的美，才是人类精神的永恒目标。

这是一片流沙地带，唐代《元和郡县图志·卷四十·张掖县记》说："居延海，在县东北一百六十里。即居延泽，古文以为流沙者，风吹流行，故曰流沙。"我觉得，"流沙"这个名字太诗意了，简直就是天神的创造。现在的巴丹吉林沙漠，夹在甘肃和内蒙古之间，西连新疆，南倚祁连。汉维蒙回杂居之地，农耕与游牧并存。在源于祁连山的弱水河畔，至今仍可看到一些已经被大风吹裂的泥堡与城垣。

时间的刀刃与历史的风尘，淹没与吞噬，成为一项永不复改的伟大运动，无情地推翻与短暂地建立，都不过是一张书页上的淡淡记录而已。历史上，多少流放者与徒步的商客、骑马的剑士与颠簸的和亲的木车，都曾经从这里经过。

对于所有的生命，沙漠是容纳，更是涂改。智者总能在无际的黑夜看见第一片曙光，在繁华与堂皇的表面第一个看到隐藏的失败与毁灭。可以想见，在数个世纪之前，在我们不能亲眼看见和经历的遥远年代，巴丹吉林肯定也是一片生机盎然的美丽家园，诸多的水草使得牲畜足够踩踏和啃食，肥沃的土地足以令更多的人在这里衣食无忧。而自然的变化一方面是人为的因素，另一方面，可能也是自然本身的调节和调整。

现在的浩瀚沙海，汹涌的黄沙和石砾将它深深掩埋。所有坚韧的动物、植物，从降生的那一刻起，死亡和苦难就成了它们面临的生命深渊。在这里，没有高贵与卑下之分，在生存权利上绝对平等。千百年来一直在这里坚持生存繁衍的苍狼、红狐、黄羊、沙鸡等，它们完全有些逃跑的能力，可它们一直坚守着自己的生命家园。它们的忠诚令人钦佩，既然上天安排了自己的一生，无论生活得多么艰难，面对的敌人多么凶残，作为一片领土上的居民，就有义务和责任捍卫尊严，维护自己的生存权利。

无论在任何年代，人类都没有理由指责自然的凶狠与暴虐，该指责的是我们自己。曾经的鲜花与绿草泯灭了，各种相依并存的飞禽走兽相继消失，土地沙化，风暴迭起。漫天飞舞的沙砾穿云破雾，将一处又一处水草丰盛的牧场淹没了。

自然是永恒的，人类的发展也是永恒的。正如一朵好看的花与一棵巨大的树一样，本质相同而意义迥异。聪明的人类，当然知道孰轻孰重。我们运用自己的智慧，利用自然来对抗自然，从而加速了人类文明的建设进程，也间接地造成了自己的悲剧。而沙漠，总是以它博大的胸怀，容纳屈辱与悲怆，占尽人间所有的颓废风光。它可以处处是陷阱，也可以处处是宝藏，对无聊者是消遣，对梦想者则是天堂。所有志存高远的人，一步步地走进去，才能找到红尘俗世里所没有的精神食粮！

穿越与登临

在沙漠中行走，其实是一种自我陷落和自我拯救的过程。松软的黄沙乍看起来，很是安静、平坦，绝对不会让人想起陷阱、死亡等不美的字眼。可双脚一旦踩上去，便有一种迅速下落的感觉，令人惊悸。陷入之后，再拔出，再陷入，如此周而复始，重复不止，仿佛某种意义的人生。这一种行走方式，总是让我想起现实生活以及与之相关的那一些非常实在、坚硬的东西。走上一块较为坚实的沙地，我回过头来，那些赫然的脚印就像一连串的词语，形象地组成一句沉重而富有质感的语言，似乎在无声地阐释着一些什么。

这是秋日，阳光还是那么灼热，如针的光芒扎在皮肤上，只要稍微一触，便会觉得一阵刺痛。擦掉额头与脖子上的汗水，抬眼是高远的天空，蓝得让人想到澄明与真理。可远处天空下面，有一片蒸腾的云雾，灰黄色的，很混浊的液体，被欲望蒸腾起来，形成了一道庞大的屏蔽，挡住了我远望的目光。

与我同行的安，颓然坐在一座沙丘上，大口喘着粗气，用帽子使劲儿地扇着。我说，再扇也没有用，连空气都是热的。安吐了一口唾液，复又站起身来说，走吧，快要到了。可在沙漠中，看起来很近的，往往很远。目标只是在眺望中接近，而现实的距离却是那样地漫长而又艰难。

早上七点出发，我和安已在戈壁沙漠行走了将近两个小时，南山还在可望而不可即的地方默然存在。我一阵沮丧，起初欣然登临的激情在慢慢消淡，肉体的疲惫已使我的向往变得脆弱。我想这也许就是梦想与现实的差距吧。梦想只是一种美好的思维，现实则是一把沉重的锁。我突然想到了戴着脚镣跳舞的神者。而对于所有的漂泊者来说，一切的抵达都拖着长长的伤口，一切的幸福都来自苦难的门庭。

灼热的黄沙淤积脚面，脚背被烫得生疼。脸上泛起了碱花，有一种被剥皮的感觉。我和安四下望望，如果有一棵树该有多好啊！哪怕它只有两三枚树叶，也可以为我们遮挡一下暴烈的日光。如果再有一汪清水，那就是仙境了！可阔大的沙漠，枯黄焦躁的庞然大物，沉寂决绝的猛兽，它哪里能容得下任何一点儿生命和绿色的存在呀？我们唯一能够做到的，是利用自己的智慧和双手，将衬衣罩在头上，用携带的清水消除干渴。

相对于那些在沙漠中跋涉的诗人、旅行者、军士、商贾、探险者，我们只是两个闲适够了而想找些情趣的游客，不是置生死于不顾的寻道者，也不是放浪不羁的漂泊者。我们两人的到来，只是为了一个简单的目标：登临南山，在山顶上凭高望远，体验一下站在沙漠高处俯瞰四野的滋味，体验人在绝境之中的孤独、苍凉和绝望的感觉。

到山脚下的时候，我们再一次坐在滚烫的沙丘上，胡乱灌了两口开水，抹了抹嘴巴，站起身来，抬头看着已经近在眼前的南山，心里便有些急不可耐了。

所谓的南山，山体呈圆锥形，非常陡峭，坡面上披满了粒粒鲜明的金色流沙，表面也很坚硬，脚往上一踩，表皮乍然破裂，然后如硬痂般簌簌滑落。一波一波的流沙，如流水一般像退潮的水波，发出细微的声响，让人想起寂静中的美妙音乐。坡面40多度，一层黄沙下面，便是陡峭的岩石了。踩上去，脚轻微下陷，接触到硬的坡面，心里才感到踏实。

我和安并肩向上爬，也只能说是爬，我不知道世俗中所说的那种爬，是否也是这样的一种姿势。山坡上根本就没有站立的机会，走一步退一步，也不可能停下来歇息，必须一鼓作气，使尽浑身解数，像猴子爬杆一样，一口气冲上山顶。像我等这样的枯瘦之人，多年的呆坐已使我没有了多少气力，而今要征服一座山峰，外在的条件不可能达到，重要的就是内在的意志。

气喘吁吁登上山顶，我瘫坐在地上，双腿像被抽了筋骨似的，绵软无力，连挪动一下位置都异常艰难。安索性躺了下来，把头枕在我的腿上，闭上眼睛，素面朝天，也顾不得灼热而直射的阳光了。我看到，沙漠低了，低得让我觉不出它原本的广袤与横阔了；远处的苍茫也显得近了一些，仿佛就悬挂在我们百丈之外的空中。

山顶上是清一色的黑色岩石，整座山就是由一块又一块的石头砌垒起来的，只是，没有一块石头是完整的，块块头角开裂，一层一层的，只要稍微一触，就会掉落一些碎片，有的竟成了齑粉。正在这时候，原本无风的天气突然风声大作，而且强劲异常，吹得我们有些站立不稳。自然的力量多么强大！总是在造就、沿袭并破坏一切，而世上的一切，都会在这无形的吹袭下被剥夺、被摧毁，生命也会随之消逝。

除了天地，世上一切的存在，都是极为短暂的，也唯有自然，才是永恒持久的。无论强大与弱小、高尚与卑鄙、美好与丑陋、真诚还是虚伪，谁都无法躲过强大的时间如火如荼的掠夺！因此，我也突然意识到：在自己生命有限的时间里，除了真情与创造，这一生当中，真的无法再抓住什么，也没有什么值得永久珍存。由此来看，世间所有的争夺和伤害，都不过是上天设下的小小骗局，说穿了，也就是人类对自己永不满足而采取的一种自我毁灭的方式罢了。

风依然在吹，在高山。若是在平地，断不会有如此的强劲与骇人，即使有，也只是轻掀衣角而已。我也知道，万事万物都在不断地变化，越是平静的时候，某些可怕的惊涛骇浪越是在酝酿，给人以突然的袭击和摧毁。

借着明亮的戈壁，我们依稀看到了沙漠深处的哈日浩特、汉代烽燧等一些人文遗迹。这些在沙漠中老去的景观，曾经居住并使用它们的人早已不知去向，只有残墙断壁掩埋下的白骨才会与他们心灵暗通。我突然想到，自己也会老去，就像那些废墟。而人的一生当中最重要的东西应该是什么呢？这个问题令我茫然，抬头看了看烈日，幽蓝的天空越来越像一口巨大、幽深的穹井！

落日与马

哦，落日，在西北，在沙漠，这是最震撼的景象了。雪山之上，金乌奋力弹射最后的光，气象宏大，大地上的一切，连人心、地底的昆虫甚至亡灵，顷刻间都被照彻了，进而不住地颤抖或掩面悲伤。如果是大漠，则可看到消失了的行人和驼群，还有战争的厮杀，以及死难者的魂魄。太阳如轮，其色如血。它普照与昭示的是万世轮回、万众沧桑，是生命的雄浑与脆弱、悲凉和凄怆。如果是大河，流光如金，一块一块，一堆一堆，在河面上闪烁而辉煌，令人欣喜又令人顿感诸般虚妄。

戈壁大漠的傍晚，落日骑着祁连雪山，向着它的宏阔宫殿。有很多时候，我在鼎新绿洲村庄之外的草甸子上，看到仍在低头吃草的马，或红色，或栗色，或白色，或高大或矮小，它们弓一样的腰身，始终呈弹射状。

在落日的辉照之下，这马的美感，令我热泪盈眶。

有一次，在肃南裕固族自治县境内的临松山下骑上一匹马，走在荒草之中，面对高坡与峡谷的时候，我才倏然明白，我的内心甚至灵魂当中，始终有着极其强烈的渴慕骑士的夙愿与梦想。

临松山是沮渠蒙逊的故乡，他的出身为“卢水胡”。这里有北魏时期修建的佛窟，名叫马蹄寺。那也是一座在一面巨大的石壁上建造的寺庙。寺外的一块巨石上，有一枚深刻的马蹄印，当地人一说是唐玄奘西行时候白龙马留下的，另一说是康熙皇帝的御马所踏的。整个寺庙由石壁向上，其中的石刻与彩绘艺术，与敦煌部分作品的艺术价值相当。

当天下午，落日如血，整个祁连山都变得恢宏而又苍茫。我站在马蹄寺下面的河谷，抬头看到一个红衣僧人，站在马蹄寺最高处，衣袂飘飘，体现出是一种超凡的姿态。我激动莫名，瞬即流下了两行眼泪。

在西北，最美的事物一方面是宏大无匹和苍凉悲怆的，另一方面则是细微和具体的。

马与人类的关系，无论在何时，都是合作互助的。牲畜与人的历史，构成了人类历史最惨烈也最精彩的那一部分。我的骑士梦想在很小的时候就萌发了。尽管全村没有一匹马！多的是驴子、骡子和牛这样既能负重，又能骑乘的实用性牲畜。我问父亲，咱村人为啥不养马。父亲说，马跑起来可以，可没有耐力，还特别难驯服。种地拉铁犁不如牛和骡子，老了卖不到价钱，也舍不得杀了吃肉。

我知道，南太行乡村人没有吃骡马和驴肉的习惯，甚至牛肉都觉得吃了有罪。他们都以为，这些牲畜对人有益处，为人干了一辈子活儿，老了，再卖了或者杀掉吃了肉，总觉得对不起它们，良心也会痛。这是人类内心深处具有的原始性的悲悯思想，也是人之为人，心有善意与悲悯情怀的表现。尽管，人对人很多时候得残忍。

在巴丹吉林沙漠，我喜欢看着牧人骑着马放牧牛羊甚至放牧马的同类，即使那些为了骑乘和驾辕拉车的马，也教人喜欢。早些年间，鼎新绿洲的农村还有很多人养马。这些人，主要是不会开机动车的，或者买不起机动车的。他们养马，就是用马来驾辕，拉东西。我觉得这样挺好。一个养马的人，或者喜欢用马的人，内心一定是有一些古老的农耕或者游牧情结的，也可能像我这样，是渴慕骑士生活的。

我问过几个养马的人，他们说，有马方便，可以拉车，赶集的时候，还可以骑着去。

尤其是最后一点，令我欣喜。骑马，在这个年代，该是多么古典而豪壮的一件事！其中有诗意和浪漫的成分，也包含了人类与马的亲密关系。

夏天的许多傍晚，我长时间站在草甸子旁边，忍着飞舞的蚊虫，就着落日充满悲怆气息的光芒，认真端详一匹吃草的马。心里想，这马，究竟是怎样的一种动物？它们肯定也像人类一样有着自己的种族生活，它们是雄健的，但也是人类的依附者，或者说，是人类对它们的驯服和利用，使得它们不得不和人类同命相依。

落日不断向着地平线下滑，马依旧吃草，用蹄子和尾巴警告蚊蝇们的骚扰，也不停地抖腿、跺脚。有时候，它们也会低头，用自己的大牙齿在腿上、肚子上抓痒。

它们不断打喷嚏，声音很大，但在空阔的戈壁，这种声音等同于乌有，如果我不在近前的话，也不会听到。它们咴儿咴儿嘶鸣，仰起头，看着远方的落日。无尽的远方，大抵是马的一种理想境地，它们生来不是为了囿于一地，也肯定不只是为了驾辕拉车，而是载着一个人或者飞扬着鬃毛，跑到很远的地方去。那里可能是森林，最好的是无边无际的草原。那里可能是所有马的终极，也是它们梦想的家园和疆场。可是，人类束缚了它们，给它们戴上马嚼子，还有缰绳和鞍子。

人类，最喜欢的事情，大抵是放松自己，困束他者。

即使冬天，马也会被人牵到草甸子上，戴着很长的缰绳，在方寸之地觅草吃。它们脚下是盐碱地，一层层的白碱泛出地面，像是一层霜。它们不停原地小跑或者打转，马蹄扬起的灰尘把它们自己包裹其中。有几次，我看到主人牵着马，走在一面海子厚厚的冰面上。主人也怕马摔伤了，多数时候，会提前在冰上撒一些干土或者茅草，以便于钉着铁掌的马蹄能够再稳健一些。

冬天的落日虽然光芒不够强烈，但在落下地平线时挣扎的光晕，还是有些动人和浓墨重彩的。雪山愈加峭拔、高迈，多数河流会结冰。戈壁大漠的温度下降到了零下30摄氏度左右。夜幕快速侵袭的时候，太阳光是唯一的温暖来源。此时，沙鸡、狐狸、骆驼、驴子、羊和牛等等，都把头颅朝向了西边。

马则有些顺其自然，它们不看，而是用慢慢倦怠的身体，委身于茅草的圈中。此时，马会大口喝水，冰冷的雪水打湿了它们的嘴巴，以及嘴巴周边的绒毛和皮肉。夜间，马会突然惊醒，好像做了一个什么恢宏而壮烈的梦一样，一下子弹起，用蹄子猛踢木门。可是，木门紧闭，外面是一阵紧似一阵的寒风。黑夜里的一切，都沉寂了，躲避了，唯有朝阳和马，正在酝酿新一轮的照亮与奔跑。

风雪大湾城

竟然下雪了！这在巴丹吉林沙漠异常罕见。沙漠以长时间的广阔和干燥对应天空的虚幻和轻软，丝状的云朵、雨和雪花是它柔情的表现，雷电、乌云则显示着天空的不满。金塔是一个名不见经传的小城，它的标志性建筑就是矗立在城南角，戈壁与乡村混合处那一座金塔，也叫筋塔，据说建于元代。无论哪一种宗教，都是用来教人向善的，也是给人以希望和活下去的力量的。

尽管如此，早上起来，我们还是决定去一趟。车子当然是他们的，我至今不会开。对于车子及其他机器类的东西，我天生排斥，还有一种惊悚感。果不其然，车子在雪上奔驰的时候，有几次严重打滑，差点儿蹿到路沟里。那一瞬间，我感受到即将倾覆的危险。后来，我看到，满天满地的大雪，封住了昔日焦黄、枯燥的戈壁滩，零星的新疆白杨树和沙枣树等歪斜着身子，纠结的枝干上结满白色的雪花。

在沙漠戈壁上，雪花就变成了一种活的东西，像蚂蚁，一只一只，以强大的黏结力，附着于所有事物内外。

这条公路始自酒泉，直通阿拉善盟，而后，也可以沿着贺兰山，抵达宁夏等地。

迎着风雪行驶一个多小时之后，到达一个镇子，名叫鼎新，处在巴丹吉林沙漠西部、弱水河南岸，民国时为毛目县，也做过高台分县，政府及其附属机构一应俱全。中华人民共和国成立后，划归金塔县管辖。此时，整个镇子也被风雪覆盖了，除了政府之外，更多的民房也都与周边的戈壁滩浑然一体，白得肃穆、悲壮。以往的焦黄与枯燥消失不见，雪花使得这一块荒芜之地也有了天地浑然一体的味道。

到河东里之后，车子脱离公路，在白雪蜂拥吮吸的戈壁滩上颠簸而行。戈壁本身到处都是路，但不是每一个方向都可以抵达某一个充满生机的地方。此时的天色愈加暗淡，朔风带着大朵大朵的白雪从各个方向持续冲击。远远看到弱水河，但那也只是一条河道的宽大轮廓，那河里尽管有水，但也是细若琴弦了。《汉书》中说“弱水既西”，这河发源于祁连山莺落峡，流经青海祁连县，甘肃张掖、临泽、高台，在正义峡转道向北，进入巴丹吉林沙漠，其终点就是著名的居延海。而居延海在两汉时期也被称为居延泽，这说明，在汉代乃至稍后一段时期，这一带水资源是非常丰富的。

自然的变迁是伟大而又隐秘的。老子《道德经》说：“夫物芸芸，各复归其根。”弱水河身上所体现的“无常”和“常”，与老子所说的“道”乃至天地之道是吻合的。

到大湾城，只见一座高约有二十米的黄土墩子，像英雄的坟冢一般蹲在那里。此时的风速不断加大，无遮无拦的戈壁沙漠给了它放纵的疆域，雪花一片片地扑打着这一座建于西汉时期的军事建筑。

打开车门，风雪骤然扑来，好像掠夺的猛兽，我不由得一阵哆嗦，想起多年前的军人在此戍边的生活，严酷的环境使得每一个人不仅要时刻警惕敌军的袭扰和攻击，也必须对抗自然的侵袭和磨耗。

风雪之大之猛烈，正如刘克庄诗句所说：“穷腊天地闭，云气匝野垂。”岑参的“风头如刀面如割。马毛带雪汗气蒸，五花连钱旋作冰”，也是此情此景的绝佳写照。戴着厚厚的帽子，穿着羊毛大衣，我们几个人踩着新雪，闭紧嘴巴，低头走到那面黄土墩子前，同行的一位考古界朋友说，这叫“鄣”，意思是像屏风一样的遮挡物。也可以这么理解，这“鄣”是大湾城主城的屏风。

这“鄣”已经残缺得只剩下一个轮廓，但它依旧矗立着。这是物比人长久的明证。抬脚继续向内，不断累积加厚的积雪之间，有许多的骆驼草，此时它们已经枯了，只剩干硬的枝条和尖刺。还有一些一人多高的马莲草，一丛丛的，如匕首一般坚韧、细长。在旷野，所有尖锐的事物都是对自己的一种杀伐。“鄣”的东面，有一段残墙，六七米的样子，大致可以看出是从

“鄣”延伸过来的。与之对应的，西面也应当有一堵土墙，但可惜，因为长期处在风口，西面的土墙受损情况严重。

考古的朋友说，这大湾城是都尉生活起居的地方。所谓都尉，《商君书·境内篇》记载说：“国封尉，短兵千人。将，短兵四千人。”汉武帝时期设置郡都尉，大致是协助主将防守的军事副手。汉武帝太初元年，即前104年夏天，贰师将军李广利征大宛，李陵带“五校”兵马随后，当时，李陵的官职大致是酒泉教射骑都尉。五年后，他主动要求带兵沿着弱水河出塞，在大漠之中寻击匈奴主力，以缓解李广利大军的压力。只可惜，他的副将韩延年并“荆楚弟子，奇材剑客”数千人战死在了浚稽山（阿尔泰山中段）。李陵虽然苟活，匈奴也善待他，但其内心的痛苦，想来是巨大的。

这大湾城已经是废墟了，到处残缺，四面漏风，而且是夹杂着雪花的狂风，吹得人身心冰冷。我们一个个缩成一团，走到“鄣”后面，看到一排尚还完好的黄土房屋，其中还有牧羊人放置的杂物。我不由得感叹，这么多年了，当年驻守的兵士早就骨肉尽销了，灵魂也不知去了哪里，但他们住过的黄土房屋依旧坚固，为今人所用。同行的考古专家说，这是宋元时期的建筑，可能在明清时期还进行了修缮和加固。我恍然又迷惑：元代在此驻军完全可能，而两宋的疆域之小，武功之弱，如何能兵行此地？

另外一侧也有一些房屋，但都很狭小，好像是放各种兵器或者物资的仓库。同行的专家说，这大湾城，其实有两座，一座叫东大湾城，另一座叫西大湾城。一在弱水河东，一在弱水河西。这样的布局，当也是军事作用使然。

专家还说，一九三〇年，贝格曼、陈总器等人在此发掘出了数千枚汉简。这个大湾城，以及肩水金关、更远处的黑城（哈日浩特）都属于“居延文化带”。

我们站在风雪的岸边，看着无水但被雪充斥的弱水河，蓦然感到了一种不可形容的遥远与悲怆。曾经的都消失了，或者根本没有消失，以另一种方式依旧在这里萦绕；抑或去了很远的地方之后，突然迷路了，便再也没有返回。他们或许是历代戍边的兵士，也可能是戈壁上一代代的羊子、野驴、黄羊和狐狸，甚至风雪雷电，以及不断撞击、飞掠的沙子。天地间所有的事物都有自己的来处和去处，也都有自己的宿命。

遥想冷兵器年代，无数的人来自不同地方，在如此的地方驻守、作战、生活，过的是一种极致的铁血生活。而边情的多变、凶险，战争的残酷，使得心怀建功立业之志、时常马革裹尸的将军和士兵，在这里消耗了他们最美好的人生时光甚至生命。这尽管有些残酷，但可以肯定的是，从军的人，他们的内心和灵魂当中，始终飘扬着一面高贵的旌旗，也回荡着冲锋的号角与金铁交鸣的黄钟大吕。

黄沙中的哈日浩特

初秋的巴丹吉林沙漠，天空一般不会出现云朵，更不会下雨。风暴可能会有，但频率不高。我们开车奔到靠近额济纳旗达来呼布镇的地方，转到一面略显平整的戈壁滩上。这里是内蒙古，也是蒙古土尔扈特蒙古部从伏尔加河回归祖国的驻牧地之一。这黑城，可能就是马可·波罗笔下的“亦集乃城”，他在他的游记中写道，这里有一种兰猎隼，人们之间还有一些很奇怪的婚配习俗等等。

但我一直觉得，马可·波罗的东方游记当中，有相当一部分是不切实的。也或许，他完全凭着想象完成了对“东方帝国”各地想当然式的记载。这一次，我们去的地方被当地人叫作黑城，蒙语为哈日浩特。这座遗址的最初建造者可能是回鹘人。他们在实力强盛的时期，在蒙古高原和西北高地修建了较多的可敦城。《新唐书·突厥传》中说：“突厥阿史那氏，盖古匈奴北部也。居金山之阳，臣于蠕蠕，种裔繁衍。至吐门，遂强大，更号可汗，犹单于也，妻曰可敦。”

再后来是强大的蒙古。在这里，有一个当地尽人皆知的传说。元末，明将冯胜西征至此遭到了守将伯颜帖木儿的强力反击，数月无法攻克。听从谋士之策，改道弱水河。荒漠之地的水乃是所有生命的厄难。城中军民连挖数口水井，也不见水出。绝望之余，伯颜帖木儿将诸多财宝投入枯井之中掩埋，率众突围的时候，被乱军所杀。而这个伯颜帖木儿，当地人称之为“黑将军”。关于这个故事，我向来半信半疑。对此，《明史》也没有记载，这只是民间的一种说法，但不可否认的是，人类古来的城郭和军事要地，都是千疮百孔的众生罹难之处。

天空的蓝让人沉醉，仰望几秒钟，便有一种飘然上升的感觉。这种感觉，除了沙漠，在其他地方似乎是不会有的。我们走进，看到的是一座尚还完好的古城。西边有一座佛塔，基本完整，甚至连上面的黄泥也没有脱落多少。佛塔正对的一片空地上，至今有一座喇嘛的坟茔。我知道，苦修或者修行，其实是每个人的事情。在芸芸众生之中，总是有一些人舍去俗世，身体力行地参修悟道。这种精神，我觉得是伟大的。仅仅这种行为，已经足够令人敬佩了。

我三鞠躬，向这位不知名的修行者，向他的精神和灵魂。

步入城中，举目四望，由黄土夯筑的城墙基本完整，只是北边的倒塌了，墙体基本与外面的沙丘齐平。日复一日的风，将远处的沙子吹过来，沙子被城墙遮挡一次次击退之后，只好落在这里，天长日久，便积沙成丘。正在此时，忽然看到两只野鸭，一只黑色一只白色，如箭矢或者小型无人机一样飞过这空旷的古城上空。我惊叫一声，心想，这种景象，简直就是生机和死寂的形象写照。

城中除了依稀可见的房屋的遗址，一无所有。秋天的日光打在这古老的城郭之中，一切都是寂静的。这令人悲伤，不自觉地想起诸多关于废墟的诗句：“吴宫荒草埋幽径，晋代衣冠成古丘。”“念天地之悠悠，独怆然而涕下。”这座城，不管是谁建造的，谁居住过，最终也没有逃过倾颓的命运。一八八六年，俄国人波塔宁发现了这座被明朝荒废了的古城。数年后的科兹洛夫，循着波塔宁的足迹，再次来到黑城。他雇用了一个当地人，给他带路，并给他送粮食和水。科兹洛夫在此挖掘出了诸多文物，运回了俄国。

再后来是斯坦因、斯文·赫定等人，在弱水河畔，他们也收获满满。斯文·赫定的《亚洲腹地探险八年》我买了好几个版本，其中有探险的刺激，也有学术的严谨，更有文学的意味。科兹洛夫好像写有《中国的唐古特——西藏边区与中央蒙古》一书。此外，伯希和也有专著。在读这些人的书时，我明显地感到了一种撕裂，一方面是对众多文物流失的痛惜和对外来探险者的获取的痛恨与不甘，另一方面，又对那些远程而来的探险者之别异经历，尤其是他们对于地理人文，乃至中国当时西北情况的观察记录，表示钦佩和赞叹。

科学无国界，可古来人们总是有你我甚至敌我之分。在黑城之中行走，我也希望自己能无意中捡到古物，但这肯定是妄想。这一座古老的遗址，已经被专业的考古学家挖掘了无数次，该发现的都被发现了。现在的黑城，只是一个空荡荡的遗址。沉浸在荒漠之中，不远处的胡杨树因为长期缺水，早就成为一片枯木之林。胡杨这种古老的柳科树种，据说在中世纪之前，从地中海沿着欧亚大陆，一直延伸到额济纳旗甚至更远的地方。

地球乃至其中的一切，都是不断地、每时每刻地变化着的。在黑城，这一种感觉尤其明显。抚摸着结满细碎灰尘的墙壁，可以明显看到，当年的居民在上面留下的痕迹，如兵器的戳痕、其他硬物撞击的凹槽，以及在拴马和骆驼的地方无意中留下的深刻蹄印等。唯独没了人。当下的人们，基于黑城的所有言说都是猜想和想象，当一个朝代过去、一个时空转换，后来的人们，无论凭借再超群的想象力，也无法复原彼时人们在此生活的真实情状。

但文字的可靠性要强大得多。正如斯文·赫定在《亚洲腹地探险八年》中记录他们进入额济纳（居延）地区的情景，我觉得非常美、贴切而又有诗意，他写道："当天下午，我们目睹了一幕大自然的撼人景象。一场旋风从西北席卷而来，带起了浓厚的尘土和沙粒，眼前离得最近的帐篷在尘雾中也隐而不见了。风暴凶猛无比，刮倒了几座帐篷，篷顶与衬边的物品被扔进箱子，以防被吹走。风暴持续了几分钟后就渐渐停了下来，剩下的只是奇异的宁静。"令人惊艳的是，"奇异的宁静"用来形容今天的黑城，也是非常富有诗意和恰切的。

不同时代的沙漠爱情

她拍电报说：我和孩子明天出发，清水接。落款是秀。

他所在的单位，在戈壁深处，收到电报，不由得一阵兴奋，再看日期，却已经过去了四天。二十世纪八十年代初期，单位内部虽然有电话，但只限于本系统，外线无法接入。在这里工作的人们，来自全国各地（当地人当然也有，但相对较少）。沙漠瀚海，常被人们称为死亡之地，几乎隔断了与外界的联系。军人要和外界联系，平时靠书信，急事只能拍电报。唐代边塞诗人岑参的“马上相逢无纸笔，凭君传语报平安”与此情景类似。

妻儿要来，这肯定是一件幸福的事情，对于常年在戈壁之中两地分居的军人来说，再没有什么比妻儿来队更令人激动的事情了。他简单收拾了一下行装，出戈壁滩，坐上了由现在的酒泉卫星发射中心通往兰新线清水段的小火车。

这条铁路线，被称为沙漠中的绿色血液，当年，身在其中的人们，都依靠这条铁路吃穿和工作。小火车在戈壁之中越过弱水河，宛如一条巨大蜈蚣，爬行了三个多小时，才到达清水。一下车，他撒腿就往车站跑。这清水是酒泉市下属的一个镇，因了通往酒泉卫星发射中心的小火车，不管哪一趟客运列车，都要在此停靠几分钟。

站台很小，对面是祁连山，别看那山常年积雪，其中还有大面积的草原和森林，但靠近河西走廊这一段，大都是黝黑色的荒山，寸草不生。

他在车站转了一圈，站台上只有带着浓重土腥味的风，一个人影也没有。他又出来，在周边的小餐馆和商店找了一大圈，没找到他的秀和孩子。再去清水车务段的招待所打听，一个中年妇女把登记表翻了几遍，也没找到他所说的朱明秀。

他慌了，满心的尘暴。“按道理，应当到了。这清水，就这么大一点儿地方，他们娘儿俩能去哪儿呢？”他茫然地站在招待所门口，看着幽蓝天空，以及祁连山高处的积雪，嘴里念念有词，一时不知怎么办。

该不是到酒泉了吧！想到这里，他一激灵，跑到车站，买了火车票。那年代，兰新线的客运列车不多，两天才有一列驶过。在四面漏风的候车室里，他一会儿站起来，一会儿坐下，一会儿趴在窗户上朝土街上张望，一会儿又转到靠近站台的窗户，眼睛在空荡荡的月台上睃巡。直到又一列火车来到，零星地下来几个人。他一个个地查验，没有他的妻子儿子。他想妻子儿子肯定去了酒泉。

在车门就要关闭的时候，他一个箭步蹿进了车厢。

从清水镇到酒泉市六十多公里，火车走了一个半小时。下车，已是夜里十点多了。酒泉火车站距离市区还有二十多公里的路程，深更半夜的，没了公交车，他甩开双腿，沿着坑洼不平的土路，从月明星稀的傍晚走到冷风灌肠的深夜，到单位办事处门外，敲门。一个同事看到是他，让他进去，还给他倒了一杯热水。他急切地问："有一个叫朱明秀的妇女，带着一个六七岁的孩子，来过没？"

同事说："你老婆啊，我认识，前年不是来过吗？"他腾的一声站起身来，两只眼睛电光一般盯着同事那张惺忪的脸。同事呵呵笑了一下，看着他说："真凑巧，前天，单位的徐副主任来参加双拥工作会，开了一台吉普车，昨天回单位，就把你老婆孩子带走了！"他嗷了一声，把茶缸丢在桌子上，捂着头，呜呜哭了起来，委屈和愤恨使得他无法自控，身体大幅度抽动。

哭了一会儿，他又猛地站起身来，大步朝外面走去。同事急忙拉住他的胳膊说："这深更半夜的，哪有班车？"他说："步行！"同事又说："你这是扯淡，三百公里的路，就凭你这双脚板，三天都走不回去！"

他几乎一夜没睡，一大早，搭乘班车从酒泉市区到金塔县，又换乘到鼎新镇，还有三十公里的路程。因为是军事禁区，地方车辆不去，他只能步行。夜里九点多的时候，他气喘吁吁地闯进单位招待所，问有没有一个叫朱明秀的、带着一个孩子的妇女住进来住，负责登记的战士查了一下，说有的。他长舒了一口气，颓然坐在凳子上。可那战士又说，不过，那娘儿俩下午走了，说是去清水找孩子爸爸。

这时候，他再也忍不住了，哇哇地哭了起来，同时用拳头捶打头部和胸脯。

这个故事先后有几个老同事给我讲过，过程大同小异，结局有两个版本。一是这位张姓军官去接临时来队的家属和孩子，收到电报的当天，赶去清水车站，可老婆孩子已经到了两天，没等到他，就去了酒泉。他赶到清水，找不到老婆孩子，也去了酒泉。可老婆孩子去了单位招待所，没等到他，又去了清水。就这样阴差阳错地折腾了半个多月，他和妻子、孩子也没见上面。到清水镇，妻子的假期也满了，只好乘坐火车，带着孩子回了老家。另一个版本是，在张姓军官从酒泉返回单位途中，刮起了沙尘暴和龙卷风，他被困在了金塔县。等他赶回来的时候，老婆孩子恰好乘坐小火车去了清水，又等了两天，也没见他的影子，只好乘车回了老家。

所有的美好与痛苦都是折磨人的，也必定是悲剧，不管大小，必定戳中人心最为柔软和脆弱的部位。许多年后，我来到巴丹吉林沙漠的时候，通信还是不方便，大致只有地方的党政机关，才能通过总部机关的总机联系到。人们最常用的，还是书信和电报。即使一九九五年之后，程控电话开通，但电话费昂贵，没什么要紧事儿，一般都是长话短说，说完赶紧撂下话筒。

驻守在巴丹吉林沙漠的官兵，大都两地分居。妻子或者未婚妻、女友，大都在农村或者其他某个城市，漫长的两地分居，唯有一年当中来队探亲或者回乡休假的时间，双方才能团聚，耳鬓厮磨。当时有一些带“色”的话说：旱的旱死，涝的涝死！吃不饱的时候，吃不上；吃撑了的时候，还得挥汗如雨！这话虽然“本能”了一些，但对于每对夫妻来说，情感之外，性也是维系关系的重要因素。

给我说这个故事的老同事姓孟，江苏人，平时关系也不错。他妻子和孩子来队时，还请我吃了一顿饭。他爱人个子不高，皮肤略黑，但眉眼灵动，也很会说话，照顾人。当时我们都很羡慕，也说了很多祝福的话。

几年后，孟老同事突然又抱着一个孩子，在落日光照辉煌、杨树森然的马路上，和一个年纪大致三十来岁的妇女一起散步。我惊了一下，那年代是不允许生二胎的。他的大儿子我见过，还有他媳妇，一个长相妩媚的女子，说起话来，一听就知道是苏北一带的。但这话又不好当面问。后来我才听说，他前妻带着孩子来队住了一段时间，就返回了老家。他再回去，无意中听邻居说：“你不是才回来吗，怎么又回来了？”他大惊，细问之下，才知道，单位另外一个同事去了他家，和他妻子同居了很久。

两人离婚，孟老同事不久又再婚，生了二胎。

一年多后，我被调到机关工作，虽然只隔了几栋楼，但和老单位同事之间的来往也变得非常少。有一年秋天，正午时候的阳光还很热烈，一个地方妇女，穿着一身绿衣服，脑袋后面扎着一个马尾，旁边还跟着一个男的，个子瘦高，总是低着头，眼睛里的光很阴沉，仿佛有一种瞬间爆发的愠怒。

那位老同事姓李，陕西西安人，长得细皮嫩肉，也是一个技术骨干。其妻我也见过，肤色白皙，个子不算高，好像在西安市某医院工作。前些年，她也几次来沙漠探亲，大家一起说笑、吃饭，是一个开朗而又有修养的军嫂。

有天上午，大家都在忙碌，突然听到马路上有女人在大声嘶喊，好像天崩地裂，受了天大的委屈一般，有些歇斯底里，弄得满单位的人都不约而同地把目光投向她。侧耳一听，才知道事情原委。

那女的是酒泉人，和她一起的，是她丈夫。

那位李姓老同事，早些年去酒泉出差，不知道因为什么，就和这女的认识了。久而久之，两个人就都出轨了。性爱之事，你情我愿，本来无可厚非，可令人惊掉大牙的是，那位老同事居然给那妇女打了一张三万块钱的欠条。

具体内容怎么写的，我不清楚。后来两人也不知道因为什么反目成仇，或许单纯是那女的缺钱了，就带着丈夫，气势汹汹地杀到李同事的单位讨债，对他实施赶尽杀绝式的围剿。

如此的事情似乎屡见不鲜，那是二十一世纪初期，人们的主要梦想和目的，都集中到了如何赚钱、快速暴富这一俗世目标上来；只要有钱可赚，任何手段都用得出来。与此同时，单位也逐步开通了局域网，主要用来内部办公与业务往来。为了传送文件方便，OICQ是用户量最大的一款软件。我也加入其中，甚至把自己写的那些小诗文，像模像样地搬到了局域网上。

单位的一个同事，比我小几岁，也姓杨，起初只负责新闻宣传，先后在一些相关报纸发了不少新闻作品。一时间，也成了人人皆知的“才子”。天下诸多的事情，不论虚拟还是现实，有男女就有男女之事，没有男女之事，也会有各种各样的冲突和矛盾。有一段时间，我和一个女的聊得热火朝天。我正好未婚，她似乎也是。而且她还是“单位二代”，即其父母亲早年参军至巴丹吉林沙漠，恋爱结婚，然后生下她；她长大，大学毕业，又返回，成了真正的“献了青春献子孙”的“戈壁二代”。

有一次，她对我说，在一个风沙之夜，她和她父母介绍的对象，两人“狭路相逢”，便拥抱和亲吻了。我觉得这很浪漫，当即夸奖，并表示羡慕和祝贺。我说：“你想想，风沙吹得天地玄黄，乌鸦睁不开眼睛，光秃的树枝不断发出呜呜的啸声。两个恋爱中的男女，在前后左右寂无人迹的道路上，躲开路灯，肉身首度相拥，嘴巴和舌头互动，四只手配合，那该是多么美好的一幅图景！”

她看到后，回复了一个笑脸的符号。

那一夜，我虽然周身空荡如古战场，但也有些莫名的意乱情迷。

忽有一天，杨姓同事疏远了我，虽然同在一间办公室，看到我，脸黑不说，还阴霾得好像一块严重纳垢的抹布。我不明其意。单位聚餐，喝了点儿啤酒，有点儿晕乎的时候，他才说我坏了他的美好之事。

我说："我哪有那个本事？"他说："要不是你小子从中搅和，我早和她成了！"

这时候我才知道，他很喜欢和我聊天的那个女孩子。在我之前，他们两人已经热聊了很长一段时间，而我的出现，使得那女孩子果断舍弃了他。我赶紧说对不起。他苦笑着说："其实这也不怪你。要是能成的话，别说你这样的一个小渣渣，即使嫦娥带着吴刚来捣乱，我们俩也肯定分不开。"

我连连称是。此后，我和杨姓同事的关系恢复如初。几年后的一个冬天，杨姓同事被调到北京工作，相距遥远，但时不时还在网上联系。那女孩子也如他们所愿，与和她在风沙之夜相拥的男同事结了婚。

再几年，我也调离了巴丹吉林沙漠。尽管现在手机网络无比方便快捷，可这十多年时间以来，我再没回老单位一次，与那些同事故旧，大都没有了任何联系。

时代的嬗变与人类科技的递进，在很大程度上与世道人心，尤其是人和人之间的情谊质量成反比。

当我们因为自然距离等原因深爱不得、往行不便，甚至阴差阳错、误解的时候，人和人之间的那种深挚之爱，却是简单、浓烈和真诚的。科技可以帮我们解决很多现实难题，但人和人之间的情谊反倒生疏甚至隔阂起来。

每个人只能受制于时代，时代之中的每个人，也必须服从于时代的自然和人文环境。因此，当我们把现实的天堑逐一变成坦途的时候，反而总是会无端而又惆怅地怀念那些无可奈何的生离，与古老而历久弥新的人类情感实践和达成方式，如书信和电报、慢而少的绿皮火车，以及在某一地因为没有手机和电话而鬼使神差导致的各种错失、遗憾等。

杯酒之间

几个人挤在一间很小的房子里，脸色涨红，话语不断，其中有人抽烟，有人喝酒，但主题还是全国各地不同风味的饭菜，虽然都很简单，但也五花八门。四川的当然麻辣，广东的则汤品精致，北方的则是饺子面条，湖南贵州的，吃上一口，辣得浑身哆嗦。相对于单位饭堂经年累月、不断重复的大锅菜，自家做的饭菜当然稀罕、好吃。二十世纪九十年代，我所在的空军某部，每个单位的人都不算多，且大都以技术干部为主体，义务兵和士官只是一种点缀和辅助。每年春节期间，除了请假、休假回到原籍探亲的，每个单位只有十多个人或者更少的人留下来，因此，每年春节期间由干部及其来队家属轮流请本单位的人吃饭，就成了一个约定俗成的规矩。

新兵连之后，我先被分到一个雷达连，学了将近两个月的无线电和雷达操作技术，再次被下分则到了一个以计算机和指挥控制为主要业务的技术室，跟着一位军官，主要负责指挥控制大厅的中央空调维护。那个干部很好，我记得他是广西人。我们每天乘坐大轿车到飞机场附近上班，我一边在机房守护设备，一边看书，偶尔也会去指挥大厅观看飞机在空中飞行与导弹打靶实况。

巴丹吉林沙漠西部边缘，有一个巨大的机场，坐落在亘古的戈壁滩上，四周的漠野平阔无际，毫无遮挡。各式战机排列在停机坪上，机务大队的官兵不论炎夏还是寒冬，都会在那里忙碌。我无数次看到，某新式战机犹如一只雄壮大鸟，在地面发出剧烈的、震天动地的轰鸣声，吹得戈壁沙土飞扬，犹如小型龙卷风。滑行起飞的时候，粗粝的轰鸣声中偶尔会夹杂尖锐的哨音，然后炸雷一般，发出剧烈吼声，如一只大鹰钻入似乎永久湛蓝的天空，瞬间无影无踪。

远处的戈壁上总是升腾着熊熊气浪，即便是严冬，那黑色大地上，也似乎有无尽的油脂在燃烧。有几次，我站在指控中心楼顶，看着战机一次次闪进云霄，一会儿倏然不见，一会儿又带着巨大的轰鸣声由远而近，超低空掠着戈壁再一次奔向远方。更多时候，从屏幕上看到战机投弹、发射导弹的画面，特别是导弹遇靶一击而中的情境，确实令人振奋，整个指控大厅响起热烈的掌声，每一个人的脸上都绽放着笑容。

武器装备是战争的工具和手段，不是目的。武器装备就是用来进行有效威慑的。我们所在的世界，本质上是一种叫作相持守恒的力量在起作用。老子《道德经》说：“有无相生，难易相成，长短相形，高下相倾，音声相和，前后相随。”通过相互之间的冲突、斗争，来维持整体平衡，这是一个朴素真理。每次有新的武器装备试验成功，危险性增加的同时，安全感也会随之提升。克劳塞维茨《战争论》说：“在消灭敌人军队时，不能仅仅消灭敌人的物质力量，更重要的是摧毁敌人的精神力量。”武器装备不断的更新发展，也是有效遏制战争、摧毁试图发起战争者的有效手段。

夏天很快过去，紧张的生活在冬季有所减缓。这个时候，晴天多，能见度更大，对于航空武器试验训练来说更有利。而西北高原特有的强大而深刻的寒冷无孔不入，整个巴丹吉林沙漠内外，都被西风扫荡得空前干净，也空前冷凝。到春节，有些战友回家陪父母妻儿，有些则坚守岗位。除夕夜，单位会给留守和值班的干部战士，分别买一些方便面、火腿肠，及其他方便食品，以备加班时果腹。

初一上午，大单位举行团拜会，军人、职工和家属等聚在一起，观看各种文艺演出。像我这样二十多岁的单身也混迹其中，看着其他人带着老婆孩子其乐融融。

临近中午，留守干部战士骑着自行车，三三两两，先是集中到单位领导家，一顿吃喝之后，个个酒足饭饱，就开始聊天，未婚的说自己想找个啥样的老婆，已婚的说自己的老婆如何贤惠，孩子怎么乖巧可爱。我们这些单身的，就干巴巴地听着，张大嘴巴，满脑子都是对自己未来老婆的想象。

每逢此时，尽管酒是少不了的，但领导会说，喝酒可以，但要适量。一般喝到略微有些脸红就收起来了。这是硬性规定。

对酒，我总是很畏惧，但又从不拒绝，始终觉得，男人不喝酒，白来世上走。这句行酒令确有道理。

喝酒不是目的而是手段，其中的蕴意，想必成年人人人皆知。

记得有一次，我先后喝了白、红、啤三种酒，出门就晕得不知东西南北，跌倒在地。战友们眼疾手快，把我送到医院。一个女医生用她纤细而又冰凉的手指翻开我的眼皮，用手电筒照了一下，说，回去睡一觉就没事了。

第二天早上醒来，口干，头晕，浑身无力，好像被抽了筋骨，一丝力气都没有了，那种难受，难以用语言形容。我发誓再也不喝酒了。可没过几天，和同学战友小聚的时候，我又喝了起来。

酒这种东西，其实是一种自我麻痹；酒也是另一种自我逍遥，是俗人通神最简单的方式。喝了酒的人，会进入传说中的神仙境界，也会坠入恶道甚至猪狗道。酒是人在俗世烦恼中的暂停键，也是人自我拔高和膨胀的助燃剂。

酒后之人，不是英雄君子，就是流氓盗贼。

关于喝酒，我个人体验是，三十岁之前，醉了躺倒就睡，醒来一切如故。三十五岁之后醉酒，会有些很奇怪的想法，生理欲望强盛。四十岁后，喝醉了会断片，酒后的很多细节和事情会忘掉。四十五岁喝醉，醒来会不断懊悔和自责，以为自己在喝酒过程和酒后所说所做的非常可耻。

然而，日常军旅，基本不喝酒，只是节假日，外地战友、师长、朋友、亲戚来了，不喝点儿酒，心里过意不去。酒不仅是一种文化，也是人情，其中微妙难以说尽。它既可以体现亲情之亲，又可以增强彼此了解。甚至，它还可以洞烛幽微，窥见素常难以领略到的人品、人心和人性。

逢年过节，单身官兵在已婚干部宿舍吃喝闲聊，这是巴丹吉林沙漠春节最有意思，也最体现人情味和战友情谊的一种活动。军嫂们都很热情，也都很会照顾人。即便其中有人不胜酒力，当场吐了一地，她们也不恼怒，先给蜂蜜水或者茶水，再清理呕吐物。即便是他们家的孩子，也非常高兴，和我们玩得不亦乐乎，“叔叔、叔叔”地叫个不停。那种温暖很动人，也有趣味。

回到单位宿舍，多数人倒头大睡。醒来，寒星布满犹如穹井的天空，西风在窗户上不断发出摄人心魄的呜呜叫声。

二〇〇〇年之后，这个约定俗成的规矩不自觉地消失了，其中原因是多方面的。严禁喝酒是其一，再就很多人嫌麻烦，懒得在家里办招待。另外，社会大环境日渐功利化和实用主义，以往人和人之间那种朴素的感情在持续减弱。我觉得这样可惜，现在看来，也极其正常。一个时代有一个时代的情感表达方式。

我结婚之后，对这个规矩，也兴致勃勃地坚持了好些年：春节只要在单位，就会把留守的干部战士叫来，置酒备菜，在家里热闹一番。这种情谊很单纯，没有任何功利心和私心。战友之间的聚餐，也没有太多的讲究，有什么吃什么，有什么喝什么。

几乎每一次，我都会沉沉醉倒，有时候还会呕吐，甚至吐出胆汁和鲜血。我每一次都信誓旦旦地说，永远不再喝酒了我！可这只是酒后决心，真到了酒的面前，就又端起了杯子，一杯一杯，被酒液俘虏、麻醉。

许多年后，我已是不折不扣的中年人了，可还没有改掉在巴丹吉林沙漠的毛病——每次与朋友、家人相聚，总要喝一点儿酒——尽管身体不怎么允许了，但还是在坚持。如此情境下，总觉得不喝一点儿酒，或者自己不喝醉，就对不起战友和朋友，好像亏欠了人家什么似的。

旁听的审判

案发过程我毫不知情，审判时，我负责全程录像。那是某年早春，巴丹吉林沙漠仍旧沉浸于冬季的酷冷与萧条，有活力的事物除了人，似乎只有人工湖边的春柳，枝条上已经隐现诸多米粒般的黄芽了。上级检察机关、法院的专业人员于前一天到达。本单位领导为真正惩前毖后，警示下属，召集数百人旁听。

我骑着自行车，背着摄像机，在似乎能剥开灵魂的寒风中，如刀刃一般穿过，一大早就来到指定地点。

那是一座建于二十世纪六十年代初期的苏式礼堂，座位都是铁制的，背靠的木板一律暗红色。早上八时三十分，听众陆续进场，然后是法官和检察官，旁听的除了领导，还有双方当事人家属。

气氛凝重，诸多人的呵气无形而庞大，不多的窗玻璃瞬间模糊，好像被贴了一层厚厚的不干胶纸。公诉人用庄严的口吻介绍案情：

一九九七年八月十三日十九时三十分，死者赵海江等几人在机场完成安检工作后，回到派出所。二十时许，赵海江与同事前往附近一家餐馆就餐。赵海江平时有吸烟的嗜好，走到凶手朱子治妻子所在的冷饮摊点，随手弹了一下烟灰，烟灰随风飘到朱子治妻子身上。朱子治妻子以为赵海江这一行为存在故意调戏的主观意愿，以致两人当场发生争执，据在场人员证实，双方情绪都比较激烈。翌日，十时三十八分，朱子治怀揣水果刀，到派出所与赵海江理论。因赵海江正组织会议，派出所其他人将朱子治劝到了门外等候。

会议结束，赵海江走出会议室，看到朱子治，便让其离开。朱子治情绪激动，起身推搡赵海江，同时要求赵海江必须向他妻子道歉。

赵海江拒绝。两人撕扯之间，朱子治拿出放在裤兜里的水果刀，刺向赵海江右腹部。其他民警见状，当场控制了朱子治，随即将赵海江送往医院抢救。

当日十七时四十四分，赵海江因失血过多，抢救无效死亡。

我站在摄像机旁边，听了这一段话，我才明白，这起传扬了大半年的案件，居然是这样一个过程。死者赵海江我认识，同在政治部工作。他是山东人，高高的个子，但有些瘦，平时戴着一副深度近视眼镜。开会时遇到，我先笑着跟他打招呼，他有时嗯一声，有时就当没看到。我只是一个战士，给他打招呼尽管有谄媚意味，但也是礼貌。本职工作之外，赵海江还兼任我们整个场区派出所所长一职，除了平时的治安，就是每周二、周四上午，带人到机场负责安检工作。

那时的巴丹吉林沙漠，只有我们单位有大型机场，每周二、四都有一趟飞机往返北京的联航航班。乘客多数为本单位出差、回乡探亲和返回人员，当然还有附近其他单位的各色人等。再后来，酒泉、嘉峪关、张掖一带，有人要到北京去，也要到这里来乘坐飞机。在那个年代，能够坐飞机的，别说整个西北地区，即便放眼整个中国，也少之又少。曾有一段时间，因为人多，一票难求，于是乎，各种关系也都蜂拥而来，这对于负责机场安检的人来说，当然又得到了在机票方面有需求的人们的另一份尊重。

朱子治老家陕西，所请律师一口浓重陕西话，听起来好像作家陈忠实、贾平凹的口音。他首先强烈谴责朱子治故意杀人行为，严重破坏了部队安全稳定，牵扯了首长精力，对赵海江及其家属造成的难以弥补的遗憾与痛苦表示同情和理解。我只觉得作为辩护律师，不应如此说话。印象中，别说律师，即使一般人，在遇到纠纷和冲突的时候，肯定口径一致对外，把所有过错全部推给对方，而后加以指控、谴责，以期博得旁听者同情；如果能达到与当事人同仇敌忾的效果，那更乐见其成。

我正这样想的时候，朱子治律师话锋一转，说，这起案件发生的原因，首先是朱子治家属对其丈夫的口头辱骂和道德胁迫，即朱子治妻子与赵海江的争执已经过去了十多个小时，之间是一个漫长夜晚。按照常理，即便当时双方怒气再大，这么长的时间过去了，也自行缓解了。朱子治之所以再度去派出所找赵海江理论，主要原因是其妻子放不下，连声辱骂他夙包，指责朱子治不像个男人，自己老婆受人欺负、调戏，作为一个大男人，屁都不敢放一个，不如一头撞死算了！

朱子治是小车队的司机，性格木讷，平时不爱说话，工作表现也好，曾有两次被评为优秀士兵、一次先进个人。他并非有犯罪倾向的人，只因其妻不断对他进行辱骂和撺掇，才使得朱子治萌生到派出所找赵海江讨公道，以向妻子证明自己不是夙包而是个真男人的冲动。由此判断，朱子治主观上并无杀人意愿。可事与愿违，朱子治以为通过理论，就可以达成赵海江向其妻子道歉的单方面诉求，博得妻子欢心，却没想到，双方发生争执，朱子治情绪失控，掏出水果刀，实施了十恶不赦的犯罪行为。

这是不可饶恕的罪过，是必须应当予以严惩的犯罪行为。

那位律师是一个矮胖、圆脸，前额有些秃的中年男人，五十岁左右，眼睛圆而大，且有神。我忽然感受到一些悲悯的意味。朱子治的辩护律师看起来严厉且无情，但其中充满了对朱子治的辩护，且极其鲜明地强调了朱子治杀人并非主观意愿应当予以同情甚至网开一面的“语境诱导力”，体现了“以反面叙述方式，唤起同情心”的叙述策略。听他的辩护词，我也被吸引了，浑然忘了身边的摄像机。

赵海江的辩护律师是山东人，年轻、帅气，个子不高，西装革履，脸色白皙。他用一种不容置疑的方式，历数朱子治主观杀人、故意杀人、蓄谋杀人的种种迹象和证据。我在聆听的时候，觉得这位律师说的都是理由和证据，讲的道理大得似乎可以笼罩世间一切。

宣判时候，全场寂静若死，坐满人的礼堂好像沉到了地底，空气也好像在相互撕咬、纠缠，甚至杀戮。判决结果是，朱子治被判无期徒刑，剥夺政治权利终身。法官话音刚落，礼堂又是一片肃杀，每个人的嘴巴，都像是一个巨大的出风口。大约十秒钟后，忽然有人哭喊着说："判得太轻了，对这个杀人犯，应当立即执行死刑！"紧接着，又有人高喊："该枪崩了朱子治这个杀人犯！法官，这个判决太轻了，我不服，我要上诉。"

我抬头看，说话的是赵海江的父母和妻子。垂垂老矣的老人，站在众人之间，好像两根歪斜的木桩。再一人是中年妇女，个头儿很高，几乎披头散发，整个脸庞虚肿着。他们歇斯底里的呼喊声和谴责声并没有阻止人群散去。路过他们身边的人也都一脸沉重，低着头，排队走出礼堂。

收拾了摄像机和充电器，路过赵海江妻子身边的时候，我想上前说几句话，可又不知道说什么。叹息了一声，低着头，像一阵风从悲戚的他们身边一掠而过。

这肯定很残忍，但也是现实。一个人在，一切都好，无论远近的，甚至陌生者；一个人没了，整个世界都会“鸦雀无声”“缄口不言”。我骑着自行车，再次投入风中，惨淡的夕阳落在一群乌鸦聚集的杨树上，它们的嘶哑叫声好像在呼喊黑夜加速到来。哦，一天的时间，我在礼堂，还有很多人，参与了一起案件的审判，也参与了一个死者的身后事，见证了一个即将服刑者进入监狱的前因后果。整个街道上没有一个人，风带着细微的灰尘，从巴丹吉林沙漠深处，一直奔袭到我身上，并且，还将奔向更多的事物。

沙漠夜晚，风使得万物动荡，包括关门闭户的我。我心情沉郁，整个腹腔好像被一双铁手攥住，使劲儿揉捏那般。夜深了，我睡不着。忽然想到，赵海江所在的派出所，距离我所在单位不过三百米。平时，站在院子里，可以看清每一个进出的人的脸庞和表情，可赵海江被朱子治捅了一刀，不久死亡，这件事从始到终，我却毫不知情。

巴丹吉林沙漠本来就地旷人稀，虽然总会有各类奇特事情发生，但类似这种人杀人恶性案件还是极为罕见的。很长时间里，我想当然地以为，自己身边所有的人事物，都会按照既定的轨道运行，尽管会出差错，但不会太离谱，也不会太出离人的素常的经验和想象。

可我错了，这世界太过蹊跷和残忍，说不定哪个时刻，就有人杀掉另一个人，他自己也难逃罪责。或者，一个活蹦乱跳的人，在某个时刻，就因突如其来的某种利器、仇恨、怨念、嫉妒甚至莫须有的愤怒，一招毙命。这个“招”有时候是看得见、沾满鲜血甚至迫使灵魂痛嗥的利器，有时候可能只是一句话、一个念头、一瞬间激情，乃至一次无意的失手、一种错觉和一种猝然的爆发力量。数年前，我的几个同年战友，也在一场事故中没了性命。从那个时候开始，我觉得所有的猝然死亡，都是由重大事故造成的，其中有人为的因素，但根本上是某些比人更强大的事物，在不可控的情况下，而使得其他生命，尤其是人，遭受异常之厄难的。

赵海江被刺死，从根本上颠覆了我的这一贯性认知。老子《道德经》中说：“勇于敢则杀，勇于不敢则活。此两者，或利或害。”在活着和死去之间，唯有痛苦长久。现在，二十多年过去了，或许，朱子治还在监狱服刑，也或者在某个地方继续生活，我想，他的内心，也肯定非常痛苦。毕竟，杀了人的人，但凡有一丝良知，即使自觉无罪，良心也会在某些时刻隐隐作痛。赵海江罹难之际，其子也不过十岁，现在肯定也三十岁了。至于他的妻子，好像没多久，就离开了巴丹吉林沙漠。至于改没改嫁，我不得而知。她或许更痛苦，也或许时间真的会消弭一切，她又开始了新的生活。

世上所有的离散

看着乌云堆积的天空，我忽然想起一个人来。具体说是战友兼同事，他个子不高，为人也实在；原籍江西某地，比我早一年到巴丹吉林沙漠。从一开始，他就在后勤机关部门工作。有时候在油运科，有时候在营房科。我在政治部工作的时候，几乎每天都可以看到他，他虽然只是一个小助理，平时也总是很忙，不是拿着单子找各个领导签字，就是身后屁颠屁颠地跟着几个地方人员，他们开车去往油库等地。因为部门不同，我和他私下交集也不多。几年后，一个沙尘暴的夜晚，狂风吹着沙子，在空荡荡的戈壁奔袭，进入营区，像是乱箭，呼啸着连续击打窗玻璃。家家关门闭户，蓬松细密的灰尘却从窗缝蜂拥而入，呛人咽喉。

在沙漠生活，沙子和灰尘似乎是宿命，也是生命的必修课。沙尘暴肆虐，黑夜更黑，好像天和地突然之间黏合在一起似的。即使白昼，能见度也极低，强大风暴带着黄尘，形成一道道移动的墙壁，吹得杨树、柳树东倒西歪，大幅度弯腰，几欲折断。

正是周末，一家人吃了饭，儿子做完作业，已是夜里十点多了，安抚他睡下。妻子语气有些诡谲地说："庞庆卓老婆好像很不在乎他。"我说："夫妻两人是父母亲之外世上最亲近的人，怎么会？"妻子说："有一次，我在他们家打牌，庞庆卓喝多了，被人送回来，躺在沙发上，吐了一地。我们几个人都对他老婆赵芳说：'去给你老公弄点儿蜂蜜水喝，再把他扶到床上！'谁知道，赵芳的眼睛乜斜了一下，'哼'了一声，没好气说：'那个死猪头，一喝多了就吐，弄得满地都是，味道呛死人了！老娘才懒得管他！'"然后满脸厌恶地继续打牌。

我说："这不可能吧？"妻子说，这是她亲眼所见，还能有假。妻子叹了一口气说："赵芳和外面来我们这里做试验的一个男的关系很好，两人经常煲电话粥，还约着去了几次酒泉。"

我"哦"了一声，忽然觉得一阵悲凉。

对于婚姻，那时候我也本能、无条件地遵从世俗传统，还是农耕时代的思维，以为男女两人，一旦步入婚姻，就会相守一辈子。尽管也在报纸、电视和网络上看到诸多奇葩夫妻和匪夷所思的婚姻故事，还有不断飙升的离婚率等，但潜意识觉得，在这荒凉的戈壁沙漠，夫妻关系，应当多半还是比较牢固的，谁也不会半途撇下另一半。夫妻应当合作互助，男方为了应酬而醉酒，想来也不是本意，回到家，女方倒一杯热茶或蜂蜜水，扶着让他喝下去，再捏着鼻子打扫掉呕吐物，也是本分。

夫妻之间的合作，主要体现在细枝末节上。男女两人，一旦成了一个家庭，就是一个整体，最好的是心，爱心、慈悲心、宽容心、互助心；最好的状态是牢不可破，让其他人无懈可击。而起主要作用的，是双方都要具备良善的本性，有底线、有尺度的自有人品与处事方式，然后才是社会地位和物质能力。

听了妻子一番话，我好久睡不着，沙尘暴依旧狂躁，在巴丹吉林沙漠，犹如夜间军团在相互冲突和杀戮。脑子里不断出现庞庆卓的面孔，以及和他偶尔见面的某些细节。有几次，我代表单位去找他开加油单，他都非常爽快。倒是有一次，他非要让我找后勤部副部长签字。而我知道，后勤部副部长到北京出差去了，至少一周才回来。

我说："你先让我们车子加油，等部长回来，我再请他签字。"

他生硬地说："没有部长签字，天王老子也不行！"

我无奈，回单位如实汇报情况。最终还是我们政治部主任出面，方才得以落实。因为此事，对庞庆卓，我心里有点儿意见。但我是干事，他是助理，有意见也只能有意见。

有一段时间，随军家属间兴起麻将风。往往，把孩子送到学校，就扎堆搓麻将。周末更是相互邀约，不是在你家，就是在我家，麻将声噼里啪啦震耳欲聋。我对打牌之类的赌博游戏，提不起半点儿兴趣，只认得东西南北风。妻子很喜欢，甚至着迷。因是纯粹的娱乐，也没惊扰到治安部门。妻子最开始和东北几个随军家属扎堆，后来牌友遍及两湖和广西、江西之地。

庞庆卓的妻子赵芳也是江西人，还有一个姐姐，也嫁给了他们江西籍在巴丹吉林沙漠从军的一个男人。赵芳身材好，皮肤也白，一双大眼睛，一看就很精明。

妻子有时在家里摆开战场，赵芳也多次来。每次见到，我都礼貌性地给她们几个家属打招呼，从心里敬而远之，都是战友之妻、兄弟媳妇，内心有一种莫名的“爱意”。这种“爱意”当中，更多包含了对她们嫁给军人的赞佩之心。遇到年龄大的，叫嫂子；比自己小的，就称小陈、小张等。从不多说一句话。除非几家人在一起吃饭，相互间多说几句话。平素，见面只是相互点点头或者微笑一下。

沙尘暴后，天空晴朗异常，远天之下，戈壁沙漠像是被清水洗了一遍，到处显得辽阔且又富有光芒。生活按部就班，工作周而复始。别人的事情，尽管会在内心掀起波澜，但因为和自己没有实际关联，也就不放在心上，也不会随时想起。无论怎样的事情，只有亲自感受，才会理解。再一些日子，妻子又说，赵芳和庞庆卓离婚了，现在跟着另一个男的，天天泡在北京，孩子也让她姐姐、姐夫帮带。我惊诧莫名，夫妻两人，刚有不好的传言，这么快就离了婚，实在猝不及防。

我下意识地说：“这不可能吧！”

妻子说：“不信你去问你后勤部的战友。”

对于赵芳，我只是觉得她身材好，皮肤白。后来从妻子那里得知，赵芳的性格颇为乖谬，常无端发脾气，当众打过庞庆卓耳光。夫妻两人一吵架，就去找庞庆卓的直接领导甚至后勤部副部长。赵芳这些表现，是男人最怕和厌烦的。作为丈夫，没有后顾之忧，方才能够投身工作，一旦另一半凡事吵闹、上纲上线，若只是在家里耍耍威风还能忍受，一旦不分轻重，直接到单位闹事的话，不仅生不如死，更是灭顶之灾。

我唏嘘，也同情起庞庆卓。有几次，在办公楼遇到他，以前满脸光洁的人，现在灰暗如灰不说，还瘦得好像变了一个人。有一次，我去他们办公室，庞庆卓坐在办公桌前，我叫了一声“庞助理”，他很恍惚地左右看了看，才把目光落在我身上。我笑着上前握住他的手，看着他深陷的眼窝，想说一句安慰的话，可又觉得，说什么都好像在幸灾乐祸、落井下石，只好拍了拍他的肩膀，转身离开。

当年冬天，庞庆卓和赵芳先后离开巴丹吉林沙漠。据说，赵芳去了北京。庞庆卓独自带着孩子，转业回了老家。翌年，入秋时候，我被调到了成都。从旷古的瀚海大漠到人声鼎沸的繁华城市，一切都在发生变化。

人不仅是环境和气候的产物，还是时间的随行物和随葬品。对男人来说，青少年对爱情和事业充满理想主义，幻想中的都是伟光正、高大上，连打瞌睡的枕头都闪闪发光。中年以后，一切皆为梦幻泡影，余下的是生活残渣与诸般无奈，宛如受伤的老狼和野猪，只能在明月山冈、寂静角落，自己哀号几声，再起身，换上从容和笑意。晚年更趋于平淡，慢慢地归于虚无。

与此同时，我父亲也离开了人世。他在的时候，我以为自己浑身是胆，刀山火海浑不怕，可当他不在了，就像被抽去了灵魂一般，整个人变得脆弱、多疑。

几年后，我也被离婚了。与庞庆卓和赵芳夫妇不同，我至今不知道具体什么原因，前妻也从没给我一个貌似正确的理由。

至此我才豁然明白，这世上很多事情根本不需要理由，因为没有理由。凡是能说出来的都是借口，很多的决断与变幻，其实都是蓄谋已久的有意为之；世上所有的离散，很多也都是无可逃避、顺其自然的自我告别和相互遗弃。

历史陈列馆往事

“你眼神怎么那么忧郁呢?”一个声音传来，我下意识地“哦”了一声。那是一个少有的阴雨天，丝丝连连的小雨，好像一张张细密的布帘，使得常年干燥、板结的巴丹吉林沙漠顿时有了湿润丝滑的气息。我刚从一个团级单位调到师政治部宣传科，负责电视新闻报道。那是二十世纪末期，声像和报刊依旧是人们喜欢的主要传播与接收方式。因为地处沙漠，单位也引进了闭路电视系统，为了宣传和调动官兵积极性，每周制作两期电视新闻节目，然后以插播方式，向全单位播放。起初，包括家属在内，几乎人人收看，这成了官兵热议的一个热门话题。我平时写点儿小东西，便被抽调了上来。

电视台设立在老礼堂后面，那是一座庞大而又有些老旧的苏式建筑，据说建于二十世纪六十年代初，即苏联支援中国的时期。另一边是广播站，再一边是历史陈列馆。

那是一个下雨天，刘正理干事让我去旁边的历史陈列馆找馆长，拿回请他们做的某某电视台台标。刘正理干事，河北张家口人，性格直爽，每一次发放补贴，他都把我当成一个军官看待，发的要比其他人多点儿，理由是我做得最多，常常是摄录、编写一人承担。

我出门，细若游丝的雨，似乎是天空垂下来的柳枝，打在脸和额头的感觉微凉，但很舒适。走到历史陈列馆，很多门开着，但不知道馆长在哪个房间，就在走廊里逡巡，看到一位女干部正在用雕刻机做东西，便伸手敲了一下门，走了进去。

那是一个面容姣好的女军官，好像还没结婚。此前，政治部开会时候，总是遇到她，只觉得她美得与沙漠有些不相匹配。圆脸略方，细眉毛，眼睛不大，但好像汪着无尽的清水和清水中的星空。她看我一眼，兀自说："你眼神怎么那么忧郁？"我顿然愣了一下，潜意识觉得，她肯定不是说我的，可四下看了看，除了我和她，房子里再没别人了，她手里也没拿电话话筒。我急忙"哦"了一声，然后支支吾吾了一下，不知道说什么好。她笑了一下，然后站起身来，问："有事吗？"我面红耳赤，结结巴巴说："我们领导让我来找馆长，拿一块木牌子做的电视台台标。"

她笑了一下说，"我知道在哪儿！"

抱着电视台台标，走出历史陈列馆大门，我的心还是慌乱的。那时候，我二十二岁，一个男人，在女性堪为"珍稀物种"的巴丹吉林沙漠，第一次和一个女军官单独在房间谋面，她却对我说出了这样一句话，为什么呢？她居然从我眼里看到了忧郁。她是怎么看出来的？她这样说的时候，内心真实想法是什么？又为什么对我说出来？

那时候，我绝对不会以为她会喜欢上我，一个战士和一名女军官之间，距离遥远。但她那句话，使我长时间沉思，其实是胡思乱想。有天晚上，我还为此写了一首诗：“雨丝正在形成，一个人对另一个人/内心的呼应。忧郁似乎这年代的黄金钥匙/光滑、直接，它打开的是一座初具规模的房舍/而我渴望宫殿，其中应有尽有/但我最爱的，肯定是，细眉毛以下的美丽瞳孔/以及在我青春孤寂时刻，轰鸣于灵魂的那一声/绸缎般的暖语，带着洞彻的力量和万物会合。”克尔凯郭尔说：“我们所害怕的，正是我们渴望的。”这句话，正好用来概括我当时的心境。

此后，我经常遇到她，却不敢正眼看她，更不敢打招呼。有时候她骑着一辆粉红色的自行车迎面而来，有时候步行。一看到她，我就把头低了下去，脸发烫，好像做了什么对不起她的事，满心羞耻和自卑。再些年，她结婚了，丈夫也是一名军官。我知道她的婚姻必定是这样的结果，这也是她最好的归宿。我去上海空军政治学院读书，再回来，她已经是一个孩子的母亲了。每次遇到，我都不自觉地多看她几眼，她也会看我，但谁都不说话，相互看着看着一闪而过。我先在宣传科当干事，后来又去了一个偏远团站。二〇〇六年，单位要建一座历史陈列馆，珍藏和展示多年来的发展历程和主要成就。师政委专门电联我们单位领导，要抽调我去负责文字整理方面的工作。

这是一个意外，却使我想起了多年前“一句话的美好邂逅”。十年后，我从事和她一样的工作，这好像是巧合，似乎又没有实质性的纠葛。我系统整理了我们这支部队的历史，其中承载的是人民军队在某些方面、领域的从无到有，从弱到强，从红外线到全自动，从短距到中距、长距的发展历史，当然，还有“两弹一星”“神舟”等重大事件。在采访老军人的过程中，我多次热泪盈眶，在他们的年代，人的精神力量无比强大，人人都有着一颗为国为民之心。如一位名叫崇恩才的老飞行员，曾经驾机穿越蘑菇云采样，飞过某型武器装备的中程航道。试飞中，他以胆大著称，从不想着个人生死与荣辱得失。还有某位高工，癌症手术之前，仍旧坚持把试验情况做汇报之后，再进手术室。

维特根斯坦《文化与价值》中说：“假如你已经拥有了一个人的爱，那么再大的牺牲都是值得的，但若是想购买它的话，那么任何一点儿牺牲都是巨大了。”这句话从更多层面触及一个深刻的问题：人在世上，精神和信仰才是根本性的驱动力，也唯有精神信仰，才是人世间最为强大的武器。当人们开始讥笑精神、理想与忠诚的时候，大致也是一种灵魂的失守和溃败。现在我依然觉得，每个人只能在现实中找到存在的依据和意义，而这个现实，却不是单一的个人和个体，而应当植根于属于我们自己的，具有根性和传承性的更广大的文化传统和一以贯之的精神谱系当中。

在旧资料和旧物之中检索，我发现诸多人心中最闪光的细节：病危的科技人员对专业研究的痴迷；妇女们为支援部队建设，也像男人们抡着铁镐开荒种地；我国第一颗原子弹和氢弹试验中，诸多普通人将生死置之度外；等等。不由感慨，在彼时年代，中国人的精气神确实响遏行云，无坚不摧。

我的文字材料在几易其稿的同时，实物陈列也大部分完成了。站在新修的历史陈列馆前，我觉得有一种成就感。尽管，所有武器装备乃至战争都是反人道的，可人类历史的多数时候，都是以战争为解决诸多矛盾和危机的主要手段。反战乃是最基本的道义，可人类的文明史却从不以人的主观意志作为既定方向。那些只是愤怒地痛斥战争的人，其实他们的内心世界里也充满了战争，而且，他们的那种战争，偏激、主观、自以为是，甚至带有强烈的伪人道主义理想和偏执的浪漫主义。

有一次，在陈列馆里，我竟然遇到了当年的她。跟在她身边的，是一个差不多二十岁的小伙子。看到她的刹那，我心惊了一下，像是爆破。然后定睛看着她，她眼角有了皱纹，但身材保持得很好。我点点头，她也点点头。我和她，还像当年在路上遇到时候那样，只是相互看看，微笑一下，然后相向而过。

许多年后，我不知道她还在不在巴丹吉林沙漠。有几次，至今还与我有联系的官兵打电话或者来成都，我都要问问历史陈列馆怎么样了，还有哪些熟悉的战友坚守在巴丹吉林沙漠。他们说，大多数不在了，新来的都不怎么认识了。

世界一直在变化，一些人存在，一些人消失，一些人来到，一些人离开，多年之后都只是记忆。然而，这记忆也会消失，就像沙漠中的沙丘，今天在此处隆起，再一天可能换到另一个地方。萨特说：“孤独是人类属性中一个必不可少的特征，它是被一种存在于人们‘找到生命意义的需要’和‘对人世本质的虚无的觉察’之间的矛盾所激发的。”

黄昏的戈壁滩

夜色加速侵袭的时候，我已经在戈壁上坐了一阵子。夏天的巴丹吉林热得让人格外羡慕蛇和蜘蛛，这么炎热的天气，它们都躲到了地下的巢穴。双峰驼倒无所谓，它们在炽烈的日光下宛若移动的山峰，可我不敢靠近。它们的脾气不好，它们就像远古时期传衍至今的祥瑞之兽，唯有牧民才是它们的驾驭者。当然，也有些是野生的。它不屑于与人为伍，就像我很多年不愿意去人多的地方那样。每一种动物都想独立建造一个专属性的世界，尽管这只是一个梦想。而梦想的根本意义就在于——永远不可能实现，至少不会以肉眼可见的实体方式赫然矗立。

北斗星最先亮起。《甘石星经》说："北斗星谓之七政，天之诸侯，亦为帝车。"我注视了一会儿，那颗星，明亮得充满意义和启示。人对天空的眺望与猜想，从来生生不息，代代不止。《史记·天官书》曰："分阴阳，建四时，均五行，移节度，定诸纪，皆系于斗。"我常听周围的人说，中国古代没有科学。每次听到此类说法，我总是忍不住在心里哼一声，斜视他一眼。

看得久了，我不得不沮丧地低下头来，觉得惭愧甚至绝望——一个人与一颗星星完全不成正比。我怀疑爷爷的说法，天上一颗星星地上一个人。这句话也算是梦想，而且是用以自我安慰的梦想。

落日收起它最后的辉光，漫天的血腥骤然被黑夜抹平。这像极了人类的历史中每一次的血流漂杵之后，总有雨水和洪水，新生的草木和泥土将之抚平，随后，又是草木茵茵，生生不息。由此也可以联想到“地势坤，君子以厚德载物”。所谓的大地，就是包容，就是一次次地生灵涂炭，又一次次地消失无踪。

此时的戈壁滩陷入了天地一体的黑暗，这种黑暗自然而然，不做雕饰，也没有宣言。尽管它的恩智也是僭越的、掠夺的、遮蔽的，但万物却心存感恩。

近处的几丛骆驼草犹如鼓鼓的乳房，坚挺、浑圆，只是黑色的，但也好看，让人有吮吸的欲望。我很快就想到，天地之间的一切，都是象形的，也都是象征的，是比喻的，更是多维的。每一个事物都会引人联想，而联想的人往往忽略事物的本性，用自己的理解方式为万物命名。就像骆驼刺，看起来干枯，但其中汁水饱满，因为缺少其他食物，骆驼必须以骆驼草为食。肉身和肉身之间，总是以吞噬为桥梁。动物如此，植物也未能幸免。

我站起身来，迎面一阵凉风，好像兜头的一盆冷水，猛然间，我的皮肤上瞬间起了一层鸡皮疙瘩。我下意识摸了摸胳膊，又揪了几下耳朵。心想，该回去了，夜都这么凉了，戈壁肯定也正在洗漱，准备进入黑夜的床上。我叹息一声，想起李贺的诗句："大漠沙如雪，燕山月如钩。"诵完，我又觉得不贴切，这里是巴丹吉林，而燕山则在四千里之外。转念一想，又觉得没什么，大地之间从没有距离，所谓的距离和命名等，都是人强加于它的。燕山和巴丹吉林，本质上还是一体。

我来回走动了几圈，脚步很轻，我总是觉得，这时候，戈壁表面一定有很多急着回家的小动物，如蚂蚁、甲虫、蜥蜴，万一踩到它们，那真是罪过！这时候的天空依旧瓦蓝，好像一面镜子，用更深沉的方式，把大地上的一切通体照彻。又一阵风波涛一样涌来，凉意深入大地，也深入我的身心。由此，我忽然觉得，白昼的一切都有点儿虚假，唯有夜晚的冷，才最接近人生的内里及其终极意义。

沙漠和故乡的关系

其实淡得很快，如一瓶墨汁倒进急湍河流。多年前那个冬日早晨，破旧吉普车转过一道山岭，把稀薄阳光抚摸过的故乡丢在原地的时候，我出生并长大的那座村庄，瞬间就被记忆删除了。几天后，辗转到巴丹吉林沙漠军营安顿下来，我还没想起家乡的具体模样，这种感觉既恍惚也离奇，似乎最熟稔的某个人或事物的“音容笑貌”。看到其他战友趴在床铺上写家书，一个个神情凝重，煞有介事。我才拿出新买的一沓稿纸，坐在崭新的小马扎上酝酿情绪。但除了“平安到达，不用挂念”之外，居然不知道还应当说哪些话。

犹豫了一会儿，我又写道：“我非常想你们！”墨迹未干，却又立马被我揉成一团，扔在垃圾桶。对父母和读过几年书的弟弟来说，诸如“我想你们了”一类的话，他们一定会觉得非常矫情和做作，用我们老家方言说，就是“豁撇”，意思是某一个本乡本土的人，刚到某个城市或者外省之后，就学得洋腔洋调（用普通话或者外地方言跟父母及乡亲们说话），从而忘了

“母语”，显得浅薄，令人反感甚至鄙夷。

最终，我只写了半页纸，主要内容是一路辗转到巴丹吉林沙漠的过程，当然还有对容身沙漠戈壁之中的外乡生活，感到无比强烈的失望情绪。

地理的远肯定是一种强大阻隔。后来我了解到，单位有许多夫妻常年两地分居，一方在大漠戈壁风暴连天或赤日炎炎，另一方则在中国某地风霜雨雪或风和日丽。那时候，电话还未怎么普及，夫妻之间的那种孤寂的煎熬，也只能通过文字来倾诉和表达。这是人生的乐趣和美好，同时也是痛苦与无奈。

我父母亲都不识字，弟弟大部分时间不在家，他们要给我回信，就必须得求助村里其他人。一个多星期后，我收到一封回信。一看笔迹，就知道是同村的一个同学代我爹娘给我写的。大意是，你平安到了就好，在部队里，要听领导的话，和身边的战友搞好团结；家里啥都好，你不用挂念，只管自己当好兵就行。诸如此类，尽管简单，我却身心温暖，也感受到了一种朴素真诚的力量。

对于男孩子来说，十几、二十岁到婚前这一段青春时光，一般都在努力疏远自己的父母，而和同学、朋友比较亲近。期待的是，有朝一日脱离父母的控制，到远方去“纵横四海”“浪里白条”。那时候以为，成年也意味着人身方面更大的自由，肯定不愿意再受到父母管束，渴望海阔天空、四海为家的超级自由生活。这大致是人在少年时代的通病，成长的必要环节。

每天都在训练，寒风之中，风暴以内，每个人都在操场上接受规训。到春节，营区周边的杨树上，落满了从不筑巢的乌鸦，黑压压一大片，压弯了青色的杨树枝。大年三十晚上，我站在窗前，背后是热闹非凡的春节联欢晚会，窗玻璃上结着一层冰花，形状像极了我故乡山水的形状，尤其是那些连绵的山峰，有的巍巍高耸如天然屏风，有的尖圆，有的如爬行长蛇、蠕动的巨龟，有的奇异如公鸡头，有的如巨大的太师椅等等。群山之中，沟壑之内，我的故乡就像是一群散落的石头，寂寥而又烟火热闹地坐落其中。想起爹娘和弟弟，我忽然流下泪来，心想，此刻母亲可能在捏饺子（每年大年三十晚上都是如此），父亲在劈柴（用于大年初一早上生火煮饺子），弟弟拿着花炮，用一根带着火焰的木棍在院子里小心翼翼燃放。爷爷奶奶也如此这般，但他们老了，过年也比较简单，但必定要买一些花炮，一来在敬神时候燃放，二来要送给孙子、外孙。

我脑海里都是父亲在纷扬大雪中劈柴的场景。那时候他四十多岁，精壮劳力一个。弟弟个子高出我一头，长得也很帅气。大年三十晚上，母亲总要端着新蒸出来的馒头、包子和糖糕等，逐一拜祭天帝、灶王爷、家祖，然后再去土地庙。她很虔诚，以为天地之间真的有神灵，那些冥冥之中的存在，对人有着生杀予夺的权利，无论何时都可以给人灾祸，也可以降人福祉，千万得罪不得，必须诚心诚意供奉。

大年初一早上，饺子煮熟，热气腾腾的，缭绕屋梁，父亲总是先敬神灵，然后再端着饺子去爷爷奶奶家。一进门，父亲双膝着地，给爷爷奶奶磕头拜年，弟弟当然也是。父亲会在爷爷奶奶的家里待上一阵子，坐在灶火边，对他们说一些祝福、恭敬与感恩的话。那种成年人身在父母身边的安心与妥帖，从父亲腼腆而又快乐的神情当中，就可以看出来。

这时通常为凌晨五点左右，村人也都先给自己的爹娘爷奶磕头拜年，再开始去给堂爷奶、叔伯、兄嫂拜年。这是我们村一个延续千百年的古老仪式，一个文化和风俗传承。唯一区别是，拜年的时候，除了自己的爷爷奶奶和亲生父母要双膝跪地之外，面对其他长辈单膝跪地即可。在家乡的时候，我读书，自觉学了一点儿文化，觉得给长辈磕头是一种文化陋习。可第一次置身异乡，我突然觉得，那真的是一种美德，也第一次真切感觉到，这个世界上，和自己最亲近的人，还是父母双亲。当然，还有与爷爷奶奶在一起过年，也是最美好的事情。可惜，我很早就没了姥姥、姥爷，不然的话，我还可以感念更多人。

与故乡相比，在沙漠戈壁的集体生活，省却了农村诸多的繁文缛节，日常之中，除了战友之间相互问候，满腔爱意与高蹈想法只能放逐于辽阔的天与地、铺天盖地的棕黄色沙子和形似干枯的骆驼草、红柳和沙枣树。除此之外，也只能在金月朗照的黑夜，看着远处的沙漠兀自发呆，忍不住想起家乡，想起自己的父母双亲和爷爷奶奶，还有少年时候的诸多生动情景，如在小学时候的顽劣与调皮、与其他人的过节与美好等。至此我也才忽然明白，在遥远的巴丹吉林沙漠，我和故乡的关系不是疏远，而是血缘、精神和身心意义上的另一种修补与黏合。

我的故乡在南太行山区，勾连山西，左右分别是邢台县和武安市。十多个自然村坐落在山冈与沟坡上，基本一村一姓。以我们村为例，一百多口人，除了不断嫁进来的妇女，全村所有男丁都姓杨，从血缘上讲，属于一个大家族。听爷爷说，我们村起初是由亲兄弟三人逃难到这里，实在走不动，也不想走了，见此地水土尚好，便笃定心思，落地生根，传衍至今的。《沙河县志》则记载说，我们这一带农村的人们，都是在明朝时候由山西榆次、洪洞、太谷、左权、和顺等地迁徙而来的，依据的是《明史·食货志》如下记载：“户部郎中刘九皋言：‘古狭乡之民，听迁之宽乡，欲地无遗利，人无失业也。’太祖采其议，迁山西泽、潞民于河北。”

尽管一脉同根，血缘亲近，但我们这一带农村，从没有什么具体的宗族观念和乡绅治理传统，自发的乡规民约也从没出现过，这是很多“三农”学者没有注意到的一个有些“例外”的地域。在遥远年代，绝大多数北方移民之中，也鲜有读书人，更少乡绅大族，多由“无地之民”构成主体，以至于兄弟各自立业之后，因为资源匮乏、生存的艰难与个人能力等方面的差异，各种“内部斗争”和“相互倾轧”也自然而然地产生并持续。

自我记事起，我们村子的人们，经常会为几分田地、一棵树、几寸房基地等等，发生层出不穷的冲突，循环不止，有的甚至成为宿仇冤家。

乡村社会当然也遵循了物竞天择的适者生存法则，其中具有威望和权势的人家，主要有四类：一是侥幸走出深山，转入公门且有一官半职的；二是具有一定的经商能力，积累了一定财富的；三是同胞兄弟姐妹多，人多拳头硬的；四是为人处世圆滑玲珑、四面逢迎，善于从其他人的矛盾和冲突中渔利的。余下本分和忠厚的，基本上处在乡村社会最底层。当然，他们之下，还有先天性的智障、残障等人。

在全村，我们家算是最"无能"的。一则父亲为爷奶独子；二则，爷爷有一个亲哥哥已早逝，即使不早逝也无法约束其妻，即我的大奶奶。那是一个强悍的女人，年少时即在我们这一带村子当中"东征西讨""杀伐果断"，年老也更得剽悍与勇决。一提起她，村人都摇头说，"惹不起躲得起"。可能是家风的原因，她家的几个儿媳妇更是霸道凌厉，尤其以大儿媳为最。自身家族的势力强大，再加上嫁在邻村的两个闺女，都相距不过三四里的路程，一有事情，立马响应，婆婆、儿媳、闺女齐上阵，嘶喊咒骂，张牙舞爪，着实令人胆寒。

因为我们家和她同宗同村，房屋、树木和田地等生活和生产基本上在一起，各种纷争由此开始。在巴丹吉林沙漠军营，几乎每个月都会听到母亲和弟弟被打骂、家里财产被强行霸占、村干部不管或者和稀泥等消息。每一次都是母亲在南太行故乡无助哭诉，我在巴丹吉林沙漠对空愤怒。其中一次，分给我家的三分旱地，被大奶奶的二儿子，即我的二堂伯一家强行占去，父母亲力争无果。弟弟在外面打工，回来听母亲诉说，当即发怒，上门和他们理论了一番。次日上午，弟弟正在挑水，堂伯伙同其两个儿子，冷不防扑过去，把他暴打了一顿，不仅拳脚，还使用了扁担和铁锹等农具。小时候，弟弟比我脑子活泛，但从那时候开始变得迟钝，算简单的账都难。我听到消息怒不可遏，给当地派出所打电话，所长起初说一定严惩，不久变卦，反过来指责我母亲和弟弟。

在乡村，权力、金钱、血缘关系、儿女私情是最有效的人际黏合剂。至此我才明白，其实我和故乡并没断了联系，且愈加深重，也很撕裂。对于乡村，我特别希望它充满诗意、和谐，人们都有自律与仁爱之心，不管处在哪个阶层，都是包容的、互助的。老子所说的“圣人恒无心，以百姓之心为心”，显然不适合乡村人群，尤其是最底层和偏远的乡野大地。《孟子·离娄上》中的“事亲，事之本也；孰不为守？守身，守之本也”在乡村也完全不可行。

每次听到和看到这类事情，我就瞬间天昏地暗，痛不欲生，内心对南太行故乡的人恨之入骨，同时又觉得他们非常可怜，一群人不知何为生，更不知生而何为，为之何为；不体恤自己，更不会体恤他人。凡事都迁怒、责怨他人，更想责罚弱者，用以“自我息怒”“自我安慰”。因此，我多次想到孟子的话，他说：“爱人不亲，反其仁；治人不治，反其智；礼人不答，反其敬。行有不得者皆反求诸己，其身正而天下归之。”这显然是一个人人向往的美德，但这类的话，只适合有学识和智慧的知识分子用以修身养性，在多数农村，只会取得相反的效果。

就此，鲁迅先生可谓一语道破。他说：“勇者愤怒，抽刃向更强者，怯者愤怒，却抽刃向更弱者。”有一年正月初二，母亲与堂伯在村路上狭路相逢，堂伯见左右无人，动手打了我母亲。我听到消息，怒发冲冠，当即打电话给村、乡干部及派出所，声泪俱下，一顿陈述之后，没有任何回应不说，还被轻蔑甚至挑衅。因是传统节日，还是“龙抬头”，其中意味更多更重。

从此我也才明白，自己的职业并不能给家人带来什么，哪怕是基本的人身安全也不能保证。大的方面以经济建设为中心，无条件服从地方，强调和谐，这看起来没错，但在实际当中，维护人的基本尊严，还是需要的。我也知道，人生在世，更需要现实的物质利益，一些大道理和所谓的道义，甚至某些似是而非的规定和要求，都是一厢情愿甚至以偏概全的。以至于近些年来，我也时常感觉到，自身存在着巨大的撕裂性。多年以来，我们大多数人从小到大，学习和接受的大都是现代的知识，而自身出生和成长环境却都是极其传统的。沿袭过去的东方思维与晚来新进的西方意识，如此对立的两种东西，始终相互撕扯，惨烈、韧性，且永不会合二为一。

沙漠空阔无限，生命寥落。唯有长风活跃，每时每刻地吹动，带动了无数沙子甚至整个巴丹吉林沙漠，用极其明显的方式，体现着生命和万物的无常。这种形态，像极了我和故乡的关系。一方面，我无法改变父母在那里生活直至终老的既定事实；另一方面，我的卑微和孱弱根本无法满足和完成改造乡村传统文化习俗的梦想。古人说，穷生奸计，富长良心。一切根源，其实还是物质上难以自足，也难以形成新的循环与更新造成的。

后来，我以更高一点儿的社会身份回乡，尽管还有此类事情发生，但频率少了很多。我不觉得荣耀，反而莫名悲哀。人在世上，尤其是弱势者，互助合作才是美德，也是最有利于双方的。可在现实中，没多少人会这么想，在中国的农村乃至整个社会中，媚富媚权才是各阶层人们的心理和精神实质，甚至是可怕的道德真相。法国启蒙思想家爱尔维修说："只有当人们联合为社会并且彼此订立契约产生法律之时，道德才能存在。造成民族不幸的，不是人们的卑劣、邪恶和不正，而是他们法律制度的不完善。"读到这些话的时候，我也觉得西方的方法论与实证主义，自然有其可取、可敬之处。就像我和故乡的关系，爱而不能，不能但还要爱。

故乡，生命、情感和灵魂的母地、成长之所，最先感知人间和世界的地方，出外之后的故乡、祖辈之所与父母兄弟和众乡亲现在生活的地方，如此的称谓尽管有些诗意，但在我心里，却又是模糊、笼统甚至伤痛不止的。

很多个黄昏，我独自坐在戈壁边缘，看着鲜红迸溅、蔓延大地的落日，以及戈壁尽头的苍茫与隐约的雪山，想到故乡，沮丧感席卷而来，悲伤犹如刀刃，切割着我对故乡的情感、认知和思考。我时常想，若不是父母和弟弟一家还在那里生活，我肯定再不回去。大地的每一处，既是人的生存生活之地，烟火弥漫、鸡鸣犬叫、生机蓬勃之场域，也是生命孤寂、苍凉甚至伤痛之所。其实到哪里都一样，可当父亲二〇〇九年去世后，我突然觉得，我和故乡的关系有所恢复或者说深进了一层，从生命本身考量，无论我在沙漠还是其他地方，最终的肉身和灵魂还是要归于故乡。从人群素质、社会发展层面说，随着大环境持续变好，教育普及，必定会带动整个乡村文明程度的提升，因此，我的故乡也在改变，这是大势，无可阻挡。说不定，多年之后，乡村的文明一定会有新的改观。到那时候，我也垂垂老矣，回到故土，也是人生的一种有始有终的安顿与交代。

慢慢我也明白，生而为人，都会考虑自己的利益，这是人之生命所系；人也都有自己的意志或意愿。当生命及其俗世意愿得不到满足，人和人之间必定会产生矛盾、冲突；在无休止且无所不在的矛盾、冲突当中，总是少部分人得到满足，大部分人无论怎么奋争，最终也还是两手空空。老子的《道德经》说："人之道，损不足以奉有余。天之道，损有余以奉不足。"可能在人无法觉察的地方，还有一种力量，在维护着某一种"公正"，而这种力量一定是均衡的、持续的。由此我也忽然明白，真正意义上"睦邻友好""合作互助"的天下大同景象只能是一种理想或者幻想，竞争和相互竞争，包括弱肉强食，才是这个世界的真实图景和前进动力。

有一天黄昏，在巴丹吉林沙漠深处一座废弃的民房外面，我看到一株梭梭木旁边长着一根肉苁蓉，还有一丛芨芨草；另一边的沙堆上，一群蚂蚁正在齐心协力，持续推动一只黑甲虫的尸体；还有一群蚂蚁，在滚动一坨骆驼粪便。斯时，烈日当空，炙热的火焰正在烧灼戈壁大漠。我躲在梭梭木窄小阴影中苟延残喘。我想到，每个人在世上都会有诸多的磨难，劳心劳力，其实都很正常，人和人之间的竞争、冲突和伤害从来不可避免，这也是一种斑驳幽邃的“风景”。

十多年时间，我在巴丹吉林沙漠，故乡在远处，我们之间的桥梁和纽带，不是地理和天空，而是一种难以割舍的血缘、情感和某些义理上的联系。这是每个人的宿命，也是最大的一种伦理。我时常用“天下之心为心”“众生即我，我即众生”等古圣贤之言来安慰和鼓励自己，要不断地宽恕、同情、鼓舞和祈愿，这绝对不是自作高贵，而是一种非常现实的个人愿望。多年在外生活，我也见惯了诸多的人事，其中大多数与我故乡那些人事类似，正所谓“万里人间，苦乐咸同”。而“万物一体，痌瘝切身”之德行，却不是人人能够具备的。

由此，我也逐渐释然，普天之下，真正的“净土”和“理想国”不存在。仁人志士和圣贤、有良知的人要做的，是致力于消弭仇恨和被仇恨，进行教化与启蒙，使得人和人更好地相处，不再被误解、被暴力伤害，学会和解、宽恕、同情、合作、互助互爱。正如王阳明所说："夫人者，天地之心。天地万物，本吾一体者也。良知之在人心，无间于圣愚，天下古今之所同也。世之君子惟务致其良知，则自能公是非，同好恶，视人犹己，视国犹家，而以天地万物为一体，求天下无治，不可得矣。"

父亲和弟弟的沙漠之行

他们终于来了！这是我的主意，其实是对他们的强求，还有诸多不得已。那些年，每次由西北回到南太行老家，我都要和父母亲、弟弟说很多的话。那时候，我的空军中尉命令已经下达了。长期以来，父母和小弟在南太行老家生活艰苦而又缺依傍，总受欺负，而更可怕的是，受了欺负和不公对待，还无法申辩，无处申冤。其中，固然有他们自身的原因，比如性格的问题、处事的能力、个人对人情世道的判断失误等，当然也有其他方面的问题，如基层管理者为了维护自身的利益，在处理群众事务时候，所采取的“让强压弱”“无谓幽昧”“怕强欺弱”等方式，也使得弱小者得不到来自管理者的支持，反而会在这种无形威压之下，产生诸多的逆反心理，甚至过激行为。

最令我悲伤和无奈的是，父母亲和刚结婚的小弟一家，总在频繁而又剧烈的邻里摩擦中受欺负，且有冤无处申诉，活得卑微而屈辱。母亲处处争强好胜，凡事不妥协，不忍让，明知道自己是一枚鸡蛋，肯定会在石头上碰得头破血流，也绝不退让。

她虽然身在乡村，但根本就不知道，乡村社会也是一个纷繁复杂的生态系统，其中既有互助的和谐与必要性，也有利益和资源之争的“明暗”手段与“阴阳”方式。一个人和一家人在其中生存，必须不断地玩心眼儿，要诡计，时常变换处事做人的“角度”和“方位”，如此才有可能避免受到他者的伤害，保护自身利益。母亲心直口快，常常口无遮拦，抓不住要领，明明有理有据，但因为说话漫无目的且经常跑偏，前因后果拉扯成一团乱麻，不具备抓主要矛盾的意识，以致有理变没理，讨不到任何公道不说，还时常被对方甚至村干部、乡干部当众羞辱。

村干部这种基层社会管理者，非农非工，在处理乡村事务的时候，往往采取非亲非故看势力、权位、资源，亲戚和本族人看颜面，进而采取相应方式办法的解决策略。这不能说他们错了，中国从来就是一个严重的“水火交融”的人情社会，村干部也是乡村一员，就人性而言，自我的利弊得失当然是第一位的。

费正清《美国与中国》一书中说：“乡土社会的信用并不是对契约的重视，而是发生于对一种行为的规矩到不假思索时的可靠性。”他所说的这种“可靠性”，在很大程度上来自熟人社会。但在基层管理者眼里，更看重处理事务双方或多方所拥有的经济能力、已经存储的资产，以及已经掌握的社会资源和家庭人员下一步的发展可能（如子女考取大学、进入公务部门、经商获得巨额利润、声名大到可以影响某些方面的决策）等方面，进行快速式的综合考量，进而做出“恰当性”的决定。

这种“恰当性”决定，并不代表任何形式和意义上的法律规定，甚至不是传统的、明确的道德约束，只是一种运动性的“恰当”和“貌似正确”的主意、判断而已。因此，在处理乡村事务中，村干部采取的态度和方式中所包含的，基于人情、自我利益综合权衡的成分浓郁且深重，即便是在中华人民共和国成立之前，乡绅与官府共同治理下的乡村世界史记情况也大抵如此。唯一区别是，传统乡绅虽然在财富、社会关系和政治能力上，超出了一般农民，但其长期受儒教的教化与影响，个体的思想意识当中多少还有一些“仁义道德”“畏天命、畏圣人、畏大人”的君子之德存在，因此，在做事和处理事情上，往往怀有“不畏人，不畏人间，但会畏惧天命、天道”的心理成分在内。再加上佛、道的轮回与因果说，从而站在虚无主义的角度，对自我的行为及其可能的后果，自觉加以“反求诸己”式的教诫和约束，这大致是最好的一种乡村管理模式了。

“敬畏心”“天道”之说，尽管不可能真正起作用，但“畏天命”与圣人之说，也是一种律令与规诫。可当乡绅协助或共同参与治理乡村的传统绷断之后，乡村干部的选拔任用来源，或是当地口碑和人品较好者，或是掌握了一定社会资源的人，再或是和其他群众身份、地位相差无几，具有一定的社会组织和协调能力的乡村精英。在这一个新的历史时期，儒释道思想及其学说影响力的逐步让位甚至退场，行政能力延伸到乡镇一级，以农民管理农民，或者农民自治的做法，如果不订立一套具有强制性的制度措施，来进行严格公正的约束、限定、考核和监督，效果肯定不甚理想。

在乱如麻的乡里乡亲的巨大关系网和人际勾连之间，面对诸多头绪繁乱、牵扯甚广的各种邻里之间的冲突、矛盾和利益需求不一的公共事务，乡村干部必须得八面玲珑地参与其中，巧妙而恰到好处地进行研判、处理和解决。要达到各方都满意的效果，难度极大，不仅仅需要相应的口才、能力，更重要的是智慧，即拿捏各种事务的分寸感和当即奏效的各种不上台面的办法。

父亲为人木讷，极少参与家里和村里事务，尤其是面对各种矛盾冲突，大多采取避而远之的态度。他似乎永远在劳动，出去打工，回来以后再下地干活儿，从没消闲之时。对于连年不断的邻里之争，他主张听之任之，别人要怎么样就怎么样，不去抗争，颇有些“夫唯不争，故天下莫之能争”的道家意味。可乡村人并不会理解父亲的态度或者说处事原则，反而认为其懦弱无能，进而变本加厉。生存，尤其是现实生活的不断向好，对于每一个农民来说，都是极其紧要、迫切的现实问题，并没有太多时间来消耗等待，迎接最终的“皆大欢喜”或“身败名裂”。即使有，那也是几年甚至十多年、二十几年后的事儿了，与“眼前”无关。

在乡村人看来，“眼前”才是真正的现实问题，看得见、摸得着，如俗话所说，“人是铁饭是钢，一顿不吃饿得慌”。“眼前”就是一切，这是几千年来，中国农民一直都在面对的一个“天大的问题”。父亲的“道家”处世态度，使得母亲很是生气，她受了别人欺负，就拿父亲出气，或是打或是骂，即便如此，父亲依旧坚持岿然不动，以不变应万变。

俗话说，“江山易改，禀性难移”。对于父亲的态度，母亲即便咬牙切齿，“恨”屋及乌，但也无可奈何。遇到事情，受到别人的欺负和侮辱，自己抗争不过，她只能用最廉价的方式哭告天地，希望冥冥中的神灵用某一种审判的方式来主持公道，让坏人得到报应。可神灵并不负责处理人间具体琐事，很多次受了欺负，母亲只能连哭带骂地斥责父亲无能、没用，甚至辱骂父亲的父母亲，用来纾解内心的不甘与委屈。

在巴丹吉林沙漠，我虽是一个军官，但离家很远，从巴丹吉林沙漠到河北太行山，其间的关山河川何止万千？人和人之间，讲的是你来我往，利益对等。我离得这么远，又是一个和“地方”毫无干系的军人，对地方基层干部来说，基本百无一用。他们也明白，即使我向他们的上级反映情况，最终也还是会不了了之。

我很小的时候听爷爷说，邻村两户人家，其中一家仗恃人多钱多，总无故欺凌人少家穷的邻居。几年后，势弱那家的儿子参军，多次立功，提升为连长。忽有一天，县领导在村里召开现场会，严肃处理了欺负军属的那家人，可谓大快人心。这使得其他村里喜欢仗势欺人的人家，也收敛了很多。一个陈年往事，母亲也多次给我讲过，还念叨说："你现在也是连长了，咱们家人受欺凌，没人管不说，那些人还故意刁难，帮着坏人欺负咱，这究竟是咋个回事？"

我无言以对，每次在信件、电话里听到母亲和弟弟的哭诉，只能干着急，对着空气义愤填膺，同仇敌忾，即使吼破嗓子，内脏出血，愤怒得用头撞墙，在黄昏无人的戈壁滩上疯狗一样狂奔，也无济于事。就家里遇到的那些问题，我也曾经多次给当地乡村两级的负责人写过信，打过电话，但始至无人理睬。那些年间，对故乡，我厌恶透了，而我厌恶的，不是出生地，而是出生地的人，尤其是人心和人性。

每遇到家人受欺负求告无门，再加上公权力推脱和无原则偏向，我就会想起鲁迅先生的话："中国人但对于羊显凶兽相，而对于凶兽则显羊相，所以即使显着凶兽相，也还是卑怯的国民。"我觉得特别解恨，但也只是心理上的，而且还是一个人的。我的父老乡亲们，他们哪里知道鲁迅？鲁迅先生还说："'忠厚是无用的别名'，虽然刻薄一点儿，但仔细想来，却也觉得并非唆人作恶之谈，乃是归纳了许多苦楚的经历之后的警句。"

鲁迅先生是看透了中国国民性的，但残酷的是，很多事情和世情、人心和人性等却都不会因为有人发现和严厉指出了，就能改变和消失。在乡村，诸如此类的大小事情，可谓比比皆是，层出不穷。从小，我就深陷其中。出外多年，对故乡，内心里依旧充满厌恶和鄙视。

我从军于巴丹吉林沙漠西部边缘的鼎新绿洲，人口少，地域广，且长期有容纳外来人的传统，再加上我在附近的部队工作，父母亲和小弟一家如果迁过来，我觉得是好事。在我坚持不懈的劝说下，一直咬定“银窝金窝，不如自己的狗窝”的母亲终于松口，允许父亲和弟弟夫妇先来“体验”一番，然后再做决定。一是看看能否适应沙漠戈壁的气候环境；二是看看这空旷的沙漠绿洲之中，是不是可以通过自己的双手，能把日子过好一些；三是让父亲和弟弟夫妇自己感觉一下，到底是继续待在老家好，还是举家搬迁来这里好。

这一年秋天，西风长驱直入，整个河西走廊陷入了一年一度的酷冷之中。我从巴丹吉林沙漠出发，在酒泉火车站接到父亲和弟弟、弟媳妇。当时，大侄女湉湉仍在襁褓之中，冷风吹得她的小脸像是一个烤熟了的大红薯。父亲胡子拉碴，两鬓白发，像是冻僵了的野草。他腰身佝偻得好像一张弓。那一年，他才五十六七岁，俨然八十岁老翁了。我帮他拿行李，其实就是两个装满衣服的化肥编织袋，鼓鼓囊囊，很沉重。父亲说，不用。他自己用一根长棍挑起两个大编织袋，弯着腰，下了出站口门前的水泥台阶。

我帮着弟弟抱着侄女，然后打了一辆车到市区，在一个餐馆里，一人吃了一碗当地的炒面片，再乘车回鼎新绿洲。一路上寒风凛冽，戈壁冷清而瘆人，从弟媳妇表情看我就知道，她肯定不喜欢这里。回到家里，我问父亲："爹，您觉得这里好不？"父亲苦笑一下说："俺没有意见，你说到哪里，俺就到哪里。"看着他那张每一条皱纹如深沟的脸，因为瘦而显得高的颧骨和额头，我眼含热泪，有些哽咽，什么话也说不出。因为房间小，父亲睡在沙发上。他爱抽烟，我儿子还小，他也不管，只管抽烟。我没阻止他。

第三天上午，我带侄女，让父亲、弟弟和弟媳妇体验在鼎新绿洲的劳动生活。刚收了棉花，洁白的大地瞬间暗淡，玉米也被砍掉了秸秆，周遭的杨树和红柳荆棘、杂草，也都在肃杀的西风中更显萧索。父亲、弟弟和弟媳妇的任务是：拔掉棉花秆，用拖拉机或毛驴车拉回来之后，再把田地翻松一遍。

仅仅半天时间，弟弟和弟媳妇就说："哎呀，可不行！这农活儿干不了，灰土大，田地还那么多，别说几个人，十个人也种不了这么多田地！"他们态度坚决。我有些失望。相对于南太行山高山低坡的崎岖，凡农活儿和粮食、化肥和土粪等，都要人肩扛背背；鼎新绿洲田地多而且广阔，到处平坦，可以用拖拉机代工，相对要轻松得多。可弟弟和弟媳妇觉得太苦，受不了这种农活儿，表示要回去。我叹息一声，看了看抽烟的父亲，问："爹，您觉得呢？"父亲一脸平静地说："俺没事儿，这里也差不多，老家也差不多，你说在哪儿，俺就在哪儿。"

弟弟和弟媳妇要回去，父亲也只能跟着走。我起初想让父亲住几天，可那么多东西，还带着两岁多点儿的孩子，弟弟和弟媳妇两人肯定不行。送他们走的时候，我拿出了我仅有的几百块钱。确实，那时候，我也很穷，虽然有工资，但也只有两千多块钱，结婚和生孩子的借款还没还完。为了省来回的车费，我都没到酒泉送父亲和弟弟一家。

那是一个早晨，旷野和村落里到处白霜，柳树和杨树叶子被冻得烂在了树上。我目送父亲和弟弟、弟媳妇，看着他们上了去往酒泉的班车，哭得眼泪止不住，要是不怕人看到，我真想放声大哭一场。

人在很多时候处在绝境，这种绝境并非生死考验，却比生死考验还要折损人的尊严。后来，我一直想请父亲再去巴丹吉林沙漠住一段时间，让我好好孝顺他一些日子。他们那次回到老家后，在母亲极力主张下，弟弟开始养鸡，大部分的活儿都是父母亲帮着他们干的。特别是父亲，掏运鸡粪，每天半夜起来喂鸡，无论寒风刺骨的下雪天还是暴雨之夜。

二〇〇八年春天，父亲胃疼，母亲依旧让父亲往田里挑鸡粪。父亲挑着两篮子重有一百多斤湿漉漉的鸡粪，弓着腰往山上走。父亲大声说："哎呀，俺干不了了啊！"一辈子争气要强的母亲说："干不了咋办，干不了也得干！"这个细节，是父亲罹患癌症，做不了手术，卧床不起的时候，母亲自责时说的。我莫名愤怒，忍不住狠狠瞪了她一眼。

二〇〇九年三月十日一时三十分，父亲走了，终年六十三周岁。等我赶回，他的左眼还睁着，已经失去光泽的瞳孔，依旧盯着门口。我欲哭无泪，也哭不出来，直到把他送往坟地的路上，我才放声痛哭。

这十多年来，我一直觉得自己很虚伪，很不孝。在如今的年代，一个普通人活到七十多岁，应当没一点儿悬念，可没想到，父亲竟然这么早就没了。我总以为还有时间孝敬他，每次说让他到西北来，母亲都说："家里这么多事儿，你弟弟还养着那么多鸡，去不了。"我觉得也是实情，也以为，再过几年时间，再好好孝顺他也不为迟。

对于某些事情，人总以为必定如何如何，其实，未来很虚妄，即便明日也不可靠。佛家所说的"活在当下"，也是一个严肃命题。尽管因为父亲的死，再加上其他方面的变故，二〇一一年到二〇一九年，我罹患了抑郁症，各种不适、疼痛和恐惧，如此几年，可谓九死一生，但从根本上说，我还是虚伪的，没有好好履行自己的责任和义务，没有让自己的父亲过上一天舒心日子，这是我一辈子的罪过。

许多年后的现在，每次想起父亲，除了我小时候，和他一起打柴、放羊、干活儿的一些情景常常浮现在脑海之外，就是那年在巴丹吉林沙漠西部边缘，他和弟弟、弟媳妇先后上车的情景。一个瘦瘦的、身形如弓的老人，站在路边，弯腰下蹲的那种卑微、可怜、痛苦的模样，让我看到一个人在这世上最无奈和悲催的人生。寒风吹彻大地，不见一个人影。正在这时候，班车来了，父亲佝偻着腰身，蹲下去，"嘿呀"一声挑起两个鼓鼓囊囊的编织袋，颤颤巍巍、弱不禁风地爬进车厢。不一会儿，他们就被那辆破烂的班车载着，徐徐消失在巨大的戈壁滩中，也消失在人世间的尘埃与苍茫中。

闯入者

他们的本意肯定是挣钱，多么实在而伟大的理由。沙漠戈壁，无论多少人来到，它都会扬沙迎接。我所在的单位于其中虽然小，但也算一片绿洲，位于戈壁和沙漠交界处，一片水草之地，其中长着一些杨树、榆树、槐树和沙枣树，因为有水，也才有了诸多的人和其他动物。大致从二十世纪五十年代末开始，就有人不断到这里工作生活。随着人口增加，也有了几家餐馆和小卖部。这一部分人，都来自外地，之所以屈身沙漠戈壁，目的就是买低卖高，解决单位人的闲时吃饭问题，为自己赚钱。我到这个单位来，当然也是为养家糊口，额外还有一点儿理想。我具体的职务是干事，工作是保卫。对于这门职业，我也算是门外汉，好在它并不复杂。其中一项，就是安全保密及对外来人员的清查管理。

因为人少，小卖部也少，仅此一家，所卖的货品，除香烟、酒水、零食之外，就是各种日用品。老板原先也在这里当兵，老家山东枣庄还是菏泽，在部队期间，谈了一个对象，娘家在百公里之外的金塔县，结婚后，他也就留在了西北。物质虽然不能代表爱情，但肯定是爱情的必需品。两人因为都没有其他职业养家糊口，为了生计，先是开了一家小卖部，又开了一个小餐馆。在这里工作的人，每到周末时间，工作之余没地方吃饭，或者老乡相聚，就到他那里去。我来到之后，先去他那里查看了小卖部、小餐馆的情况，把所有的人登记造册。

老板姓黄，个子不高，国字脸，粗眉毛，大眼睛，短下巴，常年寸头。见到我，黄老板非常客气，连忙递烟，又掏出打火机，准备给我点上。我谦虚地说："不用不用，咱们之间不客气。"他讪笑了一下，示意我坐下，又叫人给我倒茶。

黄老板的妻子颇为壮实，大眼睛，染着黄头发，看到我，只是两嘴角微微向上拉了一下之后，就又一脸的安静。他们雇用了厨师，二十多岁，见到我，眨巴几下眼睛，继续切土豆丝。还有两名服务员，脸颊上虽有高原红，但都俏丽。其中一个女子个子略高，眉目尤其好看，二十来岁，家在金塔县东坝乡；另一个身材娇小，但脸盘周正，说起话来，两腮总汪着涟漪般的笑意。

秋天，西风吹袭，沙漠再次陷入巨大的冷峭之中，先前滚烫的戈壁沙漠变得深沉、犹豫和不安，沙尘暴已经苏醒，在沙漠核心正在积攒杀伐果断的力量。上午，领导说，小餐馆的一名女服务员，经常去其他部门一个副职宿舍。这地方就那么点儿人，稍微有点儿风吹草动，连外面的野驴都知道了。

我连说明白。放下手头活计，顶着一阵衔沙的大风，走到餐馆。个子较低的那个女孩子正在吧台算账。见我进来，笑着说："您先坐，我去泡茶。"我笑着和她闲扯了几句，然后问起另外一名服务员。她说，她刚出去了。

高个子女服务员叫赵月月。我正在想，要不要到外面找找她，她就回来了，进餐馆门的时候，还哼着歌。一看我在，脸色有些发红。我惊异了一下，这女孩子，前些天还高原红严重，皮肤也发黑，不过一个月，就白皙了很多，眉毛一看就是做过的。从神情看，似乎正在爱情当中。我把赵月月叫到餐馆外面的一棵老杨树下，然后委婉地给她说了我的来意。她的脸色一会儿青一会儿白，慢慢把头低到了胸脯上。我叹息一声，又对她说："我们那个领导有家室，夫妻两地分居。如果他单身，你们的事情也好说。"她忽然抬起头，急切说："哎呀，领导，不是你说的那样。我和张副就是那么个朋友关系，绝对不是你说的那样。"我说："真是你说的那样更好了。人嘛，普天下都可以是朋友，你也知道，但这里人少嘴杂。我个人建议，以后还是注意着点儿好，一个女孩子家家的，别老去单身干部的宿舍。"说完这些话，我也觉得残忍，不过也以为，这女孩才二十来岁，人生还长，这样说似乎也没什么不妥当。

我也常去他们餐馆吃饭，有时候例行巡查。冬天，我才发觉很久没见那女孩子了，一问黄老板，才知道，她已经辞职了，后来去了哪里不知道。几乎与此同时，我也听人说，和那个女孩子关系好的张副，几年前就和老婆离了婚，原因不清楚。长期两地分居的夫妻，总是会遇到这样那样的问题。现在的张副，也是单身。我不知其详。当年年底，张副也离开了单位，据说回了原籍，在卫生局工作。还有人说，他把那个女孩子带回了陕西汉中。这件事令我很久没有回过神来，左想右想，横竖不是滋味，只能在心里祝福他们，更主要的是祝福那个女孩子。

此后不久，那名小个子服务员也走了。后来我听说，她正在和一个河南籍的退伍战士谈恋爱，可能也跟着去了河南。这类事情，倒是经常发生。在戈壁大漠，基本上是硬如钢筋的男人，一见到女的，眼睛都放绿光。当地有句话说，三年戈壁滩，母猪赛貂蝉。在戈壁滩待久了，一见到女的，就容易眼花缭乱，六神无主，这也是人之常情。世上的事情，都是男女之间才可能发生，也才千奇百怪，有滋有味。

两名服务员都走了，黄老板又从他山东老家找了两人。其中一个，宽脸，眉毛粗长，嘴巴小，一口山东方言，可能是他亲戚的孩子，不参与餐馆管理，只负责小卖部售货。我有时候去买烟和日用品之类的，因为是半个老乡，没事的时候，也和她拉呱几句。那时我不到三十岁，她二十一二岁。两人聊起来，也很投缘。去得多了，居然有人传说我和这女孩子有啥关系。我急忙改过自新，此后极少再去小卖部了。

再小的地方，也故事多多，无中生有的、确有其事的、真真假假的，往往分不清。这一年冬天，我突然接到报告，说有人在围墙边看到一个衣衫褴褛的男的。这样的事情，在城市不足为奇，但在这人迹罕至的戈壁沙漠，倒是蹊跷，即便是乞讨者，怎么会到这几无人烟的地方来呢？那男的大约四十岁，蓬头垢面，胡须和头发一样长，满脸黑泥和灰垢，穿着一件破了的黄棉大衣。我带着几个人，照例盘问了一番。他说他姓张，老家甘肃镇原县，因为爹娘先后没了，自己只能到处讨饭为生。就此，我给领导建议，派辆车，把他送到通往金塔酒泉的马路边，让他沿着公路到人口较为密集的地方走去，利于他乞讨而生。

领导同意。

几天后，我听说，有人在鼎新镇附近戈壁滩上，看到一个人，已经被冻死了。当地公安介入，说是一个乞讨者。我大吃一惊，问是不是那位镇原男子。可没人知道，到底具体什么情况，死者究竟是谁。

这件事一直困扰着我，如果真的是他，我的罪孽不可饶恕！

黄老板的餐馆食客不少，貌似能赚钱，但雇请的服务员多，仅人员工资，就是不小的开支。再加上他所用、所售的一切货品都是从三百公里之外的酒泉市运来的，做了几年生意，看他那依旧不温不火的样子，好像也没有赚到什么钱。

第三年夏天，黄老板收了欠账，也走人了。另一个人接手。这些做生意的外地人，基本上和本单位领导有些关系。不然，他们也不会知道这沙漠戈壁深处，有我们这么一些人在其中生活，也有日常生活中的烟酒需求和课余时间同事、老乡之间的聚餐需求。人在世上，总是凡俗的，吃喝拉撒、交际之需，包含了人自身和内心的诸多期待，特别是同乡同事之间闲暇小坐，当然也是一种生活享受。

几乎与此同时，我也再次被调回到机关工作。

有一次去菜市场，却发现，黄老板夫妇又在那里开了一家餐馆和一家KTV。见到我，他俩都很热情，还引我到餐馆和KTV参观，餐馆倒是窗明几净，比原先在戈壁深处的那家显得高档且美观。KTV里却很幽暗，还有几个穿着比较暴露的女孩子，仰躺在包间吹风扇，见我进来，才慢腾腾坐直身子。转身走出来，我忽然觉得其中一个女孩子似曾相识，可一时又想不起在哪里见过。

戈壁深处的两位旧识

很多年以后，我总是想起他。一个小个子湖北人，曾在一个基层单位当主管。每逢周末，他会喊我去他那里，一口小铁锅、一棵白菜，沸腾的火锅料麻辣鲜香，弥漫在孤独的小房间里，进而顺着窗户，在空荡荡的戈壁上奔窜。他姓汤，眉眼周正，双目炯炯，若不是个头儿小，定是一个俊美男子。人有一缺，必有所长，汤是单位的技术能手，前些年仕途上也比较顺利，但他似乎不怎么快乐。他妻子山东人。他的恋爱史，说起来还有点儿意思。几年前，他去一个店里吃饭，遇到了一个身材高挑儿的山东女子，居然觉得闭月羞花，心中浪花一朵接着一朵飞溅，而且一朵比一朵鲜艳，不断冲上一个又一个高度。此后，有事没事他就往那店里跑。一来二去，日久天长，就成了一桩美事。

他说，这是缘分。我说，这肯定是缘分。要不然，他湖北的，嫂子山东的，两个人本来八竿子打不着，一家小餐馆，成就了他们俩美好姻缘。他笑着说，其实是荷尔蒙作用，要是在城市，哎呀，算了，这辈子命该如此。我也笑。有时候，他媳妇也会带孩子来，住在临时家属房。他叫我去吃饭。他媳妇我也认得，当年，我也像他那般经常去一些餐馆吃饭，看到姿色不错的服务员，贼心就怦怦乱动。那时候，大凡单身的男人，都正处在火急火燎、长夜难耐的求偶期。

他媳妇的亲戚是单位的一位老职工，退休后，开了一家餐馆。因为缺少服务员，她在山东老家也没事做，就来到这戈壁深处。她自己也说："当初，只是来给舅舅帮忙，到底能不能挣钱，心中没底。当然，能挣些钱回去当然更好。谁知道，遇到了这个人。有事没事往我们店里跑。没人时还对俺动手动脚。"她说的时候，汤眼睛斜看着她，眨巴几下，示意她赶紧别说了。她心里也很明白，却大声对汤说："哎呀，老汤，你这个浑球，自己干的事不承认？"汤低头嘿嘿笑。她又问："要是现在，你还会像当时那样不？"

汤使劲儿摇头。她站起来，朝汤的屁股上踢了一脚。

这也是平常夫妻日常生活的一幕，有温情，也有难言之隐。人在很多时候的选择总是不够完美，人也是时间和环境的产物。正如汤所说，若是在城市等人口密集之所，择偶可选择余地肯定更大一些。在这沙漠戈壁之中，别说像汤夫人那般眉清目秀、身材瘦溜的美女，即使五大三粗、歪鼻子斜脸的适龄女子，也不缺人眼馋。

汤说，爱情这玩意儿，就是你不小心撞了我的腰，我有意蹭了下你的胳膊。你转身，恰好我也在看，四只眼，王八看绿豆，对上了，就成了。

这话糙理不糙。

西风刮得人浑身结冰，在旷野里撒泡尿都能收获一串冰凌。一到工作任务不紧张的时候，汤给我打电话，赶紧来吃白菜。其实我爱吃萝卜。他就多准备了一些白萝卜和红萝卜，洗净，用小刀斩断，丢进火锅里。全是素的，没有一点儿肉，可我俩都觉得很好吃。我说，吃肉不是好事。他也说，猪牛羊，人家也是命，吃它们的肉，貌似正常，可一旦猪牛羊吃人肉的话……

我赶紧打断他的话，说：“吃素菜时，咱们能不能不说这些荤腥的事？”

有一天，汤又找我，两人不仅吃了白菜萝卜，还说了一些话。他神情凝重，看着窗户上结着的厚厚的霜花，叹了一口气，说，这都五年了，还没动动，得想办法。我立马明白，汤是觉得自己在这个位置上久了，该动一下了。我也附和说，确实如此，不过，论能力他没问题，论人脉他也没问题。

他苦笑说，都有问题。我说：“你老婆的舅舅，不是和咱们某个领导关系挺好的吗？”

他说：“话虽这样说，一个老职工，一个在位领导，你觉得这里面有距离没？”

我“哦”了一声，心情也沉重起来。次年春天的一个周末，汤对我说：“兄弟，我要走了。”我惊诧，他笑笑说：“与其在这里半死不活，倒不如一身干净地回地方就业。”我说：“你这样做可惜了，一身才华，尤其是你的遥测、遥感技术，你是单位的顶梁柱。”汤笑了笑说：“这些都是暂时的。这不，几年来，一些新手也都成长起来了。再说，一个单位，离了谁，都照样转得呼呼不停，甚至更好。我这样的，没你说的那么重要。”从汤的话中，我听出了沮丧和绝望。果不其然，次年春天，汤真的走了，带着自己的妻儿，去了广东一座城市。

临行前，他对我说，广东那边一个科研院所很欢迎他去，专业也对口。更重要的，干技术就是干技术，可以把人生过得纯粹一点儿，一辈子只做一件事，做好就行了。之前，因为身有职务，看着同学们噌噌地飞黄腾达了，自己还原地踏步，总觉得低人一头。这下好了，真正做到了断舍离，以后，就可以活得真实和简单一些了。

我笑了笑，拍了拍他的肩膀，对他说：“祝福你，啥时候想回来看看了，就跟我联系。”他点了点头，看着我说：“那肯定的，不过到时候不是白菜萝卜了，必须烤肉、啤酒，还有烤羊腰子。”我说：“这没问题，管你够！”

这时候，徐徐东风之中，已经有了亲近人的肌肤的暖意，杨树和柳树，也都萌发了暖黄的叶芽。

汤走了，我心里空落落的。没人和我聊天解闷，每天的空闲时间只能在戈壁上走来走去；不冷的时候，坐在沙堆上看夕阳，被奔跑的黑甲虫和蜥蜴吸引。这些沙漠中的小动物，像沙子般毫不起眼，跑来跑去，都是为了吃饱穿暖，生儿育女。不只蜥蜴和黑甲虫，沙鸡、狐狸和骆驼等也不例外。我想到汤，他可能真的是想去过一种简单的生活，去做很专业的研究，不用考虑身外之事。我也觉得，人生应当纯粹一些，去做自己能做的、喜欢的、能尽心力做好的事情，也就足够了，没必要去追求额外的东西，如官职、荣誉和其他一些物质需求。

有一次，我到另一个单位公干，晚上，一个老乡要我留下来吃饭。他所在的单位，也是一个小点号，几十个人、几台设备，长年累月，在戈壁滩上过着一种单调的生活。我和他在房间聊天，扯老家的一些人事，正热火朝天，一个黑脸膛、长得壮实的男人走进来说："可以吃饭喽！"一听口音，就是四川人。老乡说，这是他们的二中队的中队长曹磊。我赶紧端起一张笑脸，叫了一声："曹队。"

戈壁大漠中的小点号，东西不靠，出门就是大旷野，没人来这里开餐馆，来个客人，一般都在家属院炒几个菜而已。几个人坐在小马扎上，开始喝酒吃菜。我注意到，曹队老婆比较漂亮，按照四川方言说，长得有点儿乖。我们几人在喝酒说话，曹队也端起杯子。我老乡脸色一变，大声说："老曹，你就不要喝了！"曹队嘿嘿笑了一下，说："教导员，喝上它一杯两杯的，没得事，没得事。"我奇怪地看了看我老乡。老乡说："老曹，真的不要喝了，你那个身体。"曹队有些尴尬，看了看我。正在这时，曹队的老婆端着一盘清炒藕片进来，看到曹队端着一杯酒，眼睛一瞪，看着曹队说："你个瓜娃子，还喝酒！"曹队一个哆嗦，放下酒杯，双手放在膝盖上蹭了蹭。

吃完饭，送我回去的路上，老乡说，那个曹队，名叫曹磊，是个很好的人，以前在另一个单位工作，那地方水质差，好几个人都得了慢性肾炎，曹队也是，七八年前还换了一个肾。我有些吃惊。老乡又说，他们两口子都是四川人，做得一手好菜，凡有人来了，都在他们家。我说，不让他喝酒是对的。老乡说，据说换的肾最久也就管十三年，然后还得换。我听了，心情蓦然沉重了起来。

因为在他的家属院吃过一次饭，我和老曹就算认识了，平时开会，见面都打招呼，有一次，他和我老乡一起来了，我照例请吃饭。中午，到小餐馆去。我和老乡都觉得，不喝几杯酒，就不算吃饭，但中午只能整几瓶啤酒。看着我们喝，老曹不停用筷子敲盘子，我们知道他也想喝点儿，但不能让他喝。没想到，曹磊竟然抓起刚开了的啤酒，倒了半碗，然后一口气灌了下去。

我摇头叹息，老乡因为和他同一个单位，自然很熟悉，看样子也挺要好。他当即呵斥曹磊说："你小子不要命了！"曹磊嘿嘿笑了一下，抹了一下嘴巴。

如此几年后，单位突然号召捐款，为的是帮曹磊再次换肾。我自然义不容辞。我也知道，先前和曹磊同单位的几个战友，也先后患了慢性肾炎，有两人已经不在人世了。我在想，只要有合适的肾源，曹磊一定能继续生活下去的。却没想到，几个月后，传来曹磊换肾时超急排斥，最终失败，人没了的消息。

这个消息，在那个依旧平淡无奇的上午，显得格外突兀和怪异。单位总共才几百人，大多数都互相认识，见面即使叫不出名字，也知道是哪个单位的。

曹磊因换肾失败离世，让我第一次认识到了疾病的强大杀伤力，也觉得，曹磊之所以会换肾失败，大致和他平时喜好喝酒有关。还有人私下说："这小子，明知道自己肾坏了，还娶个年轻老婆，真是没法说！"曹磊的死，让我有一种奇怪的矛盾心理，即人在很多时候是无法控制自己的习惯与欲望的，控制力才是真正强大的东西。尽管肉体里住着欲望，但欲望在很多时候并不受控于肉身，甚至会裹挟肉身，并且会使得这一本体成为欲望和习惯的触发原点。不仅是曹磊，每个人都是如此。只要肉身存在，作为一个现实生活中的人，就无法摆脱，且永远沉浸其中。

汤的白菜萝卜，以及他后来选择携妻带儿转移到其他地方生活，与曹磊的几面之缘到他诀别人世，使得我在戈壁沙漠深处的内心，总有一种挥之不去的惊悚和恍惚感。也才明白，人在某一地的时间长短，包括到来和离去的方式，似乎是有定数的。汤离开后，起初几年，偶尔还来电话，后来就没了任何消息。先前留的电话号码，也都换成了其他人应答。我时常想，汤现在一定在过着一种简单的生活，他和他山东媳妇的孩子，也早该大学毕业，甚至成家了。而曹磊，活了一场，没有留下自己的子女，就连他自己，在这个世界上也再找不到任何蛛丝马迹了。

林江东的沙漠爱情

也不知什么原因，理发店总是令人狐疑。西门的菜市场开了一家，店主是一个眉眼周正的女子，二十多岁。去她店里理发的人，大都是附近菜市场的民工、小贩和老板之类的外来者。我每次去菜市场，路过那家理发店的时候，也会偷偷瞄几眼。在这雌性寥若晨星的沙漠戈壁，凡是女性聚集的场所，总会惹来无数的好奇心甚至求偶的渴望。我有几次看到一个身材丰腴，柳叶眉、丹凤眼，脸色白皙的女子，衣装周正地或坐在店里沙发上，或站在门口纳凉，模样俊俏而又娴静；冬天则是坐在小凳子上，一边织毛衣，一边晒太阳。

忽有一日，一个退休医生在她的理发店隔壁开了一家诊所，两家店挨着。这位医生，也是对我有恩的人，他很热心地把我推荐给了单位领导，理由是，他觉得我是一个很有前途的青年人才。那位领导之前也是一位医生，是他带的徒弟。因了这件事，我感激不尽。他的诊所开张以后，我随时随地做宣传，遇到需要就诊的人，就介绍过去。尽管后来我才知道世上还有拉皮条和“托儿”一说，但那时候自己却浑然不觉。

燥热的夏天使人浑身长黄毛，早晚时段比较凉快。没事的时候，我就骑着自行车溜达，每每去菜市场，都要去他的诊所看看，主要是问候对我有知遇之恩的医生；遇到有人就诊，就在一边手舞足蹈、煞有介事地夸医生医术高超、人品高尚。再一年，我所在的单位又调来一个名叫林江东的空军中尉，和我一个宿舍。两人关系还处得不错。除了正常的工作任务，两人偶尔合作打打游戏，是那种坦克大战，一人一个遥控器，周末常打得天昏地暗，错过了饭点，就只好去周边的小餐馆解决吃饭问题。

林江东起初在另一个单位做技术员，熟悉非线性编辑系统，因此，我和他，莫名其妙地就到了一个单位，而且同宿舍。技术问题解决了，播音员难找，因为都是义务劳动，没有任何酬劳，最多到年底给一个名副其实的嘉奖。正在一筹莫展之时，有一次，我去那位老医生开的诊所，遇到他女儿，一看长相，再听说话，确信她是比较理想的播音员人选。

女人脾气大，尤其有些姿色和地位的，更不得了。但在录播过程中，我们的关系一直不错，配合挺好。只是她对她老公的态度却令我害怕，甚至让我不想恋爱，更不想成家。每次录播时，一个肤色白皙、个子较高的男人，就站在录播室外等她，帮她倒水、拿衣服，殷勤之至。可她动不动就大发脾气，当众把老公骂得脸色难看。

林江东为人中庸，即使播音员无故发飙，他也只是笑笑，再好言劝慰一番，每次都比较顺利。有一个周末，我和林江东到餐馆吃饭，兴之所至，要了一瓶酒。两人喝到微醺，林江东大着舌头说：“哎呀，那谁给我介绍了一个对象，你知道是谁吗？”我说：“这是好事啊，我求爷爷告奶奶请人给我介绍对象，可连个人毛都没找到。”

林江东说：“好事倒是好事，可你知道那个女的是谁吗？”

我说：“那是人家给你介绍的，我咋知道？”

林江东“哼”了一声说：“就是菜市场理发店的那个。”

我问：“哪个？”

林江东说：“就是那个菜市场理发店的呗！还有哪个？”

我睁大眼睛，问他：“该不是诊所旁边的那个吧？”

林江东“嗯”了一声：“就是那个！”

我一拍大腿，又倒了一满杯酒，端起来，对林江东说：“来，祝贺你，哥们儿！”林江东“哼”了一声说：“理发的，不好，没啥祝贺的。说真的，那女的还不如大漠酒家的张娟。”我停下酒杯，“哦”了一声。脑子里浮现出一个身材娇小但匀称，说话总是带着盈盈笑意的女子。

张娟确实是一个美人，性格也很好。每次去大漠酒家吃饭，她都会专门进我们包间说几句客套话。当时，林江东就说，这是个好女孩儿。

不久，我们宿舍电话总占线，后来，我才知道林江东已经和张娟聊上了，但没有明确关系。当播音员问他有无谈对象的时候，林江东没说他和张娟的事儿，半开玩笑地说："我这样的，哪有人看得上啊，光棍儿光得只剩下两只鞋了！"说者无心，听者有意。播音员回家，和她当医生的父亲讲了，老人家热心，就把理发店的那女的介绍给了林江东。

我不知道林江东到底怎么想的，那时候，我的爱情观很奇葩，即不管对方是做什么职业的，只要人好，自己也真喜欢就行，不用过多考虑其他东西。再深一点儿说，即使对方有过某些不堪经历，只要有一颗好心，将来孝敬公婆，对老公真心实意就好。而林江东说："恋爱的目的虽然不一定要结婚成家，可恋爱的对象也要和自己匹配。那老医生给我介绍的，实在不靠谱。说穿了，是对我的轻视。好像我这样的，只配找一个理发女一样。"

听了林江东的话，我茫然了一阵子。

转眼秋天，一切寥落，戈壁内外，充满了凌厉的西风，以及被它掀动的沙丘和被揉碎了的黄尘。有一晚，我正在梦中想媳妇，门开了，林江东回来，又拿了洗漱用品，进了卫生间。我想这小子一定和他同乡又去喝酒了。林江东出来了，看我睁开了眼睛，掏出香烟，递给我一根。我看了看他的脸色，问他："没喝酒啊？"林江东说："喝啥酒啊！"我"啊"了一声，起身也去卫生间方便了一下，回来钻进被窝，就要睡。林江东突然嘿嘿笑了一声，又语气怪异地对我说："我刚从理发店回来。"

我“嗯”了一声，从他的语气和神情中，我大致明白了。林江东掐掉烟头，又夸张地叹息了一声，看着我说：“这事儿绝对不行。”我说：“占了便宜还卖乖？”林江东说：“那个刘悦吧，人倒还可以，就是那个啥，哎呀，不是完整的女人了！”我盯着林江东看了半天，然后郑重其事地对他说：“这年月你要找完整的，估计得带上被子褥子，到幼儿园去蹲守。像我们这样，在沙漠戈壁打游击，那当然不行了。”

他嘿嘿笑。

我很羡慕林江东。一个女人，能够从身体上接纳一个男人，对于身处戈壁沙漠的我们这些单身大龄青年来说，那真是一种无上的福分甚至恩泽。林江东有了这样一个女人，不管真心还是假意，都比我优越和幸福。

恋爱的人和单身无靠的人的生活规律完全不同。林江东经常不在宿舍，我也因此有了单独空间，写自己喜欢的小诗歌、小散文。这一年冬天的一个夜晚，我正在看录像带，一个女的带着一身的冷风，急匆匆地冲进了房间。一进门，就上气不接下气地说她叫朱秀秀，在大漠酒家做过三个多月的服务员，家在三十里外鼎新镇新民村。她来的目的是找林江东。我起初以为林江东对这个女的始乱终弃，这一次，朱秀秀是来找事的。

朱秀秀坐在林江东的床上，一边吞吐着热气，一边说：“林江东人很好，俺也喜欢，俺爹娘也喜欢，说他这个人心眼儿不错，人没架子。他上次去过俺们家，喝了酒，对俺爹娘说，他要娶俺当老婆！俺全家都当真了！可这都几个月了，他连个电话也没有。这不，俺骑着自行车来了。”

我大惊，这么冷的天，平均零下二十多摄氏度，一个女的骑自行车走了三十里路，来找一个男人，这该是多深厚的感情啊！我正在给她倒热水，电话叮叮响起，里面传来林江东的声音。他问我，是不是有个女的来了。我看了一眼朱秀秀，“嗯”了一声。朱秀秀似乎也觉察了什么，大声说：“林江东，你真尿，连个面都不敢见了！”我正要说点儿什么，林江东语气急匆匆地说：“你告诉她，我休假了，要两个月才回来。”话还没有说完，他就挂了电话。

那时候，那一片沙漠戈壁，也才开通小灵通，能用得上手机的人少之又少。朱秀秀拿起电话，回拨过去，嘟嘟了好一阵子，也没人接。我猜想，林江东可能躲到他那个老乡家里去了，知道是回拨电话，故意不接。我想了想，觉得也只能配合林江东把戏演下去，就对朱秀秀说，林江东确实休假了，至少得一个月才回来。

朱秀秀眼泪流了下来，哽咽着问我：“你知道他是山东哪里的不？他家的地址和电话号码有没有？”我说：“他的家我没去过，怎么知道呢？”朱秀秀哭了起来，身体一抽一抽的。我手足无措，连声对她说：“哎呀，你别这样，旁边的人听到了，还以为发生了啥事。”朱秀秀拿了林江东床上的卫生纸，擦了擦眼泪，抽泣着说：“对不起，俺没想到这一层。俺想，他林江东这样做事情，表明心里根本没俺这个人。算了，强扭的瓜甜不了。你给他说，俺以后就是死，嫁给一个傻子瘸子，也不会再来看他林江东一眼！”说完，朱秀秀夺门而出。我怔在原地，一时不知道怎么办好。想了一会儿，我披上大衣追了出去，却发现，除了月光下冰冷的空地与空无一人的道路，一个人影也没有。栖落在光秃杨树枝上的乌鸦，无意叫了一声，使得这寂寥和悲怆的夜晚更加空旷。

凌晨，林江东回来了，我还没睡。见他进来，我就说：“你这样做……恐怕不好吧，这么冷的夜。一个女孩子，骑自行车回去，要是半路上有个啥不好的事儿……”林江东说：“你就放下你那颗咸吃萝卜淡操心的心吧，我刚才在外面见到她以后，在招待所给她登记了一个房间。”我说：“这样最好了。命比爱情重要。”林江东苦笑了一下说：“其实啊，我心里边根本没那个意思，她自己以为我有心和她怎么样。”

我没说话。

往后的日子里，不断有人打电话来找林江东。同时，我也了解到，林江东的父母也不想他在这边找媳妇。另外，林江东透露消息说，他可能要被调到济南去。我觉得这不太可能。跨兵种跨军区的事儿，一般人难以办到。

对于林江东的恋爱情况，我越来越迷惑，但也不好意思打听。男女之事，终究是当事者自身的事情，其他人再怎么设身处地，也还是如坠雾中。我所知道的情况是，大漠酒家的张娟在我们这片沙漠戈壁消失了，老板说她回了老家，而且还是一个老板模样的男人，坐飞机专程来接她的。

朱秀秀我也没再见到过。

平时，我和林江东依旧一起工作，还在同一个宿舍。他率先用上了手机，一有电话，就到外面去了。有一次吃饭，喝了点儿，我对林江东说："那个理发店关门了。"林江东说："啊，你说那个刘悦啊，她是离过婚的。再后来，和她没啥联系了。据说，她现在在酒泉。"我又趁机问他和张娟，还有朱秀秀的事儿。林江东说："别看张娟是一名服务员，可来头不小，她家里给她介绍了一个当地挖矿的老板，估计现在结婚了，说不定都有了孩子。至于朱秀秀，人家也结了婚了，现在在酒泉。"

我有些黯然。这时候，我也谈上了恋爱。对男女的事情，也有了初步的了解。三年后的一个秋天，我和我对象正在酒泉玩儿，突然接到林江东电话，他说他的调令来了，就要到济南工作了。我说我在酒泉等他，吃个饭。见了面，却发现，林江东还带了一个身材丰腴、模样俏丽的女子，一听口音，是山东的。我没多说，两个人只是喝酒，我对象和林江东对象叽叽喳喳，说些男人觉得烦琐和没意思的家常话。

次日一大早，西风吹着满世界的枯枝败叶，林江东在电话里说，他们已经到了车站，要是没啥意外情况的话，他这个手机号应该不会变，我若到济南，跟他联系。我说好。去办理退房手续时，我突然看到一个女的，穿着宾馆制服，推着服务车，要去打扫房间的样子。擦肩而过的瞬间，我忽然想起，这女的，就是先前在我们单位菜市场开理发店，林江东所说的刘悦。

酒泉一别之后，林江东就再也没了消息，他给我的电话号码，也很快就变成了另外一个人的。如今算来，二十六七年了，曾经的同事、相处不错的室友，就像我们当年在戈壁沙漠经常看到的风中翻飞的塑料袋和枯叶，在偌大的人世间，早已经失去了对方的任何踪迹和消息。

许蓝莓和赵梦起

她的家距离我和赵梦起所在单位最近，即便步行，也只要十多分钟。我第一次去，是一个秋天，骑着自行车，出营区大门，穿过多次改建修缮、各种营生齐全的菜市场，再通过一个弯道，路过一片荒滩，就到了东岔村。

这是金塔县第二大绿洲，濒临弱水河，面积2475.34平方千米，总人口11241人。村人主要以种植、放牧为生，其中最值钱的农作物是棉花，春夏秋三季，还有各种蔬菜和水果在菜市场售卖，冬天则主要宰羊卖肉。按当地人说法，他们这里的羊子吃的都是甘草、苁蓉、锁阳等草药，拉的是六味地黄丸。事实上，羊的食物主要是玉米、棉花、豌豆、大豆秸秆，以及盐碱地上的马莲草、芨芨草、蒲公英、灰灰菜、马耳朵、狗尾巴草，以及红柳、沙枣树和榆树叶子等。甘草、肉苁蓉、锁阳虽然也有，但毕竟很少。

她叫许蓝莓，一个二十多岁的女孩子，方脸、粗眉毛、大眼睛。起初和她认识，是在一家餐馆。一般的情况下，附近村里的女孩子，到了一定年纪，没考上大学，也还没谈婚论嫁的，多数都外出打工。那时候，我也是一名单身男青年，有几次和几个战友、同事，去她所在的那家小餐馆吃饭，啤酒喝多了，就开始胡说八道。在沙漠戈壁，生活本来就枯燥，再加上都是以男性为主，见到女子自然两眼放绿光。

这也是人之常情——无论科技如何发达，智慧工具如何替代人的本能，人的主体性欲望永存。但人之所以有灵性和高贵，就在于有自我克制的能力，更有道德底线。尽管女性很少，可在这里工作的人们，大都不愿意和当地农村女子恋爱，更不想和她们结婚。凡是略微有点儿身份和地位的，就想找个门当户对的，比如教师、公务员、企事业单位的女子。按照他们的话说，这叫门当户对，双方都有收入，生活起来比较轻松。

人和人毕竟不同。长期以来，也有一些同事在当地农村找了对象，有的回了老家，有的依旧留在这里。这里的女孩子也渴望找一个公职人员结婚生子，然后随军，这样一来，自身的命运也会发生根本性的转变。

和我同乡的赵梦起是一个颇有侠肝义胆的人，他家条件不太好，可对我们这些老乡可谓情深义重——谁有事儿了，他宁可自己节省，也要出钱帮助。我夸他是“最后的燕赵之地慷慨之士”，其他几个老乡也认可我的这一说法。

我去许蓝莓家，就缘于赵梦起。

赵梦起矮胖、宽脸、粗眉毛，说话犹如高音喇叭，即使说私密事儿，他也声如洪钟。又是一个周末，我俩又去许蓝莓所在的餐馆小坐，醉眼迷离之间，赵梦起说：“这女孩子倒还不错，朴实，娶回家做老婆肯定好。”我问他：“怎么这样想？”赵梦起说：“俺出身农村，村里的娘儿们见得多了，哪个是过日子的好手，哪个光吃饭不搌闲（济南方言，不行的意思），俺还是能看出来的。”我说：“这倒是一个实际情况。俺也知道。”赵梦起又说：“在这里五年，要是能留下，成为一个吃皇粮的，那肯定是祖坟上冒青烟了；要是卷着铺盖回家，顺便带个媳妇回去也不赖！”

说这话的时候，赵梦起的眼睛一直瞟着许蓝莓。

我一看就明白了，压低声音对他说：“要不俺先跟你通个气，以后……你再亲自上阵？”赵梦起“哦”了一声，说：“俺倒是也跟俺爹娘说过这个事儿，还有这个……”啊！我立马明白了他的意思。趁着酒意，我正要起身去给许蓝莓说，赵梦起却一把把我拉住说：“哎呀，这个事儿，哪能当着俺的面儿说呢？万一人家看不上俺哩！”我忍不住笑了笑，端起一杯啤酒，说：“来，干了它！”赵梦起的粗手指抓住玻璃酒杯，一仰头，就把一杯啤酒喝了下去。

这一次去许蓝莓家，我的任务是替赵梦起传话。

许蓝莓的家和其他鼎新绿洲人家一样，一座低矮的小四合院，所有的房屋也都是夯土版筑而成的。正屋一侧，有一个不起眼的小巷道，穿过去是厕所，再后面是果园，蔚然庞大，其中有桃树、李广杏树、苹果树、大枣树等，树下栽种着茄子、辣椒、番茄、豆角、黄豆、西葫芦等蔬菜。

正是苹果成熟的时候，许蓝莓摘了几个，用清水洗净，又拿着小刀，给我削了一个。她父母看起来五十多岁，一个个黑红脸膛，一看就是本分的庄稼人。两位老人也很热情。她母亲更殷勤，给我倒水，还放了一小撮茶叶，可这里的水碱性很大，泡茶的话，味道更苦涩，我不愿意喝，可盛情难却。她父亲体型高大，长方脸，看起来也很英俊，只是皱纹太多，再加上黝黑，显得很苍老。

天下农民大抵如此。趁她父母不在场，我给许蓝莓说了赵梦起的想法。许蓝莓脸红得跟她们家果园里最高处的那枚苹果一样，头脸几乎窝进了胸脯，好久没说话。

我又说："这个事儿，只能你自己想。我嘛，就是一个传话的。你想好了以后，给我说下就行。"许蓝莓还是不说话。我笑了一下，起身走了出来。许蓝莓的家正对着公路，总有各种车辆疾驰而过。

东岔村的民居都差不多，分列在公路两边，几乎门对门。正是秋天，村人们都忙着在田里摘棉花。许蓝莓也因此请假回来帮忙。各种果实成熟的香味和浆汁味道充斥村庄。我告辞出门，骑着自行车回返。回到单位，打电话给赵梦起。听了这个情况，赵梦起语气沮丧地说："唐突了，冒失了，还真是人家瞧不上俺哩！"

我说："别扯了，我看人家许蓝莓还是很朴素的一个人，没你想的那么复杂。”赵梦起叹了一口气，说：“俺还想到一个情况，万一俺不在这里了，人家爹娘，让不让闺女跟俺走呢？”

我“哦”了一声，说：“这倒是一个实际情况。”

这一次，我倒忘了问许蓝莓有没有姐妹和哥哥弟弟之类的了。

随后的冬天令人厌倦，沙尘暴频繁，即使晴天，也冷得让人手脚不安、六神无主。刀刃般的西风中，尘土日复一日，连光秃的杨树身上都沾了厚厚的一层。元旦时候，赵梦起又喊我一起，去了许蓝莓的家。此前，我已经打听到，许蓝莓只有一个姐姐，几年前出嫁，也在附近一个村子。这么一来，从父母这边来看，许蓝莓远嫁的可能性很小。可许蓝莓倒是觉得赵梦起这个人实在，有男人气，说话声音虽然很大，但做事、干活儿很细心，她也喜欢赵梦起。

赵梦起在机务中队工作，每天面对的是各种机器零件的拆卸安装和发动机等部位的检查清理，不细心肯定干不好。

在许蓝莓家，我们吃手抓羊肉、红焖鸡、拌海苔粉丝，还有炒土豆丝之类的，喝了一场大酒。赵梦起叫了一辆车，把我送回单位，他自己在许蓝莓家沉沉醉倒。这样一来，赵梦起和许蓝莓的事情就算确定了。许蓝莓随即辞去了在餐馆的工作。每到周末，赵梦起就骑着自行车，不管日光暴烈的夏天，还是风卷石头的隆冬，都会准时出现在许蓝莓家。我和其他几个老乡、同事也先后去了很多次，看到赵梦起和许蓝莓在一起很开心的样子，颇为羡慕，心里还有点儿嫉妒。毕竟，在沙漠戈壁，又正值“窈窕淑女，君子好逑”的青春期，对于爱情和婚姻，每个人都是渴望的。我也听说，多年来，也有一些外地来到巴丹吉林沙漠工作的人，在当地找了对象，然后带回老家去。当然，男的留在当地的，也不在少数。

在巴丹吉林沙漠第三年秋天，我去军校读书了。再一年，当年同来的老乡们，基本上回了原籍。赵梦起也离开了部队，但他却没回我们河北老家，而是和许蓝莓，在东岔村外承包了一百亩盐碱地，然后将之改造成良田，每年种植棉花和西瓜、白兰瓜、黄河蜜、哈密瓜，遇到好的年景，除去人工和肥料之类的开销，赚几万到几十万块钱不等。

有很多次，他和许蓝莓邀请我去家里吃饭，我当然要去，直到我也结婚成家之后，两家交往还很密切。许蓝莓和赵梦起生了两个孩子，老大女儿，老二儿子。老大跟他姓赵，生了老二，就跟许蓝莓的姓。赵梦起说，他们还想再生一个。我觉得挺好，端起一杯酒，拍了拍他的肩膀，说：“哥们儿，好样儿的！”

这时候，以前有些胖的赵梦起瘦了，脸色黑红，只有一口牙齿洁白。

张海虎和岳媚媚

张海虎带来一个女的，模样倒是很好看，但脸上的脂粉有点儿厚，还描眉画眼，染着一口猩红的嘴唇。他请吃饭，我们几个老乡都欣然应邀了。那时候，我们大都单身，蓦然有一人捷足先登，和某个女的处上了对象，醋意立马冲天而起，迎风十里酸掉牙不说，还一肚子不服气。在我们八九十个同年兵当中，张海虎第一个考上军校，入学之前，他在酒店摆了一桌，名义上招待我们这些老乡，可在我们看来，炫耀的意味更浓。

这一次，他又是第一个处上了对象，把个腰身丰腴、眼波流转的女子带到了我们跟前。我说："张海虎啊张海虎，你小子这哪儿是请我们吃饭，是叫我们来看你和你对象卿卿我我，你侬我侬来了。"安平也说："哼，这家伙就是不一样，当了干部，立马就有了未婚妻，这简直就是拿着铁饼朝咱们这些人脸上猛拍啊！"

但气话只是说说而已，老乡叫吃饭，没啥真要紧的事儿必须得去。

那时候的沙漠戈壁之中，餐馆很少，上档次的倒是有几家，其他的都是小吃铺。张海虎订的那家原名大漠酒家，后来改名美食美客，包间搞得很豪华，也很私密。我和安平骑着自行车到达的时候，张海虎和他对象，还有其他几个老乡也都到了。老乡见老乡，就是相互挖苦和讽刺。张海虎及其他几个同乡，家都在邻近县城，最小也是一个镇子，而我和安平的家则在山里，说话有点儿土。靠近县城的啥都方便，经济发展更好，见到我和安平，他们就说我俩是“山膈筋”，这是老家土话，意思等同于土老帽儿，没见过啥世面的人。

见我和安平进门，张海虎大声说：“哎哟，你俩山膈筋来了啊。”其他同乡也随声附和或者故意哈哈大笑，把我和安平真当成“山膈筋”看待。殊不知，安平比我嘴巴溜，立马回怼张海虎他们说：“哎哟，你们这些喝俺们洗脚水的，这么早就到了啊，难道怕来迟了喝不上？”我也跟着说：“不光是洗脚水啊，俺们还洗尿布！”说完，我和安平两人相互看了一眼，先笑了起来。张海虎等几人一听这话，立马噤了声，相互看了半天，没办法反驳。安平说得很对，县城在我们山村的下游，所有的水都是从山里来的。他们这些人，喝的当然是我们用过的水。

正在相互取笑之时，一个女的推开门，手里拿着几张纸，在来回擦拭，脸上的表情既矜持又妩媚。她进门刹那，喧闹声戛然而止，所有人不由自主站起身来，七八双大大小小、浑圆或者三角的眼睛一齐看向那女的。那女的，个头儿一米六五左右，高鼻梁、国字脸，眉毛有点儿长，不过像是画了的，杏眼，脸色倒很白皙，似乎搽了脂粉还有什么油膏之类的。嘴巴不大不小，上下嘴唇厚度差不多，就是颜色有些发紫。众人还没回过神，张海虎就大声大气地说："这是俺对象，岳媚媚，小岳！不过，以后啊，比俺岁数大的，叫弟妹；比俺小的，就得叫嫂子，千万含糊不得！"然后又朝我们摆摆手，说："坐，坐，坐下来，先喝水，一会儿酒肉伺候。"

本来我不觉得张海虎有意炫耀，只是简单的老乡聚会，毕竟，谁先搞上对象都是一件大好事，作为老乡，不管嫉妒不嫉妒，吃醋不吃醋，祝贺、祝福是对的，可张海虎的做派和口气，让我觉得有些厌恶。再看他对象岳媚媚，也确实人如其名，不知道有没有媚心，媚态倒是十足。见到我们这些老乡，也有点儿爱搭不理的。大致，张海虎早就给她说过，他已经是一个干部，而我们这些老乡，有的是士官，有的还没去上军校。和中尉的张海虎相比，肯定自愧不如。要说张海虎对我们有点儿轻视，倒也无可厚非，可作为张海虎的对象，轻视张海虎的同乡，岳媚媚就有点儿失礼了，还有些浅薄的意味。

虽然心里不舒服，可那顿饭吃得还是很有意思的。我发现，酒桌上一旦有女人，男人的兴致就蓬勃不已，像打了鸡血一般，洋相百出。席间，几乎每个同乡都用谄媚的话，赞美了岳媚媚和张海虎，大有一群光棍儿围着三妻四妾的王公贵族拍马屁的架势。起初，安平还有点儿不以为然，摆出一副高冷的姿态，对张海虎和他的岳媚媚表现出不过如此的对抗神情，可几杯酒下肚，这小子立马就变成了一条哈巴狗，不仅话说得肉麻，还单独敬了岳媚媚三大杯。这时候我才发现，岳媚媚的酒量也是相当惊人，丝毫不亚于在场任何一个男的。出于礼道，我端了一杯酒，敬了张海虎和岳媚媚。靠近岳媚媚的时候，一股浓郁的香水味道扑面而来，这使我惊异。在巴丹吉林沙漠多年，我还是第一次在一个女人身上闻到只当是传说的香水味道。

同时我也发现，岳媚媚脸上的脂粉似乎有点儿厚。更令我觉得不可思议的是，我一直以为化妆是演员的事情，怎么普通人也化妆了呢，而且是在大庭广众之下？我们单位也有女干部，可没有一个化妆的。据张海虎说，这岳媚媚的家在酒泉附近一个乡里，这说明，她也是农民的子女。农家闺女，怎么会化妆呢？而且，那还是二十世纪九十年代。敬了张海虎和岳媚媚酒以后，我带着满心疑问，又和几个老乡每人喝了一杯。酒这个东西确实通神壮胆，也教人迷糊和放浪。喝到最后，我借机跑掉了，安平随后也溜了出来。

这一次之后，张海虎再没喊过我和安平聚会，连结婚，都没通知我俩。直到有一次，我在马路上遛弯儿，蓦然看到一个女的，只觉得似曾相识。相向走过很久，才猛然想起，那人是岳媚媚。我此时才知道，张海虎和岳媚媚结婚了，但没在单位举行婚礼，而是在张海虎的老家，即我们河北沙河某个镇子，举办了一场盛大仪式。后来，我也上军校去了，几年后再回到原单位，却听说，张海虎和岳媚媚结婚三四年，一直没有孩子，也不知道究竟什么原因。而碰巧的是，我谈的对象，居然和岳媚媚在同一个村子里。

那村子确实距离酒泉市区很近，名叫三墩乡，有些年，因为一个叫杨显惠的作家一时声名大噪，我也去看了杨显惠老师小说中所写的地方，了解了一些史实。没想到，我对象和岳媚媚也熟悉。当地人都说，岳媚媚之前在兰州、武威和嘉峪关打过工，具体做什么，谁都不清楚，每次回来都浓妆艳抹，描眉画眼不说，还做了美甲。那个年代，岳媚媚这个做派，显然很超前。因此，村里人也乱说一气，有的说岳媚媚是做那种事儿的人，还有的说岳媚媚被温州一个老板包养过之类的。我觉得这不可能。我也同我对象说，这事情最好不要提，即使人家有过这样的经历，作为同乡，也不能对任何人说。这是操守。

我这样说，总有点儿伪善或者幸灾乐祸味道，可从本心出发，倒确实没有一点儿逮到人的“七寸”就幸甚至哉的感觉，因为这完全不符合我的做人主张。一个人只要不是十恶不赦，不是天生的“恶”，至于某些经历，其实都没什么。每个人的一生当中，都会有失误和过错，只要心好，对他人，尤其是自己的亲人（包括夫妻）抱有真诚的爱意就足够了。再从本质上说，人生在世，错误、失误甚至可耻、可悲的事情，有时候根本避免不了。正如卢梭所说：“人可以被称为半神半兽的动物，在他身上既存在高贵的神性，也存在卑劣不堪的兽性。人就是神性与兽性相斗争、相撕咬的产物，是神性不断超越兽性，涤荡兽性的一场惊心动魄的战斗。”

不去揭他人的伤疤，也是一种成全。孔子说“扬人之恶，斯为小人”，大致也是这个道理。

此后好多年，张海虎几乎和我没有任何来往，上下班路上遇到了，也只是打个招呼。我也好多次遇见过他们夫妻，在车上或者散步的时候，但也仅限于打招呼。需要说明的是，最终和我结婚的人，不是和岳媚媚同地方的那个女孩子，她的脾气太暴了，我觉得不合适。男人找对象，最根本的想法，是有一个能相互取暖，在苍莽人世相互安慰与鼓励的伴侣，而不是单方面的要求和付出，更不是颐指气使、以自我为中心的那种枕边人。

有一次，在开往酒泉市区的班车上，我又看到张海虎与岳媚媚，而且，岳媚媚怀里还抱着一个不到一岁的孩子。我惊喜了一下，上前问是男孩儿还是女孩儿。张海虎笑着说：“俺这个是闺女，千金大小姐啊！”说完，冲我哈哈笑。我上前抱了一下他们的孩子，那孩子小嘴、大眼睛，一看到我，就哇哇哭。我觉得很尴尬，赶紧把她递到了张海虎怀里。

冯娟娟和唐糖

每次从她的摊子边上路过，她都笑着给我打招呼。

那时候，单位里不少随军家属摆摊卖东西，贴补家用，政策也允许。有一些随军家属挣了钱以后，自己就不再抛头露面了，找个小姑娘代为看管和销售，另付给人家工钱，自己乐得轻松。

她叫冯娟娟，家在鼎新绿洲，她所在的村子叫新民。顾名思义，大致是一个移民比较集中的新村落，距离我们单位七八公里路程。

和她认识，很奇妙，有一年凛冬时分，我请假回河北老家探亲，在清水镇火车站上车之后，刚坐在座位上，一个女的也坐在对面。这女的不就是刚才一起等车的那个吗？我就冲她点了点头，又微笑了一下。她也笑着冲我点了点头。从清水到河北，火车要开三十八个小时，我以为她到张掖、武威和兰州，没想到，火车过了兰州，她还没下车。

那时我还是一名战士，没钱买卧铺，每一次探亲回家，都是硬座来去，更多时候，根本买不到座位票，好几次从邢台站到兰州，站了二十多个小时。其间，无非是看其他乘客上厕所或者下车了，赶紧把屁股放上去，感受一下坐着的美妙滋味。还有几次，车厢里人挤人，连上厕所都困难。能买到座位票，就是幸福的事情了。

长途坐车无聊，我和她攀谈起来，她说她去陕西咸阳。我问："你家在这里，去陕西干啥？"她扭捏了一下，红着脸说："去他家看看……"她这样一说，我立马明白是咋回事了。鼎新绿洲的女孩子，大都喜欢和我们单位的人交往，当然，这种交往基本上建立在恋爱的基础上。冯娟娟说"去他家看看"，那意思就是，她谈了一个对象，家是陕西咸阳的，那一次去，就是去看看那个男的家境如何，然后再做决定。我附和她说，其实嫁得远一点儿也不错。她说，她家只有两个闺女，没哥哥也没弟弟，爸妈不让嫁得远了。

她的意思我更明白，是瞒着父母去男方家看看，然后再确定嫁不嫁的意思。当时，我还鼓励她说，当兵的，都是耿直人，也心软，没啥问题，即使男的家境不好，可日子是夫妻两人过的，有道是"夫妻齐心，其利断金"嘛。她说她想的是，如果他当时留下来，在她家这里生活就好了，对他们俩的婚事，父母绝对不会阻拦，反而很高兴。她说的他，当时已经离开了部队，退伍回了原籍。我问："他们家有啥情况吗？"冯娟娟说："他叫曹文军，去年退伍的。"听她说到这里，我倒觉得，这样的事情90%能成，因为，一个女孩子能够千里迢迢地去男方家，心里肯定早就有了破釜沉舟的打算。

列车缓行，沿途的风景枯燥，漫山遍野的焦枯与委顿，北方的冬天略显单调。山川河流之中，除了太阳和积雪的反光，毫无生机。到西安，她下车，我继续沿着陇海线走，过郑州和安阳、邯郸，至邢台下车。

对于这一次火车奇遇，我很快就忘掉了。其中原因，大致是因为冯娟娟长得不够漂亮。冯娟娟个头儿挺高，身材也好，但脸蛋有些粗糙，说话也有些口齿不清。男女之间的某些邂逅，可能只是一种刹那间的因缘巧合罢了。等我再返回巴丹吉林沙漠，已是春天了。

沙漠的春天到夏天之间，还有一个漫长过程，复苏的花草还很木讷，即使早早爬上沙土地的表面，也还是一副少不更事的懵懂模样。到五月底，它们才以神不知鬼不觉的速度，猛然长成，花朵似乎也在一瞬间次第开放。

在暖气房间蜗居了近半年的人们，开始了频繁的户外活动。我也是。有一次和几个同事去服务中心，正在昂首挺胸、气吞山河，忽然有人喊我的名字，而且还是一个女的。我一回头，看到了一个似曾相识的人。她站在一堆日用品和干的肉苁蓉面前，笑着看我。我愣了一下，居然想不起她是谁。

看我一脸茫然，她笑着说："哎呀，你忘了啊，去年火车上……"我"哎呀"一声，立马想起了冯娟娟。走到她面前，我还没开口，冯娟娟就说："我早就从陕西回来了啊，你是啥时候回来的？”我说我的假期只有一个月，过了春节不久就回来了。她“啊”了一声，然后说她在这里给人看摊子，也才过来没几天。我笑着说，这也挺好，挣点儿钱，比在家里待着好。她笑说，肯定不能再靠父母了。

和她说着话，我蹲下，伸手摸了摸装在纸箱子里的干的肉苁蓉，问她多少钱。

她说：“这是干的，一斤三百块。你要买，可以少点儿，二百八十块。”

我说：“目前还用不到。”

她说：“你也知道，用这个泡酒可好了。”

我说我知道。

正在这时，同事等得不耐烦，叫我赶紧过去，我给她说了一下，就离开了她的摊位。

夏天来到，出门多了，基本上每次都能遇到冯娟娟，也都打招呼，但极少买她的东西。从她的只言片语中，我得知，她那次去了陕西咸阳，在那个名叫曹文军的男的家里住了几天，又独自回到了鼎新绿洲。这么久了，她没再去，肯定是和那个叫曹文军的男的分手了。至于什么原因，我当然不得而知。

也当然不想知道。

当年春节放假，冯娟娟突然打来电话，说：“你们都放假了吧，有空来我家吃羊肉。”我开始觉得没意思，只是含糊回应了一下，后来觉得一个人待得手脚都有点儿生锈了，就想出去转转。

主意拿定，我出门买了一些东西，叫了一辆车，不一会儿就到了冯娟娟家。

冯娟娟的家也和当地其他人家一般无二，一座四合院，后面是果园，前面是一条黄土的巷道。她父母去串亲戚了，家里就她一个人在。我觉得这样不好，言下之意是怕村里其他人说她的闲话。我倒是无所谓，冯娟娟毕竟待字闺中。

可冯娟娟却大方地说："这有啥不好的，吃了再走。"说着，就把已经炖好了的羊肉又下锅热了热，另炒了一个土豆丝，拌了一份黄豆芽加红薯粉条，然后拿出一瓶酒，给我倒上一杯，她也倒了一杯。我喝了，她也喝了。几杯连续下肚，我又说："光咱们俩这么喝，不太妥当，你的邻居们看到了，还以为咱俩有啥秘密关系似的，不好！"

冯娟娟说："你说得也是，你等等啊。"说完，就起身出门，不一会儿，冯娟娟带着一个二十来岁的小姑娘来了。

西北女子都有酒量，可以用大杯子喝。喝了一会儿，我居然晕晕沉沉，去上厕所的时候，冯娟娟叫来的那个女孩子一直搀扶着我，把我送到厕所门口。我方便完了出来，正要扶着墙出去，却看到，那女孩子在不远处等着我。看我出来了，她快步走来，又扶住我的胳膊，把我搀扶到屋里。

因为喝得有点儿多，头晕得抬不起来。冯娟娟说："要不你睡会儿，酒醒了再回。"我却坚持要走。那个女孩子大声说："喝成这样子了，睡一会儿是对的。"说着话，她就搀着我，走到冯娟娟床边，示意我躺下。

我确实也觉得自己不行了，干脆躺了下去。迷迷糊糊之间，我听到那女孩子小声嘟囔着说："这男的，还不如我这酒量，咳。"说着，还拉开被子，盖在我的身上。

等再醒来，天已经黑了，呼呼的西风吹着新民村的一切，四周没有一丝声音。我觉得好点儿了，起身出门，想找辆车子回单位。冯娟娟看到我，说："来，吃点儿酸汤面片，一会儿就不难受了。"我"啊"了一声，跟着她到了她父母的房间。这时候，两位老人也回来了，看到我的时候，他们没有惊讶，笑着给我打招呼，还让冯娟娟盛了一大碗加了很多西红柿酱的面片，端到我面前。

我正口渴难耐，坐在沙发上，不一会儿，一碗酸汤面片就吃完了。

在冯娟娟的父母面前，我有点儿不好意思。一个男的，趁两位老人不在家，和人家女儿吃饭喝酒，这有点儿不合礼道，也很容易招人误会。

可冯娟娟父母一点儿没有责怪我的意思，我要走，反而劝我住下，说天都这么晚了，又天寒地冻的。我还是坚持要走，说这是纪律。再说，留宿别人家里，也很不好。冯娟娟的父亲大约六十岁，高高瘦瘦的，小眼睛，高颧骨，看起来很和蔼。她母亲稍微胖点儿，紫红脸膛，满脸善意，也劝我住下。我说这不行。冯娟娟说："你坚持要回，也可以，不过你等下。"说完，然后转身出门。过了十多分钟，门外传来摩托车的响声。

冯娟娟带着一身寒意进门，对我说："让唐糖送你吧。"我"哦"了一声，裹紧大衣，跟冯娟娟父母告别，然后出门。没想到，冯娟娟所说的唐糖，就是刚才和她一起陪我喝酒的那个女孩子。借着灯光，我看到，唐糖穿着一件长的黑色羽绒服，说"赶紧上车"，示意我坐在摩托车后座上。我说："你不是喝酒了吗？"唐糖笑了一下，大声说："那点儿酒算啥啊！来，坐好了，抱住我的腰！"

我"哦"了一声，双手前伸的时候，又觉得不妥。

唐糖嗔怪说："哎呀，你这个男人，抱个腰咋了？"

我"哦"了一声，还是没敢，只是用手拉住了她衣服下摆。

唐糖笑了一声，又叹息了一声，没再说话。摩托车突突地出了村子，上了公路之后，唐糖又大声说，抱紧了啊。她的意思我当然明白，可就是不好意思，哪有男人抱人家大闺女腰的事儿呢？我下意识地用手抓住摩托车后座的行李架。

唐糖笑了一下说："你这个男人，也真是的。"然后加油门，带着我冲进了黑夜。

到单位门口，我下车，却不知道该对唐糖说点儿什么。留人家住下，显然不合适，只是说一声感谢，也有点儿不够意思。正在我犹豫时，唐糖掉转摩托车，大声说："这么冷，你赶紧回去暖着吧！我走了，再见！"然后一脚油门，唐糖骑着摩托车，就又冲进了冷得似乎能砍人手脚的鼎新绿洲的黑夜。

诗歌鉴赏者张曼

这样一个女子，居然也喜欢诗歌，而且颇为懂行。

那是一家很一般的理发店，酒泉的一位诗人要理发，我陪同。那时候，我已经是一个“半壁江山”不保的男人了，虽然不到三十岁，可之前如打结的茅草的头发纷纷离我而去，每天早上起来，枕头上就多出一把乱草。

同事说：“你小子抓紧治疗一下，要知道，你现在连皮带骨还是光棍儿一条，未来的新娘子还在岳母家擀面条呢！要是人家见你这样子，肯定吓得连鞋子都来不及穿溜之乎也。”

我笑笑：“男子汉大丈夫，先立业再成家，实在找不到老婆就一个人逍遥乎哉！”

我说这句话，还真不是玩笑和矫情。去巴丹吉林沙漠之前，我的头发虽然茂密，但是发黄，还自来卷，脸瘦如刀条，下巴很尖，体重最多104斤，这和我173厘米的个子完全不匹配。还在老家的时候，母亲总说：“你该多吃点儿，吃胖点儿，男人嘛，看起来威风，还有福气。”其实我也没少吃东西，但就是不吃肉。

十六岁之前，完全是一个素食主义者。有一次奶奶对我说：“邻居家炒了一锅的羊蛋（公羊睾丸），你赶紧去吃。”我说我不吃。奶奶说：“你傻啊，人家都在吃，快被抢光了，赶紧去！”我说我就不去，奶奶说：“羊蛋可好吃了，你去尝尝就知道了。”

抱着好奇心，我也凑过去，找了一双筷子，在一口大铁锅里搛了一块，放在嘴里嚼动了几下，膻味臊味横冲直撞，让人难受得要吐。奶奶说，咽下去就好了，可千万不能浪费肉！我只好使劲儿咽了下去。晚上躺在炕上，老觉得胃里有一只公羊，不停用两只尖角顶我。某年秋天的一天，一个堂哥打死了一头狼，炒了一大锅狼肉，奶奶也叫我去吃。我吃了一块，觉得很硬又很臊气，就吐了。直到十六岁外出上学，才开始吃点儿肉。各个地方，肉是所有饭菜的标配，还有鸡鸭鱼之类。到部队，很长时间不吃鱼，即使打到碗里，也给了同餐桌的战友。他们说：“你这样的人，简直不可思议，不吃肉，哪里来的力气？又怎么能算是一个男人呢？”

到巴丹吉林沙漠几年，因为吃肉，再加上年龄增长，我三十岁那年开始发胖。这时候生活稳定，也刚成家，去酒泉次数多，认识了很多当地诗人。每一次去，都要在一起吃个饭，聊个天。诗人们在一起，最好的事情就是天马行空，喝多了佯装万里河山倚马可待。清醒的时候，就议论谁的诗歌好，谁写得一般；谁写得还可以，谁写的狗屁不是。那时候，酒泉市邮局外面，有一家报刊亭，每次去酒泉，我都先到那里买一大摞文学期刊,《人民文学》《诗刊》《诗神》《大家》《飞天》《绿风》《星星》,然后低着脑袋翻看一遍,偶尔会突然看到自己的名字也在其中,振奋得就像突然生出了翅膀,整个人飘在半空一般。

书报亭对面,是新华书店。从报刊亭穿过马路,在书店里不放过任何一本书,感兴趣的立马抱在怀里,直到全部看完,才去结账。买报刊是我从二十世纪九十年代到二十一世纪前五年持之以恒的最大乐趣和享受,不管是在酒泉、嘉峪关、兰州,还是在北京、上海等地,只要到一个城市,买书和报刊是一等一的大事。有一次,从北京站乘车回酒泉,本来已经上车了,但因没买到报刊,不知道三十个小时的路程该怎么消磨,眼看还有四十多分钟才开车,我快速出站,冲到一家报刊亭跟前,分别买了一本《十月》《北京文学》《当代》《小说选刊》以后,又回到车上。有这些杂志在,再长的路程,心里也不慌。

那一次我再去酒泉,买了一大摞报刊,和酒泉一位诗人会合。他说要去嘉峪关找另一个诗人玩,我说我也想去。他说,现在还早,先去理个发,然后再乘车过去,也就是半个小时。我说那行,然后提着一摞文学杂志,跟着他曲里拐弯地走了一阵子,到了一家装潢还算可以的理发店。之后,他坐下来理发,我在旁边落满男女头发的沙发上翻看杂志。给他理发的是一个很胖的女孩子,腰身犹如水桶,某些女性特征也很突出。过了一会儿,那女的笑着问酒泉诗人:“咋就你理发,你那个朋友不理啊?”诗人说:“他倒是想理发,可是没头发给你拿剪刀咔嚓咔嚓啊！”说完就嘿嘿笑。我戴着一顶鸭舌帽（这是我除了军帽之外，很多年来的形象标配），听那女的这样说，我摘下帽子，对她说：“喏，恐怕你再锋利的剃刀，也别想从我头上干掉一根头发！”

她咯咯地笑，全身的肉都在颤动。诗人理完发，另一个女的给他洗头的时候，那个胖女孩儿走到我旁边，拿起杂志翻了翻，语气颇为惊讶地说：“哎哟，你还看文学书啊。”我轻蔑地嗯了一声，心里想，这样的女子，肯定对文学这类玩意儿不感兴趣。没想到，她竟然也认真地翻看起来，然后咦了一声，说：“这句诗有点儿不好，要是前面两个字放在最后，那个效果可能还好点儿。”听她这样说，我上前看了一下，是一个现在还有些名气的诗人的诗歌，她说的那句诗，果真如她所说，开头的两个字若放在最后，或两者掉换一下位置，更有新鲜感。我又咦了一声，说：“看不出来啊，你还真懂诗啊！”她的大眼睛翻了一下，有些黑的脸上飘过一丝得意和鄙夷之色，哼了一声说：“好歹本姑娘也是高中毕业，除了理科一塌糊涂之外，即便文科高考状元在我面前，我也不怵他！”

酒泉诗人一听，也来了兴趣，翻看了一下，也觉得这女的说得真有道理，当即对她刮目相看。他说：“哎呀，姑娘，你还真可以啊。来来来，留个电话号码。”那时候，大部分人用的是小灵通。那女的说她名叫张曼，家是总寨镇的。酒泉诗人说：“那咱俩是老乡，我是清水的。”这么一来，我们又认识了一个不写诗，但很会看诗，有点儿懂诗歌的女子张曼。付了钱，下楼时候，酒泉诗人咦了一声，对我说：“反正都对诗歌感兴趣，要不，看看这小张有没有时间，一起去嘉峪关玩？”我想也没想，就说：“行，这是好事！”酒泉诗人反身上楼，邀请张曼和我们一起去嘉峪关。我本以为这不太可能，没想到，张曼说行：“反正也没事，看你俩也不像十恶不赦、心眼坏得满身生疮的大坏蛋，去就去。”

我没想到，刚认识不到一个小时，这张曼就敢跟我们走。嘉峪关也是三线建设时期兴起的新城市之一，从酒泉坐班车去，也就是半个小时。远远看到老城墙，心里就有一种雄壮与悲怆的感觉。见到嘉峪关那位诗人，他带着我们去了魏晋地下墓，也就是“驿邮”砖画出土的地方。在阴森森的北魏墓葬中，炽烈的夏日也变得阴凉，还有些阴森和冷凝的感觉。然后一行人又去了嘉峪关城楼。这明代的关隘，雄峙于祁连山与黑山之间，层叠的关墙在烈日当中仿佛一片穿越时光的海市蜃楼。在树荫小坐的时候，我们约定， 每个人当场以嘉峪关为题，写一首现代诗。

张曼说，古代的诗人都是临场发挥，挥毫而就的。诗人好不好，有没有才气，临场发挥是一个很好的检验办法。听了她的话，我又咦了一声，酒泉和嘉峪关诗人，也用惊讶的目光看着张曼。大家这才注意到，张曼虽然体胖，脸黑，但眼睛、眉毛和嘴巴很好看，尤其她那双眼睛，圆、大、有光，其中还迸溅着一种激越而又有灵性的光泽。嘉峪关诗人日常在政府部门为某个领导做秘书，纸和笔随身携带已成习惯。我们又向茶店的老板借了两支笔，于是乎，三个人分头作诗。我最快，写了一首二十多行的《烈日以下的嘉峪关》，其中最后一段是这么写的："对面山上的鹰隼/在陈年老雪上打滑，余下这空空荡荡的峡谷/讨赖河穿过老城墙一侧，尤其是它在历史中的呐喊与骨血。"

张曼说，这诗句倒是不赖，但还可以精简，然后从我手中拿了笔，在我诗歌一边，这么写道："积雪在祁连山上打滑/鹰隼衔着峡谷，讨赖河身形如弓/历史的浪花飞溅，在老城墙上激起一片雁鸣。"我反复读了几遍，觉得张曼修改得更有诗意，句子也紧凑了，动词运用到位，诗句更有张力，随即大呼高妙。心里也对这个身材胖胖的女子刮目相看，觉得这样的女子，也挺可爱。在那一瞬间，我突然有一种想冲上去抱抱她的闪电之念，但在这样的场合，付诸行动肯定不妥。

对其他两位诗人现场写作的诗歌作品，张曼也做了局部调整，他们俩也很开心，当即表示，晚上喝酒，一定要敬张曼三大杯。嘉峪关虽然人少，可城市规划还是很用心，条条道路宽阔，各种设施建设现代性较强，因为这城里居民多数是外来者，整个嘉峪关的文化和习俗比较驳杂，思潮和风尚也是河西走廊最有城市气派的。

席间，大家都很开心，因为张曼在，还有嘉峪关其他几位作家诗人，大家的趣味比较接近，说话喝酒没有隔膜。一出门，风一吹，我就有些晕了。路过一个喷泉广场的时候，张曼突然对我说："你把我抱着，穿过喷泉，算你有本事。"我二话没说，上去抱起张曼，从犹如瓢泼大雨的喷泉下穿过。随后，酒泉诗人喊了一辆出租车，我们连夜返回酒泉，先把张曼送到住处，酒泉诗人也没回家，就到宾馆和我睡了一晚。

此后，我不断和张曼联系，但凡写了新的诗歌，就在QQ里请她看。张曼不装不作，每次都给我的诗歌做局部微调。这使我很感激，偶尔到酒泉去，就请她一起吃饭，席间，除了说些诗歌，也东拉西扯，荤的素的玩笑也开，感觉很放松，有趣味。两年后的秋天，张曼突然没了消息，之前她也没说自己有什么事儿，这使我百思不得其解，惆怅不已。我问酒泉和嘉峪关的诗人，他们也都说好久联系不到张曼了。我又去了和张曼认识时候的理发店，一个认识她的女的说，张曼去了兰州，她在那里谈了一个对象，谈得很热烈，然后就投奔而去，没再和她联系过，电话成了空号，QQ留言也没人回复。

有一段时间，我心情沉郁，整个人莫名颓丧不安，也适才觉得，人和人之间，只是一种缘分，来的时候突然而至，散的时候不由分说，而且毫无征兆与结果。正如尼采所说："我走在命运为我安排的道路上，我不想走下去，可是我又不得不满怀悲愤地走下去。"人生当中的某些相识和离别，绝大多数是以悲愤为主要情绪的。对于张曼，我时常想起，但只能在内心祝福她，一定要在这个世上好好生活，一定要一如既往地热爱诗歌。

韩亮这个人

他个子矮，眉毛倒很粗，两片嘴唇厚。他刚到科里的时候，见人就上前跟人家呱呱地说个不停，也不顾及场合和对象。有时候，他也很神秘，凑到他人跟前，压低声音，问一些和自己有关的事情。他姓韩，单名一个“亮”字，原籍河南，刚转了士官。那时候，我主要负责电视新闻宣传，大多数时候，主要工作就是扛着摄像机，去各单位采写先进事迹、重要会议和先进人物，以及科研攻关和思想政治工作开展等，回来之后，配音再编辑，每周五晚上，央视《新闻联播》播送完毕，利用闭路电视系统插播，虽然只面向本单位，但单位的军政主管一度非常重视，下属单位当然也都想露脸，尤其做了相应工作，取得成绩，创新各种方法的，要宣传出去，更要做一些推广，以便于领导看到之后给予肯定和好评。

这工作，先前有三四个人一起做，领头的是一名干事，名叫刘正理，我老乡，一个性格耿直的河北张家口人。他爱人是内蒙古包头人，一位长得很富态的军嫂。我说摄录编全套都可以独立完成，刘正理对我很重视，私下也非常关照我、器重我、爱护我，有一年，我还立了个人三等功。他对我的好，已经超出了战友之间的情谊。几年后，电视新闻式微，由之前的一周制作播出两期，改成了每周一期。再后来，和我搭伙的庞干事被调回山东，刘正理也转业到了包头。这工作，就落在我一人头上。事情多，我忙不开，私下询问韩亮，愿不愿意跟着我学这一套。韩亮眼睛一亮，很爽快地说："学这个，当然好，俺自己愿意。"我就给科长说了这件事，科长说，带个徒弟也好，也算后继有人。

韩亮做事比较利索，我让他去某个单位摄录相关新闻，有时候跑得比兔子还快，态度极其端正。但有时候就磨磨蹭蹭，我问他咋了，他说副科长让他去干别的工作。我当然理解，副科长当然比我重要。我只好自己拿了摄像机，骑上自行车，直奔目的地。要是去离驻地远一点儿的单位采写新闻，就向车队申请车。我注意到，凡是申请专车去的，韩亮都很积极；若去距离很近的单位，需要骑自行车去的，他就变得心不在焉，磨磨叽叽。我大声训斥他一顿，他才极不情愿地背上摄像机，扬长而去。

平素，韩亮和我私下交往也少，遇到我有私事，他借故躲得远远的。比如搬家之类的劳累事儿，他一看我那架势，或者无意中听到了，就立马找个借口溜了。若是其他事情，比如喊他一起吃饭，他立马说："那中，没问题。"韩亮酒量一般，一喝脸就红成了鸡冠子。我也不让他多喝。忽有一日，韩亮去了一趟酒泉，回来居然带了一个女孩子，看到我，老远就大声朝我喊："师父，杨干事！"那神态、声音、架势，好像司令员在喊一个战士或参谋。我走到他面前，一本正经地站定，看着他。

韩亮背着手，嘴里先是嗯嗯哈哈几声，然后清了清嗓子，慢声细气地，看着我说："老杨啊，啊，有件事情，你必须得参加。"我问："啥事儿呢？"韩亮又嗯了一声，依旧背着手，原地转了一圈，才一本正经地说："后天晚上，我想咱们请朱副科长和他夫人一起吃顿饭，他已经答应了，到时候，你也要去啊！"我笑了笑，说，可能不行。韩亮一听，脸色立马严肃起来，左手拍着右手，歪着脑袋，用两只小眼睛盯着我，苦口婆心地说："哎呀，我可是你徒弟啊，徒弟请领导吃饭，领导都赏光了，你这师父不去，咋能说得过去！"

我赶紧说："那我去，为了我徒弟，喝酒这种吃苦受累、晕头转向的事儿，我这个师父不去谁去，我不干谁干？"

韩亮一听，愠怒和严肃的脸蛋马上松弛下来，然后又背起双手，鼻子里嗯了一声，打着官腔说："这才像话嘛。你这个老杨啊，非要我把事情说得严重，你才就范啊！"

我笑笑，对他说："到时候你把时间地点给我说下就行了。"

韩亮说："俺现在就告诉你，后天晚上，这里最大的那家饭店，长河饭店208包间。"

我说："那好，已经记下了。"

韩亮又嗯了一声，说："到时候你可得早点儿去啊，只能你等领导，不能领导等你啊！"

诸如此类的事情，韩亮总是把姿态拿捏得很到位，不仅对我这个师父，对科里其他干事也是如此。对待和他一样的士官，他又采取另一种方式，态度介于领导和我们这些干事之间，有点儿连哄带骗的意味。有几个新来的同事不了解情况，时间久了，在一起聊起韩亮这个人，都有点儿忍俊不禁，又觉得这小子倒是有两把刷子，优点很多，尤其是见什么人说什么话、对什么人办什么事儿的本领可谓高强。其实，我也理解，作为一个普通人，韩亮的做法也是生存之道，对一个用心生活、实现自己俗世理想的人来说，只要不伤害其他人，他采取的方式就是无可厚非的。

那一次韩亮请吃饭，不用他交代，我知道我该早点儿去，绝对不能让领导等我。我进到包间的时候，韩亮已经到场了，身边还有那个女孩子。从个头儿上看，那女孩子比韩亮高半头，柳条眉，眼睛不大不小，鼻梁周正，还有一张樱桃小口。见我进来，那女孩子站了起来，怯生生地看着我。韩亮正坐在椅子上点菜，眼睛几乎掉在菜单上，见进来的人是我，韩亮哎呀了一声，对那个女孩子说："张梅，坐下，这是俺师父，不用客气。"这时候，我才知道，那女孩子名叫张梅。听韩亮那么一说，张梅也就坐下了。我笑了笑，把靠近餐桌的椅子朝外面拉了一下，也坐了下来。

副科长是我老乡，平素关系也不错，但上下级之间，总要有些距离。喝酒的时候，我连续敬了几杯，自己也有点儿多了。

按照常理，请客的人敬了领导之后，其他到场的，不管是同事还是亲戚朋友，都要敬一下酒，算是礼貌，可我喝得整个人都飘了起来，酒席眼看就到了各回各家各找各床的地步了，韩亮和张梅也没给我敬一杯酒。我有点儿恼怒，但又觉得，这可能不是韩亮看不起我，而是我没有什么值得他惧怕和尊敬的原因，不怪他。那个时候，我也正处在人生困顿时期，刚从军校回到老单位，正式任命还没下来，韩亮瞧不上我，不把我当回事，也在情理之中。毕竟，人的天性和本能就是趋利避害、爬高踩低的。再退一步说，仅仅论年龄，我比他长五六岁，一个年长者和一个比自己小的兄弟计较，也显得太没风度了。

摄像容易，写稿子和编辑比较难。当时的编辑机不是后来非线性的，而是老式的松下编辑机，需要卡点、衔接、切换，镜头和镜头之间，少一帧就会闪跳，特别是涉及主要领导的镜头，正面侧面、大场景和特写，还有画面中人物的排序问题等等，都要花心思。这些说起来也都是技术活儿，最重要的还是写稿子。韩亮也喜欢写点儿诗歌、散文之类的。这正因为这一点，我才觉得他适合做这一行，才愿意带他。写东西这个事儿，不是人人都可以的，尤其是新闻稿撰写，也是有一套看起来简单但颇有门道的技术活儿。比如，除了陈述事实，写清时间、地点、人物、事件要素之外，还要有总结升华，好的要找准亮点，一般的要直击要害，并且提出解决之道等等。

韩亮很聪明，这得益于他也喜欢写诗歌散文。虽然我也是半瓶子醋，可完全可以称得上他的老师。有些时候，他拿着一些诗稿来找我请教。我这个人有一点儿不好，刀子嘴豆腐心比较严重。从内心说，写东西这件事，谁写得好都是好事，这也是个人造化，嫉妒或打压都是没用的，反过来更限制自己。

韩亮的一些诗歌，有些句子不错，但调子太高，总在歌颂，而且是随大流的那种。我给他说，写东西，首先要从思维上和其他人来一个彻底区分，诗歌当中的抒情，最好不要太“热烈”，用冷笔调去写令人感动的事情，效果反而好。听我这么一说，韩亮眼睛一斜，重重地“咦”了一声，上半身错开，脚尖蹬地，看着我说：“哎呀，老杨，你这个想法可不对啊，这么好的光景，诗人是做啥的？就是‘漫卷诗书喜欲狂’，就是‘数风流人物，还看今朝’！”

听他这么说，我哑然。见我没反应，韩亮上前拿走他的诗稿，说：“哎呀，算了，咱俩不是一个路子上的。实话告诉你，给你看的这几首啊，报纸要发表了。”然后，他“哼”了一声，扭头扬长而去，把一个小短背影甩给了我。对他的这种表现，我起初诧异，后来释然，在觉得不可思议的同时，也感到一种难以名状的惆怅。每当看到韩亮，我就会想起西蒙·娜薇依在其《重负与神恩》一书中说过的一句话：“我身上的一切可贵之处，毫无例外地来自我以外的别处，并非作为一种天赋，而是一种要不断更换的借据。”韩亮请教我，我如实说出，他接受和反驳，其实都是相互的关系。我在教他的时候，他也在给予我；

他反驳我的时候，其实也在反驳他自己。

虽然这很有悖论意味，但是一种有趣的辩证关系。

几年后，我离开原单位，去一个团站当干事。其间，基本上和韩亮没有任何联系。偶尔在路上和车上遇到，有时候他装作没看到我，和旁边的人聊得热火朝天，不亦乐乎。有时候他会主动联系我，说请我吃饭，还神神秘秘地说，他发现了一家餐馆的羊肉做得好，要带我去尝尝。我知道这小子无事不登三宝殿，果不然，不是他和张梅的孩子庆生，就是让我再给他看看他新写的散文，要不然，就是摄录编时候出了问题，让我帮忙解决。再些年，我被调到成都，临走的时候，除了几个老领导和同乡、三五个同事，我谁也没告诉。韩亮依旧在科里工作，操持着摄录编那一摊子事儿，但新闻节目已经取消了，他就到了文化活动中心。

再些年，我听说，离开巴丹吉林沙漠的单位，韩亮也没回他的河南老家，而是留在了甘肃酒泉，老婆还是张梅。最近又听说，韩亮进入了当地广播电视台，靠着能写能摄，再加上头脑灵活，做了专题部主任。我觉得挺高兴，这小子虽然有见缝插针、见风使舵的小毛病，但无碍大局，毕竟，人都要生存，为了生存，只要不伤害其他人，什么样的办法和方式都是正当的。再者说，生存本身原本如此，生命亦然。对于普通人而言，只要能争取到俗世当中最大的利益和荣耀，那就是胜利，一切都无可厚非，且理所当然。

忽如远行客

饭堂外有一片杨树林，虽然栽种没几年，但长势甚好，棵棵直溜，青色叶子在空中不断相互击打，发出密集的响声。正值初秋，树叶和杂草逐渐发黄。我和同乡安坐在其中，一人一瓶或者几瓶啤酒，中间放着一包卤花生、几包豆腐干。如此的生活，大致是我在巴丹吉林沙漠最初几年自以为最惬意的情景。

那时候，我们都还没女朋友，没有钱，更没有社会身份，唯一有的，就是迷茫的青春与缥缈无际的梦想。安脸宽，身子也宽，心却不怎么宽。他的老家和我同在一个乡里，虽然相隔比较远，但在巴丹吉林沙漠，我和他是最近的乡亲。有时我去找他，有时他来找我。而我找他的目的，多数为了吃饭。最初的几年，他在一个单位的饭堂工作，吃东西最方便。很多时候，我没钱下馆子，又饿得大气不敢出，就快步走到他那儿去，如果有一些剩饭剩菜，就如狼似虎地冲上去，然后胡乱塞进肚子里去。

安后来被调到了单位驻京办事处，他一走，身边和我玩得不错的人，从数量上，长期保持在三个左右。一个老家在四川广元，我和他同一年到巴丹吉林沙漠，又被分到同一个单位。只不过，他在后勤，我在技术室。我喜欢舞文弄墨，他啥爱好也没有。他叫刘秀强，先在炊事班做饭，当兵第二年学了汽车驾驶技术，四年后退伍。

有一年春天，我收到一封来自广元的信件，信上说，在巴丹吉林沙漠军营的时候，他就觉得我这个人好，值得交往，给人感觉很温暖。

他说的也是事实。刘秀强还在巴丹吉林沙漠的时候，我和他经常一起散步、聊天，说一些心里话，虽没有什么特别的物质交往，但心里觉得特别亲近。记得有一年夏天的傍晚，我照旧和他一起散步，说着话，不知不觉地走到了另一个单位菜地，其中的种植人员是和我们同一年参军的，彼此之间也算熟悉。

正值黄瓜成熟，我们摘了几根，坐在一棵不知岁月几何的巨大沙枣树下，就着落日血红的余晖，嚼得满嘴绿汁，说了一些不着调的话。其中大部分内容，是关于彼此的理想。刘秀强说他最大的理想，就是回老家后，去政府机关开小车，觉得那样的人生也算不错；守着家乡和爹娘，再娶个老家的老婆，想起来生活也不错！

我说我的理想是考上军校，当了军官以后，尽心尽力搞点儿科研，为国防建设做点儿力所能及的贡献。等自己老了，退休了，写点儿文章，就像在不远处的居延海写下“大漠孤烟直，长河落日圆”的王维，或者像写“五月天山雪，无花只有寒”“君不见黄河之水天上来”的李白那样，把自己的名字刻在人类的历史时间里。

另一个也是广元人，叫任华良。我去全单位最偏远的一个下属单位当干事的时候，他在文化活动中心工作。他大鼻子、瘦高个儿，眼睛尤其明亮。最叫人喜欢的是他的做事态度，不论什么样的工作交给他，他都做得好好的，不用我这个所谓的领导操半点儿心。无论是领导还是和他一起工作、生活的几个小伙子，也都非常喜欢他。有一天晚上，我带着他们几人到大单位机关所在地，吃烤羊肉串。那时候，很多老职工在服务社的大院子里以帐篷为基点，搭了锅台，置了案板和一干用具，开始卖各种吃的。

那生意一本万利，其中还有来自四川、湖南、湖北、河南等地的家属、小贩等。其中，一家来自河南的人，卖麻辣粉的，生意爆火，据说做了一年，回到老家之后，就盖起了一座小洋房。夜里，围坐在烤肉摊吃烤肉、喝啤酒的男女，一个个面红耳赤。我们几人围成一堆正在吃，一个脸膛黑红、身材肥硕的男的从楼上摇晃着走下来。

我喊说：“老严，来！”那人稳住喝了酒的身子，定睛朝我这边一看，就把肥硕的身子挪了过来。

他也是我同乡，名叫严秀强，平时关系还可以。那一次，我也喝多了，就对他说了一个很糟心的秘密。

我每次回老家，必定路过北京，还要住一晚，因为同乡安在办事处，有时候也觉得比较方便。有一次，我到北京，当天晚上，在北京办事处的同乡安请我喝酒，两人干了两瓶二锅头以后，就有点儿晕乎，安大着舌头，对我说了一个秘密。他红着脸，喷着浓烈的酒气，悄声对我说："你知道吗？老严的女儿啊，不是他的。"

我当时虽然酒喝得有点儿多，可听他这么说，立马像狼一样清醒了过来。我的两只小眼睛盯着他那一双略大的眼睛说："这可不是个小事儿，你可别乱说，乱说不得！"

安嘿嘿笑，说："这事儿不是我说的，而是事实。"

我也知道，安在北京，距离老家邢台不过三个小时的火车车程，周末没事，就常回去看老婆孩子。对于老家的各种情况，他当然比我了解得多。我对安说："你小子可要把嘴闭紧了。"他也语气严肃地说："你回到单位，可千万不要给老严说啊！"

我定了定神，又恍惚了一阵子，然后端起酒杯，和他干完了最后一杯酒。出了餐馆，两人在午夜的羊坊店路乱窜一通，才回到位于一个巷道里的四合院当中。

说起来也挺奇怪，我回来后第二个星期天，就在烤肉摊遇到了老严。尽管酒喝多了，可心里还是明白，出于好心，觉得那事儿还得委婉地说给老严，心里肯定是为他好，可话又不能直接说。我想了很久，端起一杯啤酒，看着老严说："老严啊，有句话，兄弟要给你郑重地说一下，不说的话，心里觉得对不起你。”

老严说：“有屁快放，咱们老乡之间哪有那么多的礼道和废话。”

我说：“那好！我实在地告诉你，咱们这里，两地分居的夫妻之间总有点儿悬乎，你也属于这种情况。凡事啊，以后要多个心眼儿才好。”

老严一听，黑眼珠在白仁当中像皮球一样转了几圈，然后把酒杯使劲儿一甩，噌的一声站起身来，指着我鼻子说：“你这个狗东西，居然拐弯抹角说俺媳妇人品不好！”然后，他抡起他那张肥厚的巴掌，对着我当时尚还瘦瘦的脸，作势要扇的时候，突然又改成了食指戳点。

在一边的任华良立即起身，把气急败坏的老严按了下去。从此，我和老严交恶，从老乡关系陡转直下为不共戴天的仇敌。任华良这一表现，让我很是感动，这是我和老乡之间的私事，他能站出来，就是对我这个上级的绝对支持。

三年之后，老严离开了巴丹吉林沙漠，我没有去送行。第二天春天，我从另一个老乡口中得知，老严刚回到老家，他老婆就提出和他离婚。也就是前几年，在亲戚的撮合下，老严才和本村一个丈夫因车祸去世的女子结了婚，好像还有了一个孩子。

转眼到了年底，我一厢情愿地觉得，像任华良这样品行好、工作能力强、团结同志的战士，一定要留下来继续工作。为此，我找了顶头上司和单位主管，他们也都说，这小伙子真不错，他们一定会努力。领导这么一说，我心想一定没问题，可结果出乎意料，几个月后，任华良还是离开了巴丹吉林沙漠。临别的时候，在零下二十多摄氏度的寒风中，我抱着他，有些泣不成声，心里十分愧疚。

这个时候，我也从巴丹吉林沙漠被调到了成都军区工作，成为一个旅居异乡之人。因公因私多次到广元，先后见到朱斗峰、王永生等老部队战友，也试图找到刘秀强和任华良，但多方打听无果。

另一位好友名叫管云通。某年中秋节的前一天，我窝在宿舍看书，还想写点儿小诗歌、小散文，这是我唯一的兴趣爱好了。当然，还有持之以恒地找对象。当时，我正在奋笔疾书，电话响了，一个男的大声说："杨干事，我们单位今晚要举办中秋晚会，领导都要去，要我去做一下报道。"

我明白，他说领导也去的意思是，领导都来了，你小子能不来做个报道吗？

管云通当时所在的单位女性多，我一个单身，尽管没有实力去分一杯羹，可贼心和梦想还是极为蓬勃甚至甚嚣尘上的。心想，这本来就是工作，工作的同时，还能见到这雄性的沙漠戈壁之中唯一雌性聚集的地方，也算是美差一桩了。随即屁颠屁颠去了。其间，倒是仔细欣赏到了不少美貌的女孩子，但只能干张嘴，偷着流涎水，最终只收获了管云通这一个还算可以的朋友。

管云通长得寡瘦，即使神仙的刀子，也从他身上刮不出三两人肉。

和他认识不久，我俩做了一件至今啼笑皆非的事。一个酒泉的老板，承包了单位的大服务社，开了一家大餐馆。他想在楼梯间挂一幅字，以壮门面，显示文气。某日黄昏，管云通顶着他的那颗瘦脑袋，突兀着两只大眼睛，到我单位来，神神秘秘地说了这件事。

我对装潢一窍不通，听说了以后，就一直摇头说："这个不行，我那个字，纯属随心所欲，毫无章法，挂在那里，会让人笑掉大牙的。"管云通说："你只要会写字，其他的事情交给我来办。"我的毛笔字只能算是照猫画虎，但很有信心。我俩到酒泉市弄了泡沫板、胶水、锯条等东西，再加上一块红色绒布，一番折腾，居然把"天生我材必有用，千金散尽还复来"十四个金色大字，连同我的大名弄到墙壁上。

两人最后一算账，一分钱没赚，刚好够我和管云通去酒泉晃荡一圈。

此后的冬天，巴丹吉林沙漠到处冰冷，附近的杨树林里，总可以看到乌鸦的尸体，它们大致也耐不住沙漠的超低气温而殒命。某个周末，管云通说："扛上摄像机，来帮忙。"我二话没说，骑着自行车马不停蹄地奔向他宿舍，一进门，哇，这家伙居然把一个简单房间布置得宛如新婚洞房。

我说："你小子是不是在做新郎梦？"管云通却一脸严肃地说："哎呀，哥们儿，你一定要给我整得浪漫点儿、深情点儿，然后刻成光盘，我要寄给我女朋友。"

我的小眼睛盯着他的鼻梁说："你小子光棍儿一条，啥时候有女朋友了？"

管云通笑说："大学同学，现在在延安，以前还挺好，现在突然不给我回信了。"

我立马明白，然后推拉摇移，拍了一大堆素材，回到单位，用编辑机剪辑一番，再配上周华健的《风雨无阻》，一个MTV就算完成了。至于他有没有寄给他的女朋友，他女朋友有没有感动得回心转意，我就不得而知了。

年底，管云通去了伊犁。等再回来，身边忽然多了一个身材娇小的女子。我问："这是延安那位吗？"他故意大声打岔说："咳，臭小子，我去的可是伊犁啊，伊犁啊！"我秒懂，随即配合他说了几句话，然后告辞。几个月后，他们就结婚了。

再后来，我也结婚了。我儿子出生两个月后，他们的女儿也来到了人世间。两家人，偶尔有来往，但多数时间里，只是各忙各的。

婚后和单身，完全两个概念，一个人自由而又孤单，两个人热闹但琐碎。

彼时的管云通也离开了老单位，到另一个单位做协理员。再后来，他妻子带着女儿突然回了新疆伊犁。几年后一个秋天，他打电话给我，说一起吃羊肉。在巴丹吉林沙漠，乃至整个西北地区，羊肉是最通行的食物。当时，单位南边的果园里，有几个当地的农民开了几家羊肉馆，因为味道好，去吃的人很多。我穿过大片正在凋零的苹果树，到砖房外面，看到了管云通。那小子正叼着一根香烟，坐在一片树荫下，跷着二郎腿，优哉游哉，浑身上下都有一种说不清楚的春风得意。

我上去一问，他果然有好事，由协理员升任一个基层单位的副职了。

升官发财，是男人的两大喜事，剩下的才是洞房花烛夜、他乡遇故知。我确实羡慕，但也无可奈何。一个人和另一个人关系再好，各自的命运也不可复制，能有些交集就算是有缘分了。酒酣耳热，我对管云通说："你去了新单位，当领导了，可不能和以前一样，一要彻底丢掉扑克和麻将，二要务必挥剑斩脂粉。"他不住地点着瘦脑袋，嘴里还嗯嗯不停。

此后几年时间，我和他见面，偶尔遇到，也只是打个招呼。不论在何处，领导和普通干部截然不同，也不可能相同。

到冬天，各单位都去酒泉拉冬菜，无非洋葱、土豆、白菜、萝卜之类的，年年都是如此这般。我在机关，东不靠西不靠，还是管云通想到了我，让人给我家里送了几十斤的土豆和大白菜。

我很感激他，打电话给他说，找个机会聚聚。他说好。但一直没有聚成。

次年春天，我正在办公室写公文，无意中从其他同事嘴里听到一个消息：管云通等几个人在某处赌博被抓，被勒令离开。

我叹息一声，也觉得，人必定会败在他的某些嗜好上，赌博、女色、捕猎、酗酒等，都是使人沉溺难以自拔的东西。权力、钱财、名誉等人人争夺的俗世资本，看起来显赫、光鲜和美好，其实也会无声地吞噬人，毁掉人。有些人成功了，必定有人失败；有些人功成名就，有一些人必然事与愿违。这世界极其公平，无论人、社会、土地等资源，都是有限的，也都是轮流着的。我本想着肯定还能见到管云通，为他置酒送行，却没想到，他没有跟我告别就去了新疆，而且，一去就没了任何的消息。

十多年后的一天，成都的春天，乍暖还寒，我突然接到一个来自新疆伊犁的电话，也不知道怎么回事，反正我的第一感觉是管云通打来的。接听，果真是他！管云通咧着他那张特有的血盆大口哈哈笑着说："哈哈哈，杨献平，终于找到你了。"我也很激动，问他："你这么多年过得咋样呢？"他说还好。我再问他的老婆和女儿，他语气略微沮丧地说，离了，女儿在武汉读大学，前妻可能还在乌鲁木齐。不过除了女儿，前妻已经不关他任何屁事了！现在，他又和一个一九八九年生于四川现在在新疆的女孩儿成了家。

我唏嘘，但也觉得，这是一件好事。人生无常，不断变化才是常态。我说："这十多年来，老子的心里，一直惦记你。"他说他也一样。他和他的新夫人邀请我去伊犁玩，我说我肯定要去。同时，也希望他和他老婆回四川的时候，在成都停留，好好和他叙叙旧。

此后，我和管云通，偶尔会视频胡聊一会儿，说以前在巴丹吉林沙漠的生活经历，也说各自现在的情况，但说得最多的却是，哎呀呀，人生太快了，一晃就老成一张旧褥子了，当年不知天高地厚的两个人，差不多都五十岁了。半百人生，恍如一梦。说到伤感处，我还煞有介事地给他背诵《古诗十九首》中的《青青陵上柏》，尤其是"人生天地间，忽如远行客"这句，那一瞬间悲怆莫名，只觉得天地都在变色，四周空茫茫的，身心缥缈且又空无。

巴丹吉林：自我的觉悟及其他

◎杨献平

好像都是空白。很长时间，我对自己这一感觉很是吃惊。15年的时光，人生最初的远方和青春消耗之地，其中有诸多的烦琐、痛苦、失败、幸福和悲伤，有些经历还特别新鲜和隆重、深刻与惨烈，可十多年后，怎么就没了多少记忆呢？亚里士多德说，“记忆既不是感觉也不是判断，是当时间流逝后它们的某种状态或影响”。他这句话好像是对的，也好像不对。一个人对自己的过往若不加审视，对于整个人生而言，它就是无效的、空白的。但更加残酷的是，即便细加审视，再美好和惨烈的过去也不会留下太深刻的记忆，从而用来自我反省，杜绝错误，警醒和调整未来。这大概就是人类从不汲取教训，一再重复已有的错误的原因所在。

问题是，即便细加审视，当时过境迁，到底还有多少经历可以进入记忆的呢？

一九九二年十二月的那场雪好像有专属性，它只属于酒泉向北的巴丹吉林沙漠。我曾经多次状写过，至今耳边还响着雪粒在风中扑打车窗的那种啪啪声。大雪之下，我初见的西北和巴丹吉林沙漠一改昔日之荒芜，由惨烈的古战场转换为银装素裹的白色汪洋。乌鸦在光秃的杨树上挤在一起取暖，茫茫大野之间，更多的事物，细碎或者宏阔地在其中静默或者暗中运动。

我没想到自己人生之初第一次远行及停驻之地，居然是一片一个人几辈子都看不完的大沙漠。这一处荒凉浩瀚之地，位于阿拉善右旗北部、雅布赖山以西、北大山以北、弱水以东、拐子湖以南，其中有一块平地叫银额盆地。关于它的名字由来，有人说是出自蒙语，意为“绿色深渊”，也有人说原来此地有一位名叫巴岱的游牧者，无意发现了六十多个海子，“吉林”乃是“六十”的蒙语音译。久而久之，就传为巴丹吉林。这一说法包含了古老的地理命名规律，凡是大地的每一处，人们总是会为之命名，用以区别其他区域，利于称谓、寻找、到达和确定。

初冬，到处都是风，以及无处不在的沙尘。乌鸦之外，还有诸多的小麻雀，以及红柳、马莲、沙枣树、新疆白杨、榆树和柳树等，杂草只剩下干硬的躯干，配合夕阳下落的时候，在狂风的鼓舞下，衬托整个大地的苍凉。后来我才知道，这巴丹吉林沙漠乃是古流沙之地，也是李陵出塞不归之路，是弱水河曲折流经的戈壁大漠，是王维“大漠孤烟直，长河落日圆”诗句诞生地。当然，这里还有周穆公往行昆仑、彭祖采气、老子化胡、沙僧修行等传说，也是居延汉简出土之所。如今，则是神舟号系列飞船直入太空的发射场。我在其中，与这些有关，但又无关。无论什么样的历史，后人总是在气息上与前人息息相通，但人类的历史却不一定与更多的人紧密相关，而我参与的，也会有我的某种气息存留其中。在巴丹吉林沙漠的十多年时间，我完整地把自己的青春放置在戈壁沙漠以及沙尘暴、如刀的西风和森严而又充满梦想的集体中加以淬炼和磨砺，完成了个人世俗的“蝶变”，为此也付出了倥偬半生的年华。

个人命运的转变和递进过程，伴随着青春的迷茫，再后来的恋爱、娶妻、生子，也基本遵循了人类文明社会以来的约定俗成，这一切，我个人从来没有进行过“策划”或者说“谋划”，一切都是随心随性，没有章法。很多人说我“缺心眼”“傻×”，那时候的我还特别不服气。吊诡的是，直到四十五岁，我才略微成熟了一些。这种成熟完全是心智和精神上的。之前，我对自己的整个人生没有任何规划，做事不过脑子，总是感性地认知事物，不假思索地说和做。

我这样的性格，完全遗传于母亲。很多时候，我貌似在思考，其实脑子就没有运转，更谈不上深入分析，有时候貌似深谋远虑，事实上只是自我的一种想象。以至于在巴丹吉林沙漠十多年的时光里，我是靠着“傻”行走在人群里的，也是靠着一股子血性和孤勇，完成了人生最初的一系列动作，比如上军校、恋爱结婚、调级调职等。这一系列的人生步骤，在很多人眼里，我做得比很多人漂亮，可我一开始就没有怎么处心积虑，也不知道啥叫“谋划”“设计”，并且认为如果那样做，是很滑稽的一件事。

直到四十五岁，原有的家庭分崩离析，个人陷入病痛与孤单之中，我才对自己过往的人生进行了审视，而这种审视的结果，我归结出一个主要原因，那就是没有听母亲的话。当初她劝我不要和前妻结婚，而且很坚决。我没有听她的，毅然决然地相信了自己。多年后，事实证明，母亲是正确的，因此，我悟出的道理是：在婚姻上，古老的“父母之命”肯定是有道理的。很多时候，父母在自己儿女婚配上的直觉绝对可靠，违背“父母之命”自愿结合的夫妻，如我这般结局的占大多数。同时，我感到庆幸，若不是这一次苦痛甚至“九死一生”，就没有我现在的新生活。而且，可能还是一个不开窍的人，一个浑浑噩噩，对天地之道、个体人生和万事万物没有一点儿觉悟的“愚者”，如此看来，那将是更加悲哀的。

世间万物，众生熙攘，看起来纷纭复杂，表面上或者暗中推动，貌似对某些事情起决定性作用的，其实都是假象，真正推动人生乃至万事万物变化的，永远都不是“人为”，也不是看得见的某种“势利”，而是看不见、摸不着的那种虚无或者说虚无之中所蕴含的非凡力量。当我在《道德经》读到“有之以为利，无之以为用”这句话的时候，有一种突然开窍，天光照进大脑的澄明感觉。也突然明白，其实，人不可聪明，也不可早慧，人生是一场持续的“工程”，尽管每一段时光都值得珍惜，但没必要时时刻刻“处心积虑”“计算谋划”“一意孤行”“顺其自然”。我这不是在提供什么人生经验，而是庆幸自己验证了一条真正可靠的真理，而且是隐秘的、最真实有效的。

二〇一〇年入冬之前，我离开了巴丹吉林沙漠。乘上飞机那一刻，我惊奇地发现，自己在这里的十多年人生突然间就白茫茫一片了，唯一记得的就是那么几个人，还有一些有意思的动植物，这可能是因为巴丹吉林沙漠已经深植于我内心，或者我已经成为巴丹吉林沙漠的一部分了。那是父亲去世第二年。他一个苦难的人，一生都在劳作，似乎没有体验过所谓人世间任何的幸福。他去世后，每次想起他，我就哭，有几次，在一个人的房间放声号啕，我觉得自己太对不起他了，作为他的儿子，我没有尽孝。我想孝敬他的时候，自己没能力，好不容易有一点儿能力了，他却转身离去。这种悲伤无以复加，好像上天决意要惩罚我，让我此后余生都要深陷于愧疚、痛苦的漩涡。

到现在，十多年过去了，每一次想起父亲，就忍不住悲从中来。父亲在的时候好像不觉得有什么，一旦他不在了，子女的心理和精神就处在了风口浪尖，换一个角度来看，这好像是对我的一种惩罚，让我的后半生必须在痛苦中度过，时刻提醒我无论何时何处都要心怀感恩，永远不忘自己的来处。其实我也知道，世界上这么多人，看起来面目相同，生活方式、情感需求、精神趣味也都相差无几，但每一个人的幸福和痛苦绝不雷同。叔本华有言：“不管大自然做了什么，不管命运做了怎样的安排，不管人们是谁，不管人们拥有什么，构成人生本质的痛苦是肯定摆脱不了的。”这是宿命，也是人生本有之义。我渐渐地理解了，接受了，只是，每一想起，还是忍不住悲伤。

于我而言，巴丹吉林沙漠就像是一个巨大而又逼仄的疆场，我在其中跨马征战，看起来度过了人生最年轻的时光，可也伤痕累累。想起诸多的往事，总是无语凝噎，有时候也觉得很有意思，人生本就是一种历练，一种消耗。二〇一九年秋天，我再次结婚，次年有了二儿子可可，从这时候开始，我对巴丹吉林沙漠的记忆似乎逐步清晰了一些，而这一切，都是因为跟着妻儿再回西北，沿途的戈壁大漠、长烟落日，祁连雪山在高处接天连地，云朵于其上俯瞰人间。

人生千折百转，总是会出乎意料。每次回西北，沿途我都会写几首诗。有些记忆和经验再次被唤醒，于是乎，我又连续写了一部分关于西北和巴丹吉林沙漠的散文和小说，当然还有诗歌。从内心说，其实我并不认为文学具有怎么样的意义，我的宏心大愿是：如果我的文字能够为更多的南太行故乡的人，还有巴丹吉林沙漠周边的人，带来一些实际的益处，包括世俗之利和精神之益，而且能够延续很多年，那么，我的写作练习才是有意义的。当然，我尚在路上，还有更多的、更利他的事情需要我去做。正如纳博科夫说，“文学没有任何实用价值。我不认为文学是一种职业，对我来说，写作永远都是沮丧和兴奋、折磨与娱乐的混合”。

非常感谢王燕老师和百花文艺出版社，再次出版我写巴丹吉林沙漠的散文习作。相比《沙漠的巴丹吉林》，这一本书的主要关注点是沙漠中具体的人和人的生活及其种种遭际，无论男女，无论“我”还是他，人人都是普罗大众，我们在巴丹吉林沙漠，我们在人世，我们爱这个世界的一切，如王阳明所言，“天地万物，本吾一体者也”。